코·초상화

클래식 라이브러리　010

코·초상화

클래식 라이브러리　010　　니콜라이 바실리예비치 고골 지음
Нос・Портрет　　　　　이경완 옮김

arte

일러두기

1 이 책은 모스크바-키이우에 소재하는 모스크바 대주교청 출판사에서 2009년
   발간한 『고골 전집 17권』 중 제3권에 수록된 해당 작품들을 번역한 것이다.
   Гоголь Н. В. Полное собрание сочинений и писем: В 17 т. Т. 3: Повести.
   М.: Издательство Московской Патриархии, 2009.
2 러시아 인명, 지명, 그 외 외국어 표기는 국립국어원 외래어 표기법을 따랐다.
3 주석은 모두 옮긴이의 것이다.
4 원서에서 강조된 부분은 고딕체로 옮겼다.

차례

넵스키 거리

넵스키 거리[1]보다 더 좋은 곳은 없다. 적어도 페테르부르크에서는. 넵스키 거리는 페테르부르크의 모든 것이다. 우리 수도의 아름다움인 이 거리에서 빛나지 않는 것이 무엇이랴! 나는 이곳의 활기 없고 관료적인 주민 누구라도 넵스키 거리를 그 어떤 축복과도 바꾸지 않으리라는 걸 잘 안다. 스물다섯 살이 되고 아름다운 콧수염에 놀랍게 잘 빠진 프록코트를 입은 사람뿐만 아니라, 턱에 하얀 수염이 돋아나고 머리가 은쟁반처럼 번쩍이는 사람도 넵스키 거리에 환호한다. 귀부인들은 또 어떤가! 오, 귀부인들에게는 넵스키 거리가 훨씬 더 유쾌하다. 누구에겐들 유쾌하지 않겠는가? 넵스키 거리에 들어서기만 해도 산보하러 나온 느낌이 들 것이다. 어떤 필요한, 불가피한 일이 있다 해도, 그곳에 들어서기만 하면 그 일이 무엇이건 잊어버릴 것이다. 여기는 사람들이 궁해서 나오는 곳이 아니

I   페테르부르크 도시의 심장부로 네바 강의 강변에 위치.

라 자신들의 필요와 페테르부르크 전체를 아우르는 상업적 이해관계와는 전혀 다른 이유로 방문하고 싶어지는 유일한 곳이다. 넵스키거리에서 만난 사람은, 걸어 다니는 사람이든 카레타와 드로시키 마차[2]를 타고 다니는 사람이든, 욕심과 탐욕과 필요를 여과 없이 드러내는 모르스카야, 고로호바야, 리테이나야, 메샨스카야와 다른 거리들에서 만나는 사람들보다 덜 이기적으로 보인다.

넵스키 거리는 페테르부르크에서 모든 커뮤니케이션의 중심이다.

여기에서는 페스카나 모스크바 관문 옆에 있는 친구 집을 오랫동안 찾아가지 못한 페테르부르크나 브이보르그스카야 지역 주민도 그 친구를 만날 수 있을 거라고 확신할 수 있다. 어떤 주소록도 안내소도 넵스키 거리만큼 믿을 만한 소식을 제공하지 않는다. 전지전능한 넵스키 거리! 가난한 사람이 페테르부르크를 산보할 때의 유일한 오락거리! 그 보도 위의 먼지는 얼마나 깨끗하게 닦였는가, 오얼마나 많은 발이 거리에 흔적을 남겼는가! 둔중한 무게로 발밑 화강암조차 갈라지게 만드는 퇴역한 병사의 볼품없고 더러운 구두, 태양을 향하는 해바라기처럼 화려한 상점의 진열창으로 고개를 돌리는 젊은 귀부인의 연기처럼 가벼운 조그만 구두, 희망으로 가득 찬중위가 그것으로 길에 할퀸 자국을 낼 때 요란하게 덜거덕대는 장검, 이 모든 것이 거리에 강한 힘 혹은 약한 힘으로 작용한다.

거기에서는 하루에 얼마나 빠른 환영이 주마등처럼 지나가는

---

2 카레타는 덮개와 용수철이 달린 고급스러운 사두사륜 대형 마차. 드로시키는 덮개가 없고 좁은 벤치가 있는 러시아식 낮은 사륜마차.

가! 이곳은 하루에 얼마나 많은 변화를 겪는가! 이른 아침부터 시작해 보자. 그때 페테르부르크는 온통 갓 구운 뜨거운 빵 냄새로 진동하고, 너덜너덜해진 드레스와 망토를 입고 교회와 동정심 많은 행인들에게 몰려드는 노파들로 가득 차 있다. 그때 넵스키 거리는 텅 비어 있다. 다부진 상점 주인들과 종업원[3]들은 아직 네덜란드산 셔츠를 입고 잠을 자거나 비누로 고상한 뺨을 씻고 커피를 마신다. 거지들은 제과점 문 옆에 모여 있고, 저녁에 초콜릿을 들고 파리처럼 날아다니던 가니메데스[4]는 이제 잠에 취해서 손에 빗자루를 들고 넥타이도 없이 기어 나와 그들에게 딱딱하게 굳은 고기만두와 먹다 남은 음식을 휙 던진다.

그곳에서 일하는 사람들은 거리를 따라 터덜터덜 걸어간다. 가끔 석회로 더러워진 장화를 신고 서둘러 일터로 향하는 러시아 농민들이 가로질러 가는데, 그 장화는 깨끗하기로 소문난 에카테린스키 운하의 물로도 깨끗해질 수 없을 것이다. 이 무렵에 귀부인들이 다니는 것은 통상 예의에 어긋나는 일이다. 러시아 사람들은 극장에서도 듣지 못할 거친 표현들로 말하기를 좋아하기 때문이다.[5]

---

3 러시아어 원문에는 '종업원'이라는 뜻의 프랑스어 단어 '코미commis'가 쓰여 있다. 고골은 당시 러시아 사회에서 유행한 외국어를 패러디하여 언어유희 효과와 러시아 사회의 맹목적인 서구 모방에 대한 풍자 효과를 거두었다.

4 가니메데스Ganymedes는 그리스 신화에서 트로스와 칼리로에의 아들이자 가장 아름다운 용모를 지닌 인간. 제우스는 그에게 연정을 품고 독수리로 변하여 그를 천상으로 데려가 신들에게 술을 따르는 시종으로 삼았다. 넵스키 거리에서 저녁에 고객의 시중을 들던 상점 점원을 비유한 것이다.

가끔 잠에 취한 관리가 자기 부서[6]로 가는 길에 넵스키 거리를 거쳐야 할 경우에는 옆구리에 서류가방을 들고 천천히 걸어간다. 이때, 즉 12시 전까지 넵스키 거리는 누구에게도 목적지가 되지 않고 수단으로만 존재한다고 단언할 수 있다. 그러다가 점차 자신의 임무, 자신의 의무, 자신의 실망으로 힘들어 하지만 그것에 전혀 개의치 않는 표정의 얼굴들로 가득 찬다. 러시아 농민은 말갈기나 일곱 개의 구리 동전에 대해 이야기하고, 노인과 노파들은 손을 흔들거나 혼잣말을 한다. 가끔 상당히 멋진 동작을 취하기도 한다. 하지만 아무도 그 얘기를 듣지 않고, 그들에게 미소도 짓지 않는다. 여러 색으로 짠 마직 웃옷을 입고 손에 빈 보드카 병과 준비된 장화를 들고 번개처럼 넵스키 거리를 뛰어다니는 소년들을 제외하고는. 이때 당신은 무엇을 입고 있는지, 심지어 머리에 테 있는 모자 대신 테 없는 모자를 썼어도, 옷깃이 넥타이 밖으로 지나치게 길게 튀어나와 있어도, 아무도 눈치채지 못할 것이다.

12시에는 온갖 민족의 가정교사들이 흰 아마포 옷깃을 단 옷을 입은 자제들을 데리고 넵스키 거리로 몰아닥친다. 영국인 존스들과 프랑스인 코크들[7]이 부모를 대신하여 자신들의 보호에 맡겨진 어린아이들의 손을 잡고 나와서, 상점 위의 간판은 상점 안에 무엇이 있는지를 알리기 위한 수단으로 만들어진 것이라고 정중하게 예의

---

5 아침에 넵스키 거리를 지나가는 사람들의 거친 표현을 듣는 것만으로도 귀부인들에게는 에티켓에 어긋나는 일이 될 수 있다는 의미.

6 1711년 표트르 대제가 도입한 러시아 제국의 복잡한 행정 및 사법 기구 중 한 부서.

7 영국인들의 일반적인 이름 'Jones'와 프랑스인들의 일반적인 이름 'Cocque'를 말한다.

를 갖추어서 설명한다. 여자 가정교사들, 창백한 외국 아가씨들[8]과 장밋빛 슬라브족 아가씨들은 가녀리고 안절부절못하는 어린 소녀들의 뒤를 따라 당당히 걸어가면서, 그들에게 어깨를 좀 더 높이 쳐들고 몸을 더 꼿꼿이 세우라고 지시한다. 짧게 말해서 이 시간의 넵스키 거리는 교육적인 넵스키 거리이다. 그러나 2시가 다가올수록 가정교사, 교육자, 아이들의 수는 줄어들다가, 마침내 알록달록하고 다채로우며 신경이 쇠약한 여자 친구들과 손을 잡고 걸어가는, 아이들의 상냥한 부모들에게 밀려난다. 이윽고 자기 주치의와 날씨에 대해, 코에 솟아난 작은 뾰루지에 대해 이야기를 나누고, 말들과 상당한 재능을 보이는 자기 아이들의 건강에 대해 알아보고, 포스터와 전입 전출자에 대한 중요한 신문 기사를 다 읽고, 마침내 커피와 차 한 잔을 다 마시는 등등 상당히 중요한 집안일을 마친 사람들이 조금씩 그들의 사교 모임에 합류한다. 시샘 많은 운명이 특별 주문에 따라서 관리라는 축복받은 직함을 부여한 사람들도 합류한다. 외무부에 근무하면서 고상한 임무와 습성으로 두각을 나타내는 이들도 합류한다. 신이여, 얼마나 아름다운 직분과 업무가 있는지요! 그것들은 얼마나 영혼을 고양시키고 만족시키는지요! 하지만 애석하게도 나는 행정 조직에서 근무하지 않기 때문에 상관들의 섬세한 몸가짐을 보는 만족을 누리지 못한다.

넵스키 거리에서는 누구를 만나든 모두 예의를 잘 지킨다. 남자들은 긴 코트를 입고 호주머니에 손을 넣고 있으며, 귀부인들은 장미색, 흰색, 옅은 하늘빛 공단의 긴 코트와 모자를 쓰고 있다. 여

---

8 아가씨라는 뜻의 영어 단어 '미스miss'를 러시아어 '미스мисс'로 표기.

러분은 여기에서 보기 드문 놀라운 기술로 넥타이 아래까지 내려간 유일한 구레나룻, 비로드 같고, 공단 같고, 담비나 석탄처럼 검고, 그러나 슬프게도, 오직 외무부 관리에게만 주어지는 구레나룻을 만나게 될 것이다. 신의 섭리는, 다른 관청에 근무하는 사람들에게는 검은 구레나룻을 주시지 않아 그들은 대단히 불쾌하게도 붉은 구레나룻을 길러야 한다. 여기에서 여러분은 경이로운 어떤 펜으로도 어떤 붓으로도 묘사하기 어려운 콧수염들을 보게 된다. 삶의 최상의 절반이 할애된, 밤이고 낮이고 오랜 시간 주의를 기울인 콧수염, 가장 매혹적인 향수와 향료들이 뿌려지고, 가장 값비싸고 진귀한 종류의 기름이 발라진 콧수염, 밤새 모조 양피지로 돌돌 말려진 콧수염, 소유주[9]들의 가장 감동적인 애착이 묻어나고 행인들이 시샘하는 콧수염들을 보게 된다. 수천 종류의 모자, 드레스, 손수건에 ― 알록달록하고 가벼우며, 가끔 여성 소유주들의 애착으로 이틀 내내 보존되는 ― 넵스키 거리에 있는 사람이면 누구라도 매혹될 것이다.

그리고 마치 바다를 뒤덮을 듯한 나비 떼가 갑자기 나무줄기에서 날아올라서, 검은 수컷 딱정벌레들 위에서 반짝이는 구름처럼 넘실대는 것만 같다. 여기에서 당신은 결코 꿈에서도 본 적이 없는 허리들을 마주하게 될 것이다. 병의 목보다 굵지 않은 가늘고 좁은 허리, 그런 허리를 마주하게 되면, 부주의하게 무례한 팔꿈치로 건드리지 않을까 두려워서 당신은 경의를 표하며 옆으로 비켜나게 될 것이다. 심지어 당신의 부주의한 숨결로 자연과 예술의 지극히 아름

---

9 '주인, 소유주'라는 뜻의 프랑스어 단어 '포세쇠르possesseur'를 러시아어 '포세소르посессор'로 표기.

다운 작품을 망가뜨릴까 두려워서 소심함과 공포에 사로잡히게 될 것이다.

　　아, 당신은 넵스키 거리에서 귀부인들의 어떤 소매들을 보게 될 것인가! 아아, 얼마나 매력적인가! 그것들은 공중을 날아다니는 두 개의 공과 비슷한 면이 있어서, 귀부인의 남자가 그녀를 붙들어 주지 않으면 그녀는 갑자기 공중으로 날아오를 것이다. 귀부인이 마치 샴페인이 가득 찬 술잔을 입술에 대듯이 그렇게 가볍고 유쾌하게 공중으로 날아오를 것이기 때문이다. 서로 마주쳤을 때 어디서도 넵스키 거리에서만큼 숭고하고 자연스럽게 인사를 나누지 못할 것이다. 여기에서 여러분은 유일한, 예술의 경지를 뛰어넘는 미소, 가끔은 만족감으로 녹아 없어지는 미소, 가끔은 자신이 풀보다도 낮은 존재인 것을 깨닫고 고개를 떨구게 할 미소, 가끔은 자신을 해군성 첨탑[10]보다 높다고 느끼고 머리를 위로 치켜들게 할 미소를 보게 될 것이다. 여기에서 여러분은 특별히 고상하게, 자긍심을 가지고 콘서트나 날씨에 대해서 이야기 나누는 사람들을 보게 될 것이다. 여기에서 여러분은 수천 수만 가지의 기이한 성격과 현상을 보게 될 것이다. 창조주여! 넵스키 거리에서는 얼마나 성격이 이상한 사람들을 보게 되는지요!

　　어쩌다 마주쳤을 때 바로 여러분의 신발을 쳐다보는 사람들이 부지기수인데, 그들은 지나갈 때 여러분의 소맷자락 뒤쪽을 보기 위해 돌아설 것이다. 나는 이런 일이 왜 생기는지 지금도 이해할 수 없

10　제정 러시아 시대 해군성의 첨탑으로 넵스키 거리 중앙에 있다. 그 거리의 어느 곳에서나 첨탑을 볼 수 있으며, 페테르부르크의 상징 중 하나이다.

다. 처음에 나는 그들이 구두공이라고 생각했다. 그러나 전혀 그렇지 않았다. 대부분 다양한 관청에서 근무하고, 그들 중 상당수는 탁월한 방식으로 한 관직에서 다른 관직으로의 이직을 요청할 수도 있다. 그들은 산책을 하고 제과점에서 책을 읽는 사람들, 한마디로 대부분 모두 품위 있는 사람들이다. 넵스키 거리의 절정기라고 할 만한, 대낮 2시에서 3시 사이의 축복받은 시간에, 인간의 가장 훌륭한 작품들의 주요 전시회가 열린다. 어떤 이는 최상의 담비 가죽이 달린 사치스러운 프록코트를, 다른 이는 그리스식의 아름다운 코를 보여 준다. 세 번째는 탁월한 구레나룻을, 네 번째는 한 쌍의 예쁘장한 눈동자와 경이로운 모자를, 다섯 번째는 멋을 낸 손가락에 끼워져 있는 행운의 보석이 박힌 반지를, 여섯 번째는 매력적인 구두를 신은 다리를, 일곱 번째는 놀라움을 자아내는 넥타이를, 여덟 번째는 경탄을 자아내는 콧수염을 보여 준다. 그러나 3시가 울리면, 전시회가 끝나고 군중이 줄어든다.

3시에 새로운 변화가 일어난다. 넵스키 거리에 갑자기 봄이 찾아오고, 거리는 온통 녹색 제복을 입은 관리들로 뒤덮인다.[II] 배가 고픈 9등관, 7등관, 기타 관리들은 온 힘을 다해서 걸음을 재촉한다. 젊은 14등관, 12등관, 10등관은 아직 남은 시간을 활용해서, 자신들이 여섯 시간 동안 접견실에 앉아 있지 않았다는 듯한 태도를 취하며 서둘러서 넵스키 거리를 지나간다. 반면에 나이 든 10등관, 9등관, 7등관은 고개를 수그리고 빨리 걸어간다. 그들에게는 행인들

II 1722년 표트르 대제가 독일의 관료제도를 모델로 제정하기 시작한 러시아 관료제도에 따라서 관직을 맡게 된 사람들.

을 바라볼 여유가 없다. 그들은 아직 자기 일에서 완전히 벗어나지 못해서, 머리가 온갖 잡동사니와 갓 시작한 일부터 다 끝내지 못한 일로 가득 차 있다. 그들에게는 간판 대신에 서류철이나 관청 상관의 통통한 얼굴이 어른거리는 것이다.

4시부터 넵스키 거리는 텅 비고, 거기서는 한 명의 관리도 만나지 못할 것이다. 어떤 재봉사는 손에 상자를 들고 가게에서 나와 넵스키 거리를 뛰어서 지나갈 것이고, 값싼 모직의 제복용 방한외투[12]를 입은 채로 세상에서 던져져서, 박애주의적인 재판소 서기의 불쌍한 먹이가 된 사람, 타향에서 와서 시간에 구애받지 않는 괴짜 여행자, 손에 핸드백과 책을 들고 가는 길고 키가 큰 영국 여인, 어떤 자유협동조합원,[13] 허리 라인이 등에 나 있는 능직 프록코트를 입고, 턱수염이 좁고, 평생 되는 대로 살아가고, 보도를 따라 정중히 걸어갈 때 등이고 손이고 발이고 머리고 온몸이 옷 속에서 흐느적거리는 러시아인, 낮은 직급의 장인, 넵스키 거리에서 이들 외에는 누구도 볼 수 없을 것이다.

그러나 황혼이 집과 거리에 드리워지고 경관이 멍석을 두르고 계단을 기어 올라가서 가로등에 불을 붙이는 때가 되자마자, 그리고 낮에는 모습을 드러낼 수 없었던 판화들이 상점의 낮고 작은 창문들을 통해 밖을 내다보게 되자마자, 넵스키 거리는 다시 활기를 띠

---

12 모든 관료들이 착용하게 되어 있는 방한용 외투로서 직급과 신분에 따라서 옷감이 결정되었다. 값싼 모직물로 된 외투는 하급 관리들이 입던 것이다.

13 제정 러시아와 소비에트 시대에 형성된 자유협동조합의 일종인 '아르텔 artel'의 회원.

고 움직이기 시작한다. 이제 램프들이 모두에게 기만적이고 기묘한 빛을 던지는 신비로운 시간이 찾아온 것이다. 여러분은 대부분이 독신이고 따뜻한 프록코트와 외투를 입은 젊은이를 많이 보게 될 것이다. 이때는 어떤 목적, 혹은 더 정확하게 말하면, 목적 비슷한 어떤 것, 전혀 이해할 수 없는 어떤 것이 느껴진다. 모든 사람의 발걸음이 빨라지고 대체로 상당히 고르지 않게 된다. 긴 그림자가 벽과 포장도로를 따라 어른거리고 머리는 거의 폴리체이스키 다리[14]까지 닿는다. 젊은 14등관, 12등관, 10등관은 아주 오랫동안 산보를 하지만, 늙은 14등관, 9등관, 7등관은 대부분 집에 앉아 있다. 이들은 결혼을 했거나 이들 집에 사는 독일 요리사들이 요리를 아주 잘하기 때문이다. 여기에서 여러분은, 2시에 넵스키 거리를 따라 그토록 의젓하고 그토록 놀랄 만큼 고상하게 산보를 하던 존경할 만한 노인들을 만나게 될 것이다. 여러분은 그들이 젊은 14등관들과 똑같이, 멀리서 본 귀부인의 모자 밑을 들여다보기 위해 뛰어가는 것을 보게 될 것이다. 그녀의 도톰한 입술과 연지를 바른 볼이 산보하는 사람들, 아니 더 나아가 앉아 있는 사람들, 화물 운반인들, 항상 독일식 프록코트를 입고 보통 손을 잡고 떼 지어 놀러 다니는 상인들의 마음에 쏙 드는 것이다.

"거기 서!" 이때 피로고프 중위가 연미복과 망토를 입고 그와 함께 걷던 사람을 잡아당기고 외쳤다. "봤어?"

"봤어, 신비로워. 완전히 페루지노의 비앙카야."[15]

---

14 경찰 다리. 원래 '녹색 다리'로 알려졌으나 당시 경찰서장인 치체린의 집에 가깝다는 이유로 개명되었다.

"아니 넌 누굴 말하는 거야?"

"그녀 말야, 흑발의 여인. 멋진 눈이야! 오, 정말 멋진 눈이야! 자세, 몸매, 그리고 얼굴선 ─ 기적이야!"

"난 그녀 뒤에 방금 이쪽으로 지나간 금발 여인을 말한 거야. 그렇게 마음에 들면 왜 흑발 여인을 쫓아가지 않는 거야?"

"어떻게 그럴 수가 있어?" 망토를 입은 청년이 얼굴을 붉히며 소리쳤다. "그녀는 넵스키 거리를 저녁에 거니는 사람 중 하나인 것 같지만, 아마 대단한 귀부인일 거야" 그는 한숨을 쉬며 말을 이었다. "망토 하나만 80루블쯤 나갈 거야!"

"얼간이!" 그녀의 반짝이는 망토가 휘날리는 방향으로 그를 힘껏 밀고서 피로고프가 소리치기 시작했다. "가 봐, 어리숙한 놈아. 놓치겠다! 난 금발을 따라갈 테니까."

두 친구는 헤어졌다.

'우린 너희 모두를 잘 알지.' 피로고프는 자기를 거부할 수 있는 미녀는 없다고 확신하면서 자기만족과 거만에 가득 찬 미소를 지으며 혼자 생각했다.

연미복과 망토를 입은 청년은 소심하고 떨리는 걸음으로 멀리 번쩍이는 망토가 휘날리는 방향으로 갔다. 망토는 가로등 빛에 가까

---

15 피에트로 페루지노Pietro Perugino(1446/1450~1523)는 이탈리아 르네상스 시기 움브리아 화풍의 화가로 아름답고 우아한 인물 형상이 특징적이다. 그의 작품 중 비앙카Bianca라는 이름이 들어간 작품은 없다. 여기서는 페루지노가 시타 델라 피에베에 있는 '산타 마리아 데이 비앙키Santa Maria dei Bianchi' 예배당에 그린 프레스코 벽화 〈동방박사의 경배 The Adoration of Magi〉에 묘사된 성모 마리아를 가리키는 것으로 추정된다.

이 다가감에 따라 번쩍이는 광채로 빛나기도 하고, 그것에서 멀어지면서 순간적으로 어둠에 덮이기도 하였다. 그의 심장이 고동치고, 그는 자기도 모르게 걸음을 재촉하였다. 그는 피로고프 중위가 언급한 어떤 흑심을 자신에게 허용하는 것은 물론, 멀리 날아간 미녀에 대해 어떤 권리든 얻을 수 있다는 생각도 감히 할 수 없었다. 다만 그는 집을 보고, 이런 매혹적인 존재가 어디에 사는지 알아보고 싶었다. 이 존재는 아마도 하늘에서 넵스키 거리로 바로 날아왔을 것이고 어딘지 모를 곳으로 날아갈 것이다. 그는 날 듯이 빨리 달려서 회색 구레나룻의 존경할 만한 신사들을 연거푸 보도에서 밀쳐냈다.

이 젊은이는 우리 나라에서 상당히 이상한 현상인 그런 계급에 속했고, 꿈에 나타난 얼굴이 이 세상에 속한 만큼만 페테르부르크 시민들에 속해 있다. 이 예외적인 계층은 관료 혹은 상인 혹은 독일인 장인 일색인 이 도시에서 아주 특이하다. 이 사람은 예술가였다. 정말 이상한 현상 아닌가? 페테르부르크의 예술가라니!

눈의 나라의 예술가, 핀 족 나라의 예술가, 그곳은 전부 축축하고 미끄럽고 편평하고 반짝이고 회색이고, 안개가 가득하다. 이 예술가들은 교만하고, 이탈리아와 그 하늘만큼 열정적인 이탈리아의 예술가들과 전혀 닮지 않았다. 그들과는 달리, 이들은 대부분 선하고 온유한 사람들이며, 수줍어 하고 무사태평하고 말없이 자기 예술을 사랑하며 작은 방에서 두 친구와 차를 마시고, 좋아하는 대상에 대해서 겸손하게 논평하고 쓸데없는 것은 완전히 무시한다. 그는 어떤 거지 노파든 그 애처롭고 무감각한 표정을 화폭에 옮기기 위해서 그녀를 자기 집에 불러 총 여섯 시간 정도 앉아 있게 할 것이다. 그는 온갖 예술 잡동사니, 즉 시간과 먼지로 인해 커피색으로 변한 석고상의 손과 발, 완전히 부서진 그림 거치대, 뒤집어진 팔레트, 기타를 치는 친구, 물감이 덕지덕지 칠해진 벽, 열린 창문으로 창백한 네바 강과 붉은 셔츠를 입은 창백한 어부들이 어른거리는 자기 방의 전경을 그린다. 그것들에는 거의 모두 언제나 탁한 회색, 즉 북방의 지워지지 않는 인장이 찍혀 있다. 이 모든 상황에서 그들은 진정한 만족을 느끼며 자기 작품에 매달린다. 그들은 자주 진정한 재능을 보이며, 이탈리아의 신선한 공기가 불어오기만 하면, 방 안에서 공기가 신선한 바깥으로 옮겨 놓은 식물처럼 그들도 마침내 자유로이 쭉 뻗어나가며 빛을 뿜어낼 것이다.

그들은 보통 아주 수줍음이 많아서, 별과 두터운 견장[16]을 보기만 하면 너무 당황하여 자기 작품의 가격을 자기도 모르게 낮춰 버린다. 그들은 이따금 멋지게 치장하기를 좋아하지만, 그들의 치장은 언제나 너무 과해 보이고 덧댄 헝겊과 비슷한 면이 있다. 여러분은 그들에게서 가끔 훌륭한 연미복과 더러워진 망토, 비싼 비로드 조끼와 물감이 묻은 프록코트를 보게 될 것이다. 바로 그와 같은 방식으로, 여러분은 가끔 그들의 다 끝내지 못한 풍경화에서, 그가 다른 장소를 찾지 못해서, 언젠가 만족해하며 그린 자기의 이전 작품의 더러운 밑그림에 집어넣은, 머리가 밑으로 간 님프를 보게 될 것이다. 그는 결코 여러분의 눈을 정면에서 보지 못한다. 설사 본다 해도 멍하고 애매하게 볼 것이다. 그는 여러분에게 관찰자의 매와 같은 시선이나 기병대 장교의 송골매 같은 시선을 던지지 않는다. 이것은

16 별은 장군, 두터운 견장은 그 아래 직급의 고위 관료를 의미.

넵스키 거리

그가 당신의 형태와 그의 방에 있는 헤라클레스 석고상의 형태를 동시에 보거나 그가 아직 구상 중인 그림이 그에게 어른거리기 때문이다. 이로 인해 그는 자주 단편적으로, 이따금 엉뚱하게 대답하고, 그의 머리에 뒤섞여 있는 사물들로 인해 그의 소심함은 더욱 심해진다. 우리에 의해 묘사된 젊은이, 즉 수줍어 하고 소심하긴 하지만 필요한 경우 화염으로 타오를 수 있는 불꽃 같은 감정을 영혼에 지닌 예술가 피스카료프는 그런 부류에 속한다. 그는 은밀한 전율을 느끼며 그토록 강하게 그를 사로잡은 자신의 대상을 서둘러 따라갔고, 아마도 스스로 자신의 대담함에 놀랐을 것이다. 그의 시선, 생각, 감정이 그토록 쏠려 있던 미지의 존재가 갑자기 고개를 돌리더니 그를 바라보았다. 신이여, 얼마나 성스러운 자태인가!

눈부실 정도로 하얗, 더할 나위 없이 매력적인 이마가 검은 마노瑪瑙처럼 아름다운 머리카락에 의해 그늘져 있었다. 그것, 이 신비로운 고수머리가 감겨 있고, 그 일부가 모자 밑으로 떨어지면서, 저녁 냉기에서 흘러나온 가녀리고 신선한 홍조가 어린 뺨에 가닿았다. 어린 시절의 추억에 남아 있고, 밝게 빛나는 등불 아래 몽상과 조용한 추억을 불러일으키는 모든 것, 이 모두가 합해지고 융화되어 그녀의 조화로운 입술에 반영된 듯하였다. 그녀가 피스카료프를 바라보았고, 이 시선에 그의 심장이 떨기 시작했다. 그녀는 엄격하게 바라보았고, 그토록 무례한 추적을 보고서 불만의 감정이 그녀의 얼굴에 나타났다. 그러나 이 아름다운 얼굴에 서린 분노마저도 넋을 잃게 하였다. 수치와 소심함에 사로잡혀서 그는 눈을 내리뜨고 멈췄다. 그러나 어떻게 이 신성한 존재를 잃고 그녀가 머물기로 결정한 성소를 알아보지도 않겠는가? 그런 생각이 젊은 몽상가의 뇌리에 들어왔고, 그는 뒤쫓아 가기로 결심했다. 그러나 이를 알아채지 못하도록 그는 좀 더 멀리 떨어져서 태연하게 좌우를 둘러보고 간판들을 살펴보았다. 그러나 그사이 미지의 여인의 단 한 걸음도 시선에서 놓치지 않았다. 행인이 점점 더 드물게 눈에 띄기 시작했고, 거리가 점점 조용해졌다. 미인이 뒤를 돌아보았고, 그녀의 입가에 가벼운 미소가 떠오른 듯했다. 그는 온몸을 전율하면서 자기 눈을 믿지 못했다. 아니다. 이건 가로등의 현혹하는 불빛이 그녀 얼굴에 미소 비슷한 것을 자아낸 것이다. 아니다. 이것은 자신의 환상이 자기를 보고 웃는 것이다.

그러나 심장이 고동치기 시작하고, 그의 안에 있는 모든 것이 뭐라 말할 수 없는 전율에 휩싸이고, 그의 모든 감정이 불타오르고, 그 앞의 모든 것이 안개에 휩싸였다. 그의 밑에서는 보도가 내달리고, 카레타들이 질주하는 말들과 함께 움직이지 않고 가만히 서 있는 듯했으며, 다리가 쭉 뻗어 나가다가 아치문에서 꺾였다. 집의 지붕이 아래로 가 있고 경비 초소가 그를 향해 굴러왔다. 보초의 도끼창[17]이 간판의 금박 글씨와 그려 넣은 가위와 함께 바로 그의 눈앞에서 빛나는 것 같았다. 그리고 이 모든 것이 단 한 번의 시선, 예쁘장한 머리를 한 번 돌린 것으로 일어났다. 그는 듣지도 보지도 주의를 기울이지도 않고, 심장박동에 맞춰 날아가는 자기 걸음의 속도를 줄이려고 애쓰면서, 그녀의 가느다란 다리의 가벼운 흔적을 따라 달렸다.

17 15~19세기에 유럽과 러시아에서 사용된 무기로서 독일어 '헬레바르드 Hellebarde'를 러시아어 '알베르다алебарда'로 표기. 러시아에서는 1856년까지 낮은 직급의 경찰 혹은 초소병이 사용하였다.

가끔 이런 의문이 그를 사로잡았다. 그녀의 표정이 정말로 그토록 호의적이었을까? 그는 잠깐씩 걸음을 멈추었으나 심장의 박동, 거역할 수 없는 힘과 모든 불안한 감정이 그를 앞으로 끌고 나갔다. 그는 심지어 갑자기 그의 앞에 4층 건물이 들어선 것도 깨닫지 못하였고, 불처럼 빛나는 네 줄의 창문이 일시에 그를 바라보았다. 입구 옆 쇠 난간에 그는 몸을 기댔다. 그는 미지의 여인이 계단을 따라 뛰어가다 뒤를 돌아보고서 입술에 손가락을 대고 자기를 따라오라는 신호를 한 것을 보았다. 생각과 감정이 불타올랐다. 기쁨이 번개처럼 견딜 수 없을 정도로 날카롭게 그의 심장을 파고들었다. 그러나 이건 이미 몽상이 아니다! 이건 꿈이 아니다! 그의 무릎이 떨렸다. 신이여! 한순간 얼마나 큰 행복이 밀려오는가! 이 2분은 삶의 얼마나 기적 같은 순간인가!

　　그러나 이 모든 게 꿈은 아닐까? 정말로 그녀가 던지는 단 한 번의 천상의 눈길에 삶 전체를 바칠 준비가 되어 있고, 그녀의 거처에 다가가는 것을 형용할 길 없는 축복으로 여기고 있는데, 그녀가, 정말로 그녀가 지금 그에게 그토록 우호적이고 그토록 주의를 기울인단 말인가? 그는 계단을 날 듯이 올라갔다. 그는 어떤 지상에 속한 생각도 느끼지 않았다. 그는 지상의 욕망으로 타오르는 불길에 달아오른 것이 아니었다. 아니다. 그는 이 순간, 뭔지 모를 정신적인 사랑의 욕구에 휩싸인 순결한 소년처럼 순수하고 흠이 없었다. 그리고 타락한 사람에게는 저열한 상념들을 불러일으킬 만한 것, 그것 자체가 오히려 그것들을 더욱 성결하게 하였다. 연약한 아름다운 존재가 그에게 보여 준 이 신뢰, 이 신뢰로 인해 그는 기사騎士의 엄격한 서약, 그녀의 모든 명령을 종처럼 이행하겠다는 서약을 하였다.

그는 다만 이 명령이 가능한 한 어렵고 이행하기 어려운 것이기를, 그래서 강하게 응집된 힘으로 쏜살같이 그것을 수행하러 가기를 바랐다. 그는 어떤 비밀스러운 중요한 사건이 그녀로 하여금 그를 신뢰하게 만들고, 아마도, 그에게 아주 의미 있는 봉사를 요구할 것이라는 데 추호도 의심이 없었고, 그는 이미 자기 안에서 힘과 모든 것을 이루고자 하는 결연한 의지를 느꼈다.

계단이 굽이굽이 돌고, 그것과 함께 그의 빠른 몽상도 돌았다. "더 조심해서 오세요!" 하프 소리와 같은 목소리가 울리고 그의 온 힘줄을 새로운 전율로 가득 채웠다. 4층의 어두운 꼭대기에서 미지의 여인이 문을 두드렸다. 문이 열리고, 그들은 같이 안으로 들어갔다. 상당히 예쁘장한 외모의 여인이 손에 초를 들고 그들을 맞이하였으나, 너무 이상하고도 무례하게 피스카료프를 쳐다봐서 그는 자기도 모르게 눈을 떨구었다. 그들은 방에 들어갔다. 서로 다른 구석에 있는 세 여인의 모습이 그의 눈에 들어왔다. 한 여인은 카드를 펼치고 있었고, 다른 여인은 피아노에 앉아서 두 손가락으로 구식의 폴로네즈 같은 처량한 곡을 연주하고 있었다. 세 번째 여인은 거울 앞에 앉아 빗으로 긴 머리를 빗으면서, 낯선 얼굴이 들어왔는데도 전혀 화장을 멈출 생각을 안 했다. 오직 독신남의 태평한 방에서만 볼 수 있는 어떤 불쾌한 무질서가 모든 것을 지배하였다. 상당히 좋은 가구들이 먼지에 뒤덮여 있고, 거미가 거미줄로 벽의 장식무늬를 만들었다. 다른 방의 열리지 않은 문 사이로 박차가 달린 긴 장화가 반짝이고 제복의 가장자리가 붉게 보였다. 커다란 남자 목소리와 여자의 웃음이 어떤 제어도 없이 울려 퍼졌다.

신이여, 그가 어디에 들어간 건가요? 처음에 그는 믿고 싶지 않아서 방을 가득 채운 사물들을 뚫어지게 쳐다보았다. 그러나 커튼이 없는 텅 빈 벽과 창문에서는 꼼꼼한 안주인의 존재를 전혀 느낄 수가 없었다. 이 애처로운 피조물들의 노쇠한 얼굴들, 그들 중 한 여인은 거의 그의 코앞에 앉아 마치 남의 옷에 묻은 얼룩을 바라보듯이 평안하게 그를 바라보고 있었다. 이 모든 것이, 그가 수도의 천박한 교육과 무서울 정도로 많은 인구에 의해 형성된 애처로운 타락이 안착한 바로 그 역겨운 안식처에 들어왔다는 것을 확인시켜 주었다.

그 피난처는 삶을 장식하는 정결하고 거룩한 모든 것을 인간이 신성모독적으로 억누르고 조롱하는 곳, 인류의 아름다운 절반인 여성이 이상하고 이중적인 존재로 변하는 곳, 순결한 영혼을 가진 그녀가 여성적인 모든 것을 상실하고 역겹게도 남성의 무례한 태도에 동화되고 그토록 연약하고 그토록 아름답고 그토록 우리 남자들과 구별되는 존재이기를 포기한 곳이다. 피스카료프는 바로 이 사람이 그를 넵스키 거리에서 매혹시켜서 여기까지 이끌고 온 그녀란 것을 여전히 믿고 싶지 않은 듯이, 경악의 눈길로 그녀를 발끝에서 머리끝까지 훑어보았다.

그러나 그녀는 그 앞에 여전히 너무나 예쁘게 서 있었다. 머리카락은 여전히 아름다웠고, 눈동자는 더욱더 천상의 눈으로 보였다. 그녀에게는 생기가 넘쳤다. 겨우 열일곱 살이었으며, 아마도 이 끔찍한 타락이 그녀를 덮친 지 아직 얼마 되지 않은 것 같았다. 그녀의 볼에는 타락의 손길이 닿지 않아서, 양 볼은 싱그럽고, 엷은 홍조를 띠고 있었다. 그녀는 아름다웠다.

그는 꿈쩍도 않고 그녀 앞에 서 있었고, 좀 전에 의식을 잃었던 것처럼 그렇게 단순하고 소박하게 의식을 잃을 것만 같았다. 그러나 미녀는 그토록 긴 침묵에 지루해져서 그의 눈을 똑바로 쳐다보면서 의미 있는 웃음을 지었다. 그러나 이 웃음에는 어떤 안쓰러운 뻔뻔함이 가득 차 있었다. 그것은 너무나 이상했고, 경건한 표정이 뇌물수수자의 낯짝에 어울리거나 회계장부가 시인에게 어울리는 만큼 그녀 얼굴에 어울렸다. 그는 몸을 떨었다. 그녀는 예쁘장한 입술을 벌려서 뭔가를 말하기 시작했으나, 이건 전부 너무 어리석고, 너무 속된 것이었다……. 마치 순결한 상태와 함께 인간의 이성도 놓아 버린 것 같았다. 그는 이미 아무것도 듣고 싶지 않았다. 그는 어린아이처럼 너무나 우습고 순진했다. 그런 호의를 이용하는 대신, 다른 사람이 그의 자리에 놓이면 틀림없이 기뻐할 그런 상황에 기뻐하는 대신, 그는 야생 염소처럼 온 힘을 다해 뛰쳐나와 거리를 내달렸다.

고개를 떨구고 팔을 늘어뜨린 채 그는 자기 방에 앉아 있었다. 마치 값을 매길 수 없을 만큼 귀한 진주를 발견했다가 바로 바다에 떨어뜨린 가난한 사람 같았다. "그런 미녀가, 그토록 성스러운 형상이, 도대체 어디에 있는 것인가? 어떤 곳에……!" 그는 그 말밖에 할 수 없었다.

사실 부패한 타락의 숨결에 쐬인 미를 볼 때만큼 강한 연민에 사로잡히는 때는 없다. 추한 용모는 타락해도 괜찮아! 하지만 미는, 부드러운 미는…… 그것은 우리의 생각 속에서 오직 흠 없고 순결한 것과만 결합되는 것이다.

불쌍한 피스카료프를 그토록 강하게 사로잡은 미녀는 정말로 신비롭고 특별한 현상이었다. 이 경멸할 만한 세상에 그녀가 머무는 것 자체가 더욱더 특별해 보였다. 그녀의 자태 전체가 그토록 순결하게 형성되고, 그녀의 아름다운 표정 전체가 그토록 숭고한 의미를 지녀서, 타락이 그녀에게 무서운 발톱을 내밀었다고는 결코 생각할 수 없을 것이다.

그녀는 값을 매길 수 없는 진주, 온 세상, 온 천국, 열정적인 남편의 전 재산이 되었을 것이다. 그녀는 눈에 띄지 않는 가정에서 아름답고 조용한 빛이 되었을 것이고, 아름다운 입술의 움직임 하나로 달콤한 명령을 내렸을 것이다. 그녀는 사람이 가득 찬 홀에서, 반짝이는 세공마루에서, 촛불을 받으며, 그녀 발에 엎드린 대중의 말 없는 경외를 받으며 신성을 드러내었을 것이다. 그러나 슬프다! 그녀는 삶의 조화를 파괴하길 갈망하는 지옥의 영의 끔찍한 계략에 이끌려, 웃으면서 그의 구렁텅이에 내던져진 것이다.

마음을 갈기갈기 찢는 연민에 잠겨서 그는 다 타서 심지가 까맣게 변한 초 앞에 앉아 있었다. 이미 자정도 지나고 첨탑의 종이 12시 30분을 울렸으나, 그는 잠도 자지 않고 밤샘 작업을 하지도 않고 꿈쩍도 않고 앉아 있었다. 그가 움직이지 않는 틈을 이용하여 졸음이 조용히 그를 사로잡기 시작하는 것 같았다. 방이 사라지기 시작하고, 촛불만이 그를 사로잡은 몽상 속으로 빛을 비추는 순간, 갑자기 문소리가 그를 흔들고 잠에서 깨웠다. 문이 열리고 화려한 제복을 입은 하인이 들어왔다. 그의 외진 방을 화려한 제복이 그런 특이한 시간에 들른 적은 결코 없었다……. 그는 어안이 벙벙해졌고, 억누를 길 없는 호기심을 느끼며 들어오는 하인을 바라보았다.

"당신이 몇 시간 전에 방문하신 그 마님께서……." 하인이 공손히 몸을 숙이며 말했다. "당신에게 와 달라는 말을 전하라고 명령하시고 당신을 위해 카레타를 보내셨습니다.”

피스카료프는 말없이 놀라워하며 서 있었다. '카레타, 제복 입은 하인……! 아니야. 여기엔 무슨 착오가 있을 거야…….'

“이보세요, 들어 보세요.” 그가 소심하게 말했다. “당신은 아마 잘못 찾아오신 걸 겁니다. 마님은 틀림없이 다른 사람을 찾으러 당신을 보내신 걸 거예요. 제가 아니고요.”

“아니요, 저는 실수하지 않았습니다. 당신이 마님을 걸어서 집까지 바래다주신 것이 맞지요. 리테이나야 거리에 있는 4층 방으로요?”

“접니다.”

“그렇죠, 그러니 어서 가 주세요. 마님이 당장 당신을 보기를 바라며 바로 집으로 와 주기를 요청하십니다.”

피스카료프는 계단을 뛰어 내려갔다. 마당에 정말로 카레타가 서 있었다. 그는 그것에 올라탔고 문이 쾅 닫혔으며 포장도로의 돌들이 바퀴와 말발굽 아래에서 울리기 시작했다. 그리고 번쩍이는 간판이 붙은 집들의 밝게 비추어진 전경이 카레타 창문을 지나 내달렸다. 피스카료프는 가는 길 내내 생각했고, 이 모험을 어떻게 해결해야 할지 알 수 없었다. 자기 소유의 저택, 카레타, 화려한 제복을 입은 하인……. 그는 이 모든 것을 4층 방, 먼지 낀 창문, 음이 맞지 않는 피아노와 결합시킬 수가 없었다.

카레타가 선명하게 빛이 밝게 밝혀진 입구 앞에 섰고, 그는 즉시 정신이 멍해졌다. 대열을 이룬 마차들, 마부들의 목소리, 빛이 밝게 밝혀진 창문들과 음악 소리. 화려한 제복을 입은 하인이 그가 카레타에서 내리는 걸 도운 다음 대리석 기둥, 금장식으로 감싸인 문지기, 여기저기 걸려 있는 망토와 모피, 번쩍이는 램프가 있는 현관으로 공손히 안내했다. 향료가 뿌려지고 빛나는 난간이 달린, 공기처럼 가벼운 계단이 위로 내달렸다. 그는 이미 계단에 있었고, 이미첫 번째 홀로 들어갔으며, 사람들이 끔찍이도 많은 것에 당황하여첫걸음부터 뒷걸음쳤다. 특별히 알록달록한 얼굴들이 그를 완전히당황하게 만들었다. 그에게는 어떤 악마가 온 세상을 수많은 조각들로 빻아서 이 조각들이 의미도 없고 논리도 없이 함께 뒤섞여 있는 것처럼 느껴졌다. 귀부인들의 빛나는 어깨와 검은 연미복, 샹들리에, 등불, 공중을 날아다니는 가스, 천상의 리본 그리고 장엄한 합창의 난간 뒤에서 내다보는 뚱뚱한 콘트라베이스, 그에겐 모든 것이휘황찬란하였다. 그는 연미복에 별들을 단 그토록 훌륭한 노인들과중년들, 그토록 가녀리고 자긍심 강하고 우아하게 세공마루를 따라나서거나 열을 지어 앉아 있는 귀부인들을 단번에 알아보았다. 그는 엄청나게 많은 프랑스어와 영어 단어를 들었다. 게다가 검은 연미복을 입은 젊은이들은 그토록 숭고함에 가득 차 있고, 그토록 기품있게 말하고 침묵했으며, 쓸데없는 말은 그토록 할 줄 모르고, 그토록 위엄있게 농담하고, 그토록 정중하게 미소 짓고, 그토록 훌륭한구레나룻을 기르고, 넥타이를 바로잡으며 그토록 세련되게 멋진 손을 내보일 줄 알았다. 귀부인들은 그토록 공기처럼 우아하고, 완전한 자기만족과 평안에 그토록 깊이 잠겨 있고, 그토록 매력적으로눈을 떨구고, 그리고…… 그러나 두려워서 기둥에 몸을 기댄 피스카료프의 완전히 겸손해진 표정에서 그가 완전히 혼돈에 빠져 있음을알 수 있었다.

이때 군중이 춤추는 사람들을 에워쌌다. 그들은 공기로 짠 옷을 입고 파리의 투명한 명품에 휘감겨서 지나갔다. 그들은 세공마루에 빛나는 발을 살짝 대었고, 발을 대지 않을 때보다 더 가볍고 우아했다. 그러나 그들 중 한 여인이 더 훌륭하고, 더 화려하고 더 빛나게 옷을 차려입고 있었다. 말로 표현하기 어려운, 가장 섬세한 취향의 결합이 그녀의 몸치장 전체에서 흘러나왔다. 모든 점에서 그녀는 몸치장에 전혀 신경을 쓰지 않았음에도, 그 취향이 자기도 모르게 저절로 흘러나온 것 같았다. 그녀는 자기를 에워싼 엄청난 관객들을 보는 듯 보지 않았고, 아름답고 기다란 속눈썹이 무심하게 떨구어져 있었으며, 하얗게 빛나는 얼굴은 더욱 눈부시게 관객들의 눈에 쏙 들어왔다. 머리를 수그릴 때 가벼운 그림자가 그녀의 매력적인 이마에 드리워졌다.

피스카료프는 군중을 헤치고 그녀를 보기 위해 모든 노력을 기울였다. 그러나 너무나 당혹스럽게도, 검은 고수머리를 한 엄청나게 큰 머리가 계속 그녀를 가렸다. 게다가 군중이 그를 너무 세게 밀어서 그는 앞으로 넘어질 수도, 뒤로 넘어질 수도 없고, 어떤 3등관의 몸에 어떤 식으로든 닿을 것만 같았다. 그러나 어떻게든 해서 앞으로 힘겹게 나아갔고, 예의를 차려서 옷차림을 단정히 했기를 바라며 자기 옷을 살펴보았다. 창조주 하느님, 이게 뭔가요! 그는 온통 물감이 덕지덕지 묻은 프록코트를 입고 있었다. 서둘러 나오면서 좀 더 깨끗한 옷으로 갈아입는 것마저 잊은 것이다. 그는 귀밑까지 빨개지고, 머리를 수그리고 사라지고, 아니 아무도 모를 곳으로 결연히 사라지고 싶었다. 빛나는 복장을 한 시종보[18]들이 그의 뒤를 완전한 벽을 이루며 지나갔다. 그는 아름다운 이마와 속눈썹이 돋보이는 미녀로부터 가능한 한 멀리 있고 싶었다. 그는 공포에 휩싸인 채, 그녀가 자신을 보고 있지는 않은지 살펴보기 위해 눈을 들었다. 신이여! 그녀가 그 앞에 서 있다……. 그러나 이게 뭐지? 이게 뭐지? "그녀다!" 그는 거의 목청껏 외쳤다. 정말로 그녀였다. 그가 넵스키 거리에서 마주쳐서 거처까지 따라간 바로 그녀였다.

그 사이에 그녀가 속눈썹을 들어 올리고 선명한 눈길로 모든 이들을 바라보았다. "아, 아, 아, 얼마나 예쁜가……!" 그는 호흡이 가빠짐을 느끼며 겨우 이 말밖에 할 수 없었다.

그녀는 앞다투어 그녀의 주의를 끌기를 갈망하는 주위의 모든 사람을 눈으로 훑어보았으나 피곤하여 주의를 기울이지 않고 그들을 외면하다가 피스카료프와 눈이 마주쳤다. 오, 얼마나 놀라운 천상인가! 얼마나 놀라운 천국인가! 창조주여, 이걸 견딜 힘을 주소서! 우리의 삶은 천국을 감당할 수 없고, 그것은 영혼을 파괴하고 앗아갈 것이다! 그녀가 신호를 보냈다. 그러나 손으로, 고개를 끄덕이는 것으로 보낸 것이 아니다. 이 신호는 그녀의 치명적인 눈길로 그토록 섬세하고 눈에 띄지 않게 보내져 어느 누구도 그것을 알아볼 수 없었다. 그러나 그는 보았고, 그는 그것을 이해했다.

춤이 오랫동안 계속되었다. 피곤에 절은 음악이 완전히 잦아들고 잠잠해지는 듯했으나, 다시 터져 나오고 괴성을 지르고 요란하

---

18 독일, 덴마크, 러시아에서 황제, 왕, 선거후選擧侯 등을 궁전의 내실에서 섬기던 내관, 독일어 '카메르-융커Kammer-junker'를 러시아어 '카메르-윤케르камер-юнкер'로 표기. 러시아에서 시종보는 1711~1809년에는 정식 관리였으나 1809~1917년에 궁정 내관이라는 명예직으로 전환되었다. 19세기 전반기 시종보는 황실 및 고관대작들과 친분을 맺고 차르의 정책을 즉시 파악할 수 있다는 점 때문에 사교계에서 높은 위상을 차지하였다.

게 울려 퍼졌다. 마침내 — 끝이다! 그녀가 앉아 있고, 그녀의 가슴이 여린 가스 연기 아래 피어오르고, 그녀의 손이 (창조주여, 얼마나 경이로운 손인가요!) 무릎에 떨어지고, 자기 아래로 천상의 드레스를 움켜쥐었다. 손 밑의 드레스가 음악으로 호흡하기 시작하는 듯했고, 옷의 은은한 라일락색이 이 아름다운 손의 백옥 같은 순백색을 훨씬 더 돋보이게 해 주었다. 그것에 손을 댈 수만 있다면 —그 이상은 필요 없다! 어떤 다른 갈망도 —그건 너무 추악하다……. 그는 그녀 옆 의자 뒤에 섰고 감히 말도 못 하고 숨도 쉴 수 없었다.

"지루하셨죠?" 그녀가 말했다. "저도 지루했어요. 전 당신이 저를 증오하는 걸 느껴요……." 그녀가 긴 속눈썹을 내려뜨리면서 덧붙였다.

"당신을 증오한다고요? 제가요? 저는……." 완전히 넋을 잃은 피스카료프가 말하려고 했으나, 아마도 톡톡 끊어지는 단어들만 말했을 것이다. 그러나 이 순간 머리에 한 가닥 고수머리가 아름답게 감긴 시종[19]이 날카롭고 유쾌한 지적을 하며 다가왔다. 그는 상당히 유쾌하게 무척 고른 치열을 드러내며, 날카로운 말을 할 때마다 날카로운 못을 그의 가슴에 박았다. 마침내 다행히도, 옆에 있던 사람 중 누군가가 시종을 향해 질문을 던졌다.

"이건 정말 참기 어렵네요!" 그녀가 그에게 천상의 눈을 들어 올리며 말했다. "전 홀의 다른 쪽에 앉겠어요. 거기로 오세요!"

그녀는 군중 사이를 뚫고 지나가서 사라졌다. 그는 미친 사람

---

19 시종보다 한 직급 높은 궁정 대신, 독일어 '카메르쉐어Kammercherr'를 러시아어 '카메르게르камергер'로 표기. 시종은 사교계에서도 시종보보다 더 높은 위치에 있었다.

처럼 군중을 헤집고 나가서 이미 거기에 가 있었다.

그래, 바로 그녀다! 그녀가 여왕처럼 다른 누구보다 더 훌륭하게, 더 아름답게 앉아 있었고 그를 눈으로 찾고 있었다.

"여기 계세요." 그녀가 조용히 말했다. "저는 당신 앞에서 솔직해질게요. 아마 당신에겐 저희가 만난 상황이 이상하게 보였을 거예요. 정말 당신은 제가, 당신이 저를 발견한 것처럼 그런 경멸받아 마땅한 부류에 속할 수 있다고 생각하세요? 당신에겐 제 행동이 이상해 보일 테지만, 전 당신에게 비밀을 털어놓겠어요. 당신은 결코 배신하지 않으시겠죠?" 그녀가 눈으로 그를 뚫어지게 쳐다보면서 말했다.

"오, 지키겠어요! 지킬게요! 지킬게요……!"

그런데 이때 상당히 나이를 먹은 남자가 피스카료프로서는 이해할 수 없는 언어로 그녀와 이야기를 시작하고서 그녀에게 손을 내밀었다. 그녀는 애원하는 시선으로 피스카료프를 바라보았고, 그 자리에 남아서 자신이 올 때까지 기다리라는 신호를 보냈으나, 그는 참을 수 없는 열정의 발작으로 그녀 입에서 나오는 어떤 지시도 들을 힘이 없었다. 그는 그녀 뒤를 쫓아갔다. 그러나 군중이 그들을 갈라놓았다. 그는 이미 라일락빛 드레스를 볼 수 없었다. 마음이 불안해져서 그는 이 방에서 저 방으로 나아갔고, 부닥치는 모든 사람들을 인정사정없이 치고 지나갔다. 그러나 방마다 모두 휘스트 게임[20]을 하며 앉아서 에이스가 된 듯이 죽음과 같은 침묵에 잠겨 있었다.

---

20 네 명이 참여하는 카드놀이로, 두 명씩 두 팀으로 나뉘어 승부를 겨루었다.

방 한구석에서는 나이를 지긋이 먹은 몇 명이 문관에 대한 무관의 이점에 대해 논쟁하고 있었고, 다른 구석에서는 더욱 훌륭한 연미복을 입은 사람들이 열심히 글을 쓰는 시인의 작품 몇 권에 대하여 가벼운 평가를 내리고 있었다. 나이 든 한 남자가 정중한 태도로 피스카료프의 연미복 단추를 잡고 매우 공정한 자신의 견해에 대한 그의 판결을 요청하였으나, 그는 남자의 어깨에 상당히 주목할 만한 훈장이 있는 것도 알아보지 못하고 거칠게 그를 밀쳤다. 그는 다른 방으로 뛰어 들어갔고, 거기에도 그녀는 없다. 세 번째 방에도 갔으나 역시 없다. '대체 그녀가 어디 있는 거지? 내게 그녀를 보내 주세요! 오, 전 그녀를 보지 않고는 살 수 없어요. 전 그녀가 말하고 싶어 한 것을 듣고 싶어요.' 그러나 그의 모든 수색이 헛되이 끝났다. 불안하고 피로해진 그는 구석에 달라붙어서 군중을 바라보았다. 그러나 그의 긴장된 눈에 모든 것이 흐릿한 모습으로 비쳤다. 마침내 그에게 그의 방의 벽이 선명하게 보이기 시작했다. 그는 눈을 들었고, 그 앞에는 심지에서 촛불이 거의 꺼져 가는 촛대가 서 있었다. 초가 모두 녹아내렸고, 양초 기름이 탁자에 엎질러져 있었다.

그는 그렇게 졸고 있었던 것이다! 신이여, 얼마나 놀라운 꿈인가! 왜 잠에서 깨어난 걸까? 왜 1분만 더 기다리지 않았을까? 그녀가 분명히 다시 나타났을 텐데! 창문으로는 귀찮은 하루의 기분 나쁘고 음산한 빛이 비쳐 들었다. 너무나 회색이고 너무나 더러운 무질서 상태에 있었다……. 오, 현실은 얼마나 역겨운가! 그것은 얼마나 몽상과 다른가? 그는 서둘러 옷을 벗고 침대에 누워 이불을 뒤집어썼다. 멀리 날아간 몽상을 한순간 불러들일 요량으로. 꿈은 정확히 지체하지 않고 그에게 나타났다. 그러나 그가 보고 싶어 한 것과

넵스키 거리

는 전혀 다른 꿈이었다. 피로고프 중위가 파이프를 들고 나타나는가 하면, 미술 아카데미의 수위가, 4등관이, 그가 언젠가 초상화를 그려 준 핀란드 여인의 머리가, 그런 쓸데없는 것들이 나타났다.

그는 잠이 들기를 갈망하며 한낮까지 침대에 누워 있었다. 그러나 그녀는 나타나지 않았다. 한순간 자신의 아름다운 모습을 보여 주기만 해도, 한순간 그녀의 가벼운 걸음이 사각거리기만 해도, 그녀의 다 드러난, 구름 너머 천상의 눈처럼 선명하게 빛나는 손이 그 앞에 어른거리기만 해도 얼마나 좋을까!

그는 모든 걸 내던지고 모든 걸 잊고서, 부서지고 절망적인 표정으로 한 가지 몽상에만 가득 차서 앉아 있었다. 그는 어떤 것에도 손을 댈 생각을 하지 않았다. 그의 눈은 아무 관심도 없고 아무 생기도 없이 마당으로 난 창문을 바라보았다. 마당에서는 더러운 물장수가 물을 붓자 그 물이 공중에서 얼어붙었다. 그리고 행상인의 염소 울음 같은 소리가 짤랑거렸다. "헌 옷 팝니다." 일상적이고 현실적인 것이 이상하게도 그의 귀에 거슬렸다. 그렇게 그는 저녁까지 죽치고 앉아 있다가 탐욕스럽게 침대에 몸을 던졌다. 그는 오랫동안 불면증과 싸웠고, 마침내 그것을 힘으로 이겼다. 다시 어떤 꿈, 어떤 비속하고 추악한 꿈이 나왔다. '신이여, 자비를 베푸소서. 단 한순간이라도 단 한순간이라도 그녀를 보여 주세요!' 그는 다시 저녁을 기다렸고, 다시 잠이 들었으며, 다시 어떤 관리가 꿈에 나왔다. 그는 관리이기도 하고 파곳이기도 했다. 오, 이건 참을 수 없어! 마침내 그녀가 나타났다! 그녀의 작은 머리와 고수머리⋯⋯. 그녀가 바라본다⋯⋯. 오, 얼마나 짧은가! 다시 안개, 다시 어리석은 망상.

마침내 몽상이 그의 삶이 되었고, 이때부터 그의 삶이 이상한 방향으로 흘러갔다. 그는 말하자면 현실에서는 잠들고 잠에서는 활기가 넘쳤다. 그가 말없이 텅 빈 탁자 앞에 앉아 있거나 거리를 따라 걸어가는 것을 누군가가 보았다면, 아마도 그를 광신도나 독한 술로 만신창이가 된 사람으로 여겼을 것이다. 그의 시선은 어떤 의미도 없이 멍했다. 마침내 자연스럽게 산만한 상태가 진전되어서 그의 얼굴에서 모든 감정과 움직임을 강력하게 몰아내 버렸다. 그는 밤이 다가올 때만 활력을 되찾았다.

그런 상태가 그의 힘을 파괴하고, 마침내 꿈이 그를 완전히 떠나기 시작하는 것이 그에게 가장 끔찍한 고통이 되었다. 자신에게 있는 단 하나의 보물을 구하기를 바라면서 그는 그것을 되찾을 수 있는 모든 수단을 강구했다. 그는 꿈을 되살릴 수 있는 수단이 있다고 들었다. 아편만 먹으면 된다는 것이다. 그러나 어디서 아편을 얻는단 말인가? 그는 숄 가게를 운영하는 한 페르시아인을 떠올렸다. 그는 예술가와 부닥칠 때마다 거의 언제나 미녀를 그려 달라고 졸라 댔었다. 그는 그에게 틀림없이 아편이 있을 거라고 생각하고서 그에게 가기로 결심했다. 페르시아인은 소파에 앉아서 양반다리를 한 채 그를 맞이했다.

"아편이 왜 필요한데?" 그가 그에게 물었다.

피스카툐프는 그에게 자신의 불면증에 대해 얘기했다.

"좋아, 네게 아편을 줄게. 단 내게 미인을 그려 줘. 아주 예쁜 미녀여야 해! 눈썹은 검고 눈동자는 올리브처럼 크고, 내가 그녀 옆에 누워서 파이프를 피울 수 있게 말이야! 알아들었어? 예쁘게 말이야! 예뻐야 해! 미인이어야 해!"

피스카툐프는 모두 약속했다. 페르시아인은 잠깐 나갔다가 검은 액체가 가득 든 작은 병을 들고 돌아왔고, 조심스럽게 그 일부를 다른 작은 병에 붓고, 물에 일곱 방울씩 타고 그 이상은 사용하지 말라고 지시하면서 피스카료프에게 주었다. 그는 금 더미를 주어도 내놓지 않을 이 소중한 작은 병을 열정적으로 꼭 쥐고 곧장 집으로 달려갔다.

집에 도착하자 몇 방울을 물컵에 부어 한 번에 들이켜고서 자기 위해 드러누웠다.

신이여, 이렇게 기쁠 수가! 그녀다! 다시 그녀다! 그러나 이미 완전히 다른 모습이다. 오, 그녀는 밝고 아담한 나무집에 얼마나 예쁘게 앉아 있는가! 그녀 옷은 시인의 사고만이 깃들 수 있는 그런 순수함을 발산한다. 그녀의 헤어스타일은…… 창조주여, 이 헤어스타일은 얼마나 단순한가요. 그녀에게 얼마나 잘 어울리는가요! 짧은 스카프가 그녀의 가녀린 목에 가볍게 둘려 있고, 그녀의 모든 것이 소박하고, 그녀의 모든 것이 은밀하고 뭐라 설명할 수 없는 취향을 느끼게 한다. 그녀의 우아한 자태는 얼마나 사랑스러운가! 그녀의 발소리와 다소 소박한 드레스는 얼마나 음악적인가! 헤어밴드로 조여진 손은 얼마나 예쁜가! 그녀는 눈에 눈물을 머금고 그에게 말한다. "저를 경멸하지 말아 주세요. 저는 당신이 생각하는 그런 여자가 전혀 아니에요. 저를 보세요. 저를 더 뚫어지게 보고 이야기해 주세요. 정말 당신이 생각하는 그런 짓을 할 수 있을 것 같아요?" "오! 아니, 아니에요! 감히 그렇게 생각할 수 있는 사람은 그렇게 하라고……." 그러나 그는 감동을 받고, 마음이 찢어지고 눈에 눈물이 고인 채 잠에서 깨었다. '네가 전혀 존재하지 않으면 좋았을걸! 세상에 살지 않았다면, 영감에 찬 예술가의 작품이었다면! 나는 캔버스에서 떠나지 않고 영원히 너를 바라보고 너에게 키스할 텐데. 나는 가장 아름다운 환상인 너로 인해 살고 숨 쉴 텐데. 그러면 나는 행복할 텐데. 어떤 욕망도 더 늘어놓지 않을 텐데. 나는 자기 전이나 깨기 전이나 너를 수호천사라고 부르고, 너를, 신성하고 거룩한 것을 묘사해야 할 때면 너를 기다릴 텐데. 그러나 이제…… 얼마나 끔찍한 삶인가! 그녀가 살아 있는 것에 어떤 유익이 있단 말인가? 정말 광인의 삶이 한때 그를 사랑하던 그의 친척들과 친구들에게 유쾌하단 말인가? 신이여, 우리 삶은 왜 이런가요! 꿈과 본질의 영원한 불화라니요!'

거의 그런 생각이 끊임없이 그를 사로잡았다. 그는 어떤 것도 생각하지 않았다. 심지어 거의 아무것도 먹지 않고, 참을성 없이 연인에 대한 욕망으로 저녁과 자신이 갈망하는 환상을 기다렸다. 생각이 한 대상에게 끊임없이 집중되면서 마침내 그의 존재 전체와 상상에 너무도 강한 힘을 발휘해서, 그가 갈망하는 형상이 거의 매일, 항상 현실과 대조되어 그에게 나타났다. 그의 생각은 어린아이의 생각처럼 완전히 순수했기 때문이다. 이 환상을 통해서 대상 자체가 더 순수해지고 완전히 변형되었다.

아편을 복용하면서 그의 생각이 더욱 뜨겁게 달아올랐다. 언젠가 광기의 끝에 다다를 때까지 열정적으로 끔찍하게 파괴적으로 미치도록 누군가를 사랑해 본 사람이 있다면, 바로 이 불행한 사람 피스카료프였다.

모든 환상 중 하나가 다른 어떤 것보다 그에게 큰 기쁨을 주었다. 그에겐 그의 화실이 떠오르고, 그는 그토록 명랑하고 그토록 만족감에 젖어서 팔레트를 손에 들고 앉아 있었다! 그녀도 거기에 있다. 그녀는 이미 그의 아내였다. 그녀는 매력적인 팔꿈치를 그의 의자 팔걸이에 기대고 그의 곁에 앉아 있고, 그의 작품을 바라보았다. 그녀의 나른하고 피곤한 눈은 축복에 겨워하고 있었다. 방의 모든 것에서 낙원의 향기가 났다. 아주 밝고 아주 잘 정돈되어 있었다……. 그는 이 꿈보다 더 좋은 꿈을 결코 보지 못했다. 그는 그 꿈 이후에 전보다 더 생생해지고 덜 산만해져서 일어났다. 그의 머리에서 이상한 생각이 자라났다. '어쩌면' 그가 생각했다. '그녀는 어떤 뜻하지 않은 끔찍한 상황에 의해 타락에 끌려들어 갔을 거야. 어쩌면, 그녀의 영혼은 참회로 기울고 있을 거야. 어쩌면 그녀 스스로 자기의 끔찍한 상황에서 빠져나오고 싶어 할 거야. 정말 그녀의 파멸을 무심하게 내버려 둬도 좋단 말인가. 더욱이, 그녀에게 손만 내밀면 물에서 구할 수 있는데도?' 그의 생각이 더욱 펼쳐졌다. '나를 아는 사람은 아무도 없어.' 그는 혼자 중얼거렸다. '그래 누구도 내게 아무런 관심도 없고, 나도 그들 일에 전혀 관심이 없지. 그녀가 순수하게 참회하고 삶을 변화시킨다면 그땐 내가 그녀와 결혼하는 거야. 그녀와 결혼해야 해. 자기 하녀와 심지어 자주 자기가 경멸했던 족속과 결혼하는 많은 이들보다 내가 훨씬 더 훌륭한 일을 하게 될 거야. 그러나 내 영웅적인 행동은 사심이 없을 거고 심지어 위대한 것일 거야. 나는 세상에 그것의 가장 아름다운 장식을 되돌려 주는 거야.'

　　그런 경솔한 계획을 세우고서 그는 자기 얼굴에 피어오른 홍조를 느꼈다. 그는 거울에 다가갔고 자신의 푹 꺼진 뺨과 창백한 얼굴에 경악했다. 그는 꼼꼼하게 옷을 차려입기 시작했다. 몸을 씻고, 머리를 매만지고, 새 연미복, 화려한 조끼를 입고, 망토를 두르고 거리에 나섰다. 그는 마치 오랫동안 투병 생활을 하고 회복되어 처음으로 밖에 나가기로 결심한 사람처럼, 신선한 공기를 들이켜고 가슴에 활기를 느꼈다. 운명적인 만남 이후 그의 발이 닿지 않았던 그 거리로 다가갈 때 심장이 고동쳤다. 그는 오랫동안 그 집을 찾았다. 그의 기억이 그를 배신한 것 같았다. 그는 같은 길을 두 번 지나갔고 어느 집 앞에 서야 할지 몰랐다. 마침내 한 집이 비슷하게 보였다. 그는 빠르게 계단으로 뛰어 올라가서 문을 두드렸다. 문이 열렸다. 누가 그를 맞으러 나왔겠는가? 그의 이상, 그의 신비로운 형상, 몽상 속 그림들의 원형, 그가 그토록 끔찍하게, 그토록 고통스럽게, 그토록 달콤하게 갈망하던 그녀였다. 그녀 자신이 그 앞에 서 있었다. 그는 몸을 떨었다. 그는 기쁨의 격정에 사로잡히고, 허약해져서 다리로 서 있을 수조차 없었다. 비록 그녀의 눈은 잠에 취해 있었으나 여전히 아름답게 그 앞에 서 있었다. 비록 얼굴이 다소 창백해져서 그렇게 매력적이진 않았으나, 여전히 그녀는 아름다웠다.

"아!" 그녀가 피스카료프를 보고 자기 눈을 문지르면서 외쳤다 (그때는 이미 2시였다). "그때 왜 저희에게서 달아나셨어요?"

그는 어찌할 바를 몰라 하며 의자에 앉아서 그녀를 바라봤다.

"저는 지금 막 일어났어요. 그들이 아침 7시에 저를 데려다줬거든요. 전 완전히 취해 있었어요." 그녀가 미소 지으며 덧붙였다.

오, 그런 말을 하느니 차라리 말도 할 줄 모르고 혀를 아예 잃는 편이 나을 것이다! 그녀는 갑자기 그에게, 그녀의 삶 전체를 파노라마처럼 보여 주었다. 그럼에도 불구하고, 그는 마음을 단단히 먹고 그의 훈계가 혹시 그녀에게 작용하지 않는지 시도해 보기로 결심했다. 그는 용기를 내서 떨리는 동시에 격앙된 목소리로 그녀에게 그녀의 끔찍한 상황을 설명하기 시작했다. 그녀는 우리가 뭔가 뜻밖의 이상한 것을 볼 때 표출하는 그런 놀라움을 느끼면서 그의 말을 주의 깊게 들었다. 그녀는 가볍게 미소 짓더니 구석에 앉아 있던 그녀 친구를 바라보았다. 그 친구도 빗을 씻던 것을 멈추고 새로운 설교가의 말을 주의 깊게 들었다.

"맞아요, 전 가난합니다." 긴 교훈적인 훈계를 마친 후 피스카료프가 마침내 말했다. "하지만 우린 일하게 될 겁니다. 우린 우리 삶을 개선하기 위해 앞다투어 노력할 겁니다. 모든 일에 대해 스스로 책임을 지는 것보다 더 유쾌한 일은 없지요. 저는 그림을 그릴 거고요. 당신은 제 곁에 앉아서 저의 작업에 혼을 불어넣고 바느질을 하거나 다른 손일을 하게 될 거예요. 우리는 어떤 점에서도 부족하지 않을 겁니다."

"어떻게 그럴 수가!" 그녀가 경멸의 표정을 지으며 말을 끊었다. "저는 일을 해야 하는 세탁부나 재봉사가 아니에요."

오, 하느님! 이 말에 모든 저속하고 모든 경멸할 만한 삶이 담겨 있었다 ─ 늘 타락과 함께 다니는 공허와 무위로 가득 찬 삶이.

"나랑 결혼해요!" 지금까지 구석에서 잠자코 있던 그녀 친구가 뻔뻔한 표정을 지으며 끼어들었다. "내가 아내가 된다면 이렇게 앉아 있을게요!"

이 말을 하고서 그녀가 애처로운 얼굴에 어리석은 표정을 지었고, 그것이 미녀를 완전히 웃기고 말았다.

오, 이건 해도 해도 너무하다! 이걸 이겨낼 힘은 없다. 그는 감정도 생각도 다 내려놓고 밖으로 뛰쳐나갔다. 그의 이성은 흐려지고, 그는 어리석게 아무 목적도 없이, 아무것도 보지 않고, 듣지 않고, 느끼지 않고 하루 종일 돌아다녔다. 그가 어디에서건 잠을 잤는지 아닌지, 어느 누구도 알 수 없었다. 겨우 다음 날에야 그는 창백하고, 끔찍한 표정으로, 흐트러진 머리를 하고, 얼굴에 광기의 징후를 드러내면서, 어리석은 충동으로 자기 아파트에 들어왔다. 그는 방문을 잠그고 아무도 들이지 않고 아무것도 요구하지 않았다. 4일이 지났으나 그의 닫힌 방은 전혀 열리지 않았다. 마침내 일주일이 지났음에도, 방은 여전히 잠겨 있었다. 문에 몸을 던지고, 그를 부르기 시작해도 어떤 대답도 없었다. 마침내 문을 부수었고, 목이 잘려서 숨이 끊어진 그의 시체를 발견하였다. 피범벅이 된 면도칼이 바닥에 뒹굴고 있었다. 경련으로 벌려진 팔과 무섭게 일그러진 얼굴로 미루어 보건대, 그의 손이 제대로 처리를 못 해서 죄 많은 영혼이 몸을 떠나기 전에 그가 오랫동안 고통당한 것으로 결론지을 수 있었다.

광적인 열정의 희생자, 조용하고 수줍고 소박하고 어린아이처럼 단순하고, 시간이 지나면서 활짝 피어나고 밝게 타오를 수 있는 재능의 불꽃을 지녔던 불쌍한 피스카료프는 그렇게 죽었다. 어느 누구도 그를 위해 눈물을 흘리지 않았다. 그의 영혼 없는 시체 곁에는 흔한 모습의 순경과 무심한 표정의 경찰서 소속 의사 외에 아무도 보이지 않았다. 그의 관은 조용히, 심지어 종교의식도 없이, 오흐타[21]로 운반되었다. 그의 뒤를 따라 수위 역할을 하는 병사 한 명만이 울면서 걸어갔고, 그것도 보드카 한 병을 들이켰기 때문이다. 심지어 그가 살아 있을 때 그를 숭고하게 보호해 주던 피로고프 중위마저 불행한 가난한 사람의 시체를 보러 오지 않았다. 하지만 그에게는

---

21 페테르부르크의 네바 강을 사이에 두고 넵스키 거리의 강 건너편에 있는 오흐타 지역의 묘지.

지금 거기에 신경 쓸 겨를이 없었다. 그는 초유의 사건에 몰입해 있었기 때문이다. 그래도 그에게 가 보자.

　나는 시체와 고인들을 좋아하지 않으며, 긴 장례 행렬이 내 길을 가로질러 지나가고 탁발수도사[22]처럼 옷을 입은 상이군인이 오른손엔 횃불을 들기 때문에 왼손으로 담배 냄새를 맡을 때, 항상 기분이 나빠진다. 나는 화려한 관 뚜껑과 비로드 관을 볼 때면 항상 마음에 당혹감을 느낀다. 그러나 짐마차 마부가, 가난했던 사람의 아무것도 덮지 않은 관을 끌고 가고, 어떤 거지 여인만 건널목에서 이걸 보고 다른 할 일이 없어서 그 뒤를 어슬렁거리며 따라가는 것을 볼 때, 나의 당혹감은 우수와 뒤섞인다.

　우린 피로고프 중위가 불쌍한 피스카료프와 헤어지고 금발의 여인을 쫓아간 지점에서 그를 내버려 둔 것 같다. 이 금발 여인은 경박하고 상당히 흥미로운 피조물이었다. 그녀는 상점마다 걸음을 멈추고 창문에 진열된 혁대, 스카프, 귀걸이, 장갑, 다른 잡동사니들을 훑어보고, 끊임없이 빙빙 돌면서 사방을 보고 뒤를 돌아보곤 하였다. "아가씨, 넌 내 거야!" 피로고프는 자기 확신에 차서 말하고, 추적을 계속하고 누구든 아는 사람을 만나지 않기 위해서 얼굴을 외투 깃으로 가렸다. 그러나 여기서 피로고프 중위가 어떤 인물인지 독자들에게 알리는 것이 좋을 것이다.

　그러나 피로고프 중위가 어떤 인물인지 말하기 전에 피로고프가 속한 사회에 대해 이야기하는 것도 괜찮을 것이다. 페테르부르

---

22 1528년 프란체스코회의 일파로 형성된 카푸친 작은형제회의 탁발수도사. 이들이 '카푸친капуцин'으로 불리는 작은 두건이 달린 검은 망토를 두르는 것에서 이 수도회의 명칭이 유래하였다.

크에는 사회의 중류 계층을 이루는 장교들이 있다. 40여 년이나 근무해서 그 직책을 얻은 5등관이나 4등관 집의 저녁 파티나 오찬에서, 당신은 언제나 그 장교들 중 한 명을 발견하게 될 것이다. 그곳에는 페테르부르크처럼 파리하고, 완전히 무채색이며 그중 몇몇은 이미 과년한 아가씨들과 다과용 테이블, 피아노, 집 안에서의 춤 등이 있다. 이 모든 것은 품행이 방정한 금발 여인과 그 형제 혹은 친지의 검은 연미복 사이에서 램프에 반짝이는 견장과 떼려야 뗄 수 없는 관계이다. 이 냉정한 아가씨들이 몸을 들썩이게 하고 웃게 만들기란 정말 어렵다. 이걸 위해서는 엄청난 기술이 필요하거나 혹은 더 정확히 말하면 아예 어떤 기술도 필요 없다. 여성들이 사랑하는 사소한 것이 모든 언행에서 묻어나려면, 너무 똑똑하지도 너무 우습지도 않게 말할 필요가 있다. 이 점에서는 위에서 언급한 신사들을 공정하게 평가해 주어야 한다. 이들에게는 이 무채색의 미녀들을 웃게 하고 이들의 이야기를 들어 줄 수 있는 특별한 재능이 있다. "아, 그만하세요! 그렇게 웃기시다니 부끄럽지도 않으세요!"와 같이 숨이 막힐 정도로 웃어대면서 터져 나오는 환호들이 그들에게 주어지는 최고의 상이다. 상류층에는 이런 사람들이 매우 드물거나 혹은 더 정확히 말하면 아예 존재하지 않는다. 그로 인해 이들은 사교계에서 귀족이라고 불리는 사람들 앞에 서면 완전히 주눅이 든다. 하지만 이들은 학식 있고 교양 있는 사람들로 간주된다. 이들은 문학에 대해 얘기하기를 좋아해서 불가린, 푸시킨, 그레스를 칭찬하고 오를로프에 대해서는 경멸과 냉소적인 독설을 퍼붓는다.[23] 그들은 회계에 대한 것이든 심지어 임업에 대한 것이든 어떤 공개 강의도 놓치지 않는다. 극장에서는 어떤 드라마가 상영되든, 그들의 까다로운 취향이 모욕당하는 〈필라트카〉[24]가 상연되는 경우를 제외하고, 당신은 언제나 그들 중 한 명을 발견할 것이다. 그들은 언제나 극장에 있다. 그들은 극장 운영에 있어서 가장 수지맞는 사람들이다. 그들은 극에서 나오는 좋은 시들을 특히 좋아하고, 마찬가지로 배우들을 큰 소리로 불러내기를 아주 좋아한다. 그들 중 많은 이들이 공립기관에서 가르치거나 그 기관에 들어갈 학생들을 준비시키면서 이륜마차와 말 한 쌍을 획득한다.

그때 그들의 교제 범위는 더 넓어지고, 마침내 피아노를 연주할 수 있고, 10만 루블이나 그 정도의 현찰과 수염이 더부룩한 친척들이 한 무더기 있는 상인 딸을 아내로 맞는 데 성공한다. 그러나 이들은 적어도 육군 대령의 직책에 도달하기 전까지는 이 명예에 도달

---

23 파데이 불가린Faddey Bulgarin(1789~1859). 1825~1865년에 러시아의 유일한 정치와 문학 중심의 신문 「북방의 벌」을 발간한 작가, 언론인, 비평가, 출판업자. 니콜라이 그레츠Nikolay Gretsch(1787~1867)는 문법학자이자 언론인. 불가린과 그레츠는 1831~1859년 「북방의 벌」을 공동 발간하고, 그레츠는 그것과 같은 성향의 「조국의 아들」도 발간하였다. 두 신문 모두 1825년 '12월 당원' 사건 이전에는 자유주의 사상을 지지하였으나 그 사건 이후에는 전제정을 지지하고 비속한 대중문화를 널리 보급하게 된다. 알렉산드르 푸시킨Aleksandr Pushkin(1799~1837)은 러시아 최고의 시인이자 소설가로서 러시아 국민문학의 아버지로 불리며, 불가린과 그레츠를 비판하였다. 알렉산드르 오를로프Aleksandr Orlov(1790~1840)는 대중적인 시인이자 교훈적인 팸플릿 작가. 코발료프는 불가린, 푸시킨, 그레츠를 동시에 칭찬하고 오를로프를 비판하는데, 이는 그의 피상적인 지식과 비속한 예술 취향을 암시한다.

24 〈필라트카〉는 1830년대에 유행한 익살스럽고 경박한 프랑스식 소극笑劇인 보드빌Vaudeville 작품. 원제목은 '필라트카와 미로슈카 — 경쟁자 혹은 네 명의 신랑과 한 명의 신부'.

할 수 없다. 러시아 털복숭이들은 여전히 양배추 냄새를 풍기면서도 자기 딸들은 장군이 아니거나 적어도 육군 대령이 아니면 누구에게 도 시집보내려고 하지 않기 때문이다.[25] 이런 것들이 이 젊은이 부류 의 중요한 특징이다.

그러나 피로고프 중위에게는 특별히 그만이 지닌 많은 재능이 있었다. 그는 『드미트리 돈스코이』와 『지혜의 슬픔』[26]의 시를 멋지게 낭송하고, 파이프에서 너무나 멋지게 고리 모양의 연기를 내뿜어서 갑자기 십여 개의 고리가 이어지게 할 수 있는 특별한 기술을 갖고 있었다. 그는 대포도 스스로 존재하고, '유니콘'도 스스로 존재한다 는 우스운 이야기를 아주 유쾌하게 할 수 있었다.[27]

그러나 운명이 피로고프에게 상으로 준 모든 재능을 일일이 열거하기는 약간 어렵다. 그는 여배우와 무희에 대해 이야기하기를 좋아했으나 보통 젊은 소위보가 이 대상에 대해 설명할 때만큼 날 카롭지는 않았다. 그는 최근에 얻게 된 자기 관직에 매우 만족하였

25 털복숭이는 19세기 러시아의 상인을 의미. 당시 러시아 상인들은 보통 긴 수염을 길렀고, 그중 부유해진 상인들은 싼 양배추 위주의 빈약한 식사 대신 귀족적인 식사를 즐기게 되었다. 또한 당시 부유한 상인은 딸을 귀족 영애처럼 교육시키고 고위 관료나 귀족과 결혼시켜서 가문 의 신분 상승을 도모하기도 하였다.

26 『드미트리 돈스코이』는 네스토르 쿠콜닉Nestor Kukolnik(1809~1868)이 모스크바 공국과 블라디미르 공국의 대공이었던 드미트리 돈스코이 Dmitri Donskoy(1350~1389)에 대해 쓴 역사 비극. 『지혜의 슬픔』은 러 시아의 유명한 극작가, 시인, 작곡가, 외교관인 알렉산드르 그리보예도 프Aleksander Griboedov(1795~1829)가 쓴 희극.

27 '유니콘'은 러시아에서 1577년에 처음 주조된 대포 중 하나. 총신에 유 니콘 문양이 새겨져서 유니콘으로 불렸다.

다. 비록 가끔 소파에 누워서 "오, 오! 헛되다, 모든 것이 헛되다! 내가 중위여서 달라진 게 뭐란 말인가?"라고 되뇌었으나 속으로는 이 새로운 직함에 큰 만족을 느꼈다. 그는 대화 중 자주 그것을 넌지시 암시하기 위해 애썼고, 한번은 거리에서 자신에게 무례하다고 느껴진 어떤 서기를 만났을 때 즉시 그를 세우고서 몇 마디, 하지만 날카로운 말로 그에게, 그 앞에는 다른 어떤 장교가 아니라 중위가 서 있음을 인식시켰다. 하물며 전혀 밉지 않은 귀부인 두 명이 그를 지나가자, 그는 이것을 더 아름다운 언어로 설명하려고 노력했다. 피로고프는 전반적으로 세련된 것은 뭐든지 갈망하였고 예술가 피스카료프를 격려하였다. 그러나 이것은 그가 자신의 남성적인 용모를 초상화에서도 볼 수 있기를 바랐기 때문일 것이다. 그러나 피로고프의 장점은 이것으로 충분하다. 인간은 너무나 훌륭한 존재여서, 갑자기 그의 덕목을 모두 열거하는 것은 절대로 불가능하다. 그리고 그 안을 더 들여다보면 볼수록, 새로운 특징들이 드러나서 묘사에 끝이 없을 것이다.

그렇게 해서 피로고프는 미지의 여인을 쫓는 것을 멈추지 않고 때때로 그녀에게 질문을 던졌고, 그녀는 거칠게 툭툭 끊어서 어떤 불명확한 소리를 내며 대답했다. 그들은 어두운 카잔스키 문을 지나서 담배와 잡동사니 가게들, 독일 장인들, 핀란드 님프들이 있는 메샨스카야 거리로 들어섰다. 금발 여인은 더 속도를 내어 달리고, 상당히 더러운 집의 문으로 포르르 들어갔다. 피로고프도 그녀 뒤를 따라갔다. 그녀는 좁고 어두운 계단을 따라 뛰어 올라가서 문 안으로 들어갔고, 피로고프도 용감하게 밀치고 들어갔다. 그는 자신이 검은 벽과 그을은 천장이 있는 큰 방에 있는 것을 발견하였다.

나사못, 철공 장비, 반짝이는 커피포트와 촛대가 탁자에 널려 있었다. 마루는 구리와 철가루로 더러워져 있었다. 피로고프는 즉시 이것이 장인의 아파트임을 깨달았다. 미지의 여인은 옆문으로 더 멀리 포르르 날 듯이 들어갔다. 그는 잠깐 생각에 잠기는 듯했으나 러시아의 법칙에 따라서 앞으로 나아가기로 결정했다. 그는 주인이 독일인임을 보여 주는, 아주 깔끔하게 정리된 첫 번째 방과는 전혀 다른 옆방으로 들어갔다. 그는 흔치 않은 이상한 모습에 충격을 받았다.

그 앞에 실러가 앉아 있었는데, 그는 『빌헬름 텔』과 『30년 전쟁사』를 쓴 실러[28]가 아니라 메샨스카야 거리의 철물 장인인 유명한 실러이다. 그의 옆에는 호프만이 서 있었는데, 그는 작가 호프만[29]이 아니라 오피체르스카야 거리[30]의 상당히 훌륭한 구두공이자 실러의 절친한 친구이다.

실러는 술에 취해서 의자에 앉아 다리를 흔들며, 뭔가 열을 내어 이야기하고 있었다. 이 정도로 피로고프가 놀라지는 않았을 것이고, 정말 그를 놀라게 한 것은 이 형상들의 극도로 이상한 상황이었다.

실러는 상당히 큰 코를 내밀고 머리를 위로 향하고 앉아 있었고, 호프만은 그의 코를 두 손가락으로 잡고 코의 표면에 구두용 칼날을 대고 돌리고 있었다. 두 작자가 독일어로 이야기했기 때문에,

---

28 프리드리히 실러Friedrich Shiller(1759~1805). 독일의 유명한 신고전주의 시인, 극작가, 역사가, 문학이론가.
29 에른스트 테오도어 아마데우스 호프만Ernst Theodor Amadeus Hoffmann (1776~1822). 독일의 유명한 후기 낭만주의 작가이자 작곡가.
30 직역하면, 장교의 거리.

독일어를 '구트 모르겐'[31]밖에 모르는 피로고프 중위는 이 사건 전체에 대해 아무것도 이해할 수 없었다. 그러나 실러의 말은 바로 이와 같았다.

"난 원치 않아, 내겐 코가 필요 없어!" 그는 팔을 저으며 말했다. "내겐 코 하나에 한 달에 담배 3푼트[32]가 들어가. 그래서 추악한 러시아 상점에 돈을 내야 해. 독일 상점엔 러시아 담배가 없으니까. 난 추악한 러시아 상점에 1푼트당 40코페이카씩 내. 이건 1루블 20코페이카가 되고, 1루블 20코페이카가 열두 번이면 14루블 40코페이카가 되지. 내 친구 호프만, 들었어? 코 하나에 14루블 40코페이카라니! 게다가 명절 때는 라페[33]를 피워. 명절 때 추악한 러시아 담배를 피우고 싶지는 않으니까. 1년에 나는 2푼트의 라페를 피우고, 이건 푼트당 2루블이야. 6루블에 14루블이니 담배에만 20루블 40코페이카가 들어.[34] 이건 날강도야! 이봐 친구 호프만, 그렇지 않아?" 같이 취한 호프만은 긍정적으로 대답했다. "20루블 40코페이카라니! 난 슈바브 주의 독일인이야. 독일에는 왕이 있어. 난 코를 원치 않아! 내 코를 잘라! 여기 내 코가 있어!"

피로고프 중위가 갑자기 등장하지 않았다면 의심할 여지 없이 호프만은 물불 안 가리고 실러의 코를 잘랐을 것이다. 실러가 이미

---

31 "좋은 아침"에 해당하는 독일어 인사말 '구텐 모르겐Guten Morgen'을 러시아어로 '구트 모르겐гут морген'으로 표기. 피로고프가 정확한 독일어 표현을 모르는 것에서 그의 교양 수준이 낮음을 암시한다.

32 제정 러시아의 옛 중량 단위. 1푼트는 0.41kg.

33 '라페râpé'는 프랑스제 최고급 코담배.

34 1년에 라페 2푼트면 4루블이므로 6루블이라는 실러의 계산은 잘못된 것이다.

자기 코를, 구두창을 재단할 때와 같은 상태에 두었기 때문이다. 갑자기 알지도 못하고 초대도 안 한 얼굴이 그토록 부적절한 때에 자기를 방해하자 실러는 매우 당혹스러워하는 것 같았다. 그는 맥주와 포도주의 현혹시키는 증기에 빠져 있었음에도 불구하고, 제3의 증인이 있는 곳에서 그런 모양으로 그런 행동을 하는 것이 약간 불쾌하게 느껴졌다. 그러는 사이 피로고프는 가볍게 몸을 굽혀 인사하고 그만이 보일 수 있는 유쾌한 태도로 말했다.

"실례합니다……."

"저리 가!" 실러가 말을 길게 끌며 대답했다.

이에 피로고프 중위는 매우 당황했다. 그런 행동은 그에게 전혀 새로운 것이었다. 그의 입술에 가볍게 비칠 듯했던 미소가 갑자기 사라졌다. 자긍심에 상처 입은 것을 느끼면서 그는 말했다.

"제겐 이상하군요. 귀하…… 당신은 아마도 제가 장교라는 걸…… 알아보지 못하신 것 같군요."

"장교가 다 뭐야! 난 슈바브 주의 독일인이다. 나도 (이때 실러는 주먹으로 탁자를 내리쳤다) 장교가 될 거야. 1년 반이면 사관학교 생도[35]이고, 2년이면 중위니, 나도 내일 이맘때면 장교지. 하지만 난 근무하고 싶지 않아. 난 장교에겐 이렇게 할 거야. 후!" 이 말을 하며 실러는 손바닥을 펴고 "후" 하고 불었다.

피로고프 중위는 자기가 빨리 떠나는 것 외에는 할 일이 없다는 걸 깨달았다. 그러나 그의 직함에 합당한 예의를 갖추지 않은 그

---

[35] 제정 러시아에서 귀족 자제를 위해 설립된 사관학교의 생도로서 독일어 '융커Junker'를 러시아어 '윤케르юнкер'로 표기. 실러의 이 술주정은 현실성이 없는 허풍이다.

런 반응이 그에게는 불쾌했다. 그는 정신을 집중해서 어떤 식으로 실러에게 그의 무례함을 일깨워 줄지를 생각하고 싶은 듯 계단에서 몇 번 멈춰 섰다. 마침내 실러의 머리가 맥주로 가득 찼기 때문에 그를 용서할 수 있다고 판단했다. 게다가 예쁘장한 금발 여인이 나타났다. 그래서 이번 건은 잊고 그냥 지나가기로 결심했다. 그다음 날 피로고프 중위가 아침 일찍 장인의 철제 공방에 나타났다. 앞방에서 예쁘장한 금발 여인이 그와 마주쳤고 자기 얼굴에 아주 잘 어울리는 아주 엄한 목소리로 물었다.

"뭐가 필요하신가요?"

"아, 안녕하세요, 내 예쁜이! 절 못 알아보겠어요? 교활하군요. 눈이 참 예쁘네요!" 이 말을 하면서 중위 피로고프가 손가락으로 그녀의 턱을 아주 부드럽게 들어 올리려고 했다. 그러나 금발 여인은 겁이 나서 소리를 지르고 똑같이 엄격하게 물었다.

"뭐가 필요하신가요?"

"당신을 보는 것, 그거 외엔 아무것도 필요 없어요." 피로고프 중위는 상당히 유쾌하게 미소 짓고 더 가까이 다가가면서 말했다. 그러나 겁이 난 금발 여인이 문으로 빠져나가고 싶어 하는 걸 보고서 덧붙였다. "내 예쁜이, 내겐 박차를 주문할 필요가 있어요. 당신이 박차를 만들어 줄 수 있을까요? 당신을 사랑하기 위해서라고 해도, 박차 따윈 전혀 필요 없고 차라리 굴레가 낫기는 하지만 말이에요. 손이 정말 보드랍군요!"

피로고프 중위가 그런 유의 설명을 할 때면 언제나 친절했다.

"지금 남편을 부를게요." 독일 여인이 소리를 지르며 나갔고, 몇 분 후 피로고프는 어제의 취기에서 거의 정신을 못 차리고 잠에 취한 눈으로 나온 실러를 보았다. 장교를 보고서 그는 희미한 꿈에서 본 듯이 어제 사건을 기억했다. 그는 어떤 식으로 일이 벌어졌는지 전혀 기억하지 못했지만, 자기가 뭔가 어리석은 짓을 했다는 걸 느꼈고, 그래서 장교를 매우 엄격한 태도로 맞이했다.

"저는 박차를 15루블 이하로는 맡을 수 없습니다." 그는 피로고프에게서 벗어나고 싶어 하면서 말했다. 양심적인 독일인으로서 그는 예의에 어긋난 자신의 모습을 본 사람을 바라보는 것이 매우 수치스러웠다.

실러는 아무도 보는 사람 없이, 두세 명의 친구와 마시는 것을 좋아했고, 이럴 때는 자기 일꾼들에게도 몸을 숨겼다.

"왜 그렇게 비싸죠?" 피로고프가 상냥하게 말했다.

"독일제이니까요." 실러는 냉정하게 말하고 턱을 쓰다듬었다. "러시아인은 2루블에도 일을 맡겠지만요."

"좋소. 제가 당신을 사랑하고 당신과 친해지고 싶다는 걸 증명하기 위해서 15루블 내지요."

실러는 잠시 생각에 잠겼다. 양심적인 독일인으로서 그는 약간 수치스러웠다. 그가 주문하지 못하도록 막고 싶은 마음에 그는 2주 전에는 다 끝낼 수 없다고 단언했다. 그러나 피로고프는 어떤 반박도 하지 않고 완전히 동의했다.

독일인은 생각에 깊이 잠겼고, 어떻게 하면 자기 제품을 실제로 15루블의 가치가 있도록 더 잘 만들 수 있을지 고심하게 되었다. 이때 금발 여인이 공방에 들어와서 커피포트가 놓인 탁자를 뒤적이기 시작했다. 중위는 실러가 골똘히 생각에 잠긴 틈을 타서 그녀에게 다가가 어깨까지 드러난 팔을 잡았다. 이것이 실러의 마음에 들

넵스키 거리

지 않았다.

"내 아내야!" 그가 소리쳤다.

"뭐가 필요하신가요?" 금발 여인이 대답했다.

"부엌으로 가!"[36]

금발 여인이 나갔다.

"그럼 2주 뒤죠?" 피로고프가 말했다.

"좋아요. 2주 뒤요." 실러가 상념에 잠겨서 대답했다. "전 지금은 일이 아주 많아서요."

"안녕히 계세요. 또 찾아오지요."

"안녕히 가세요." 실러는 그의 뒤로 문을 잠그면서 대답했다.

피로고프 중위는 독일 여인이 명백히 저항했음에도 불구하고, 자신의 추적을 그만두지 않기로 결심했다. 그는 어떻게 자신을 거부할 수 있는지 이해할 수 없었다. 그의 상냥함과 빛나는 관직으로 그에겐 주목받을 권리가 완전히 주어졌기 때문이다.

하지만 실러의 아내가 사랑스러운 용모에도 불구하고 어리석었다는 것 역시 말해 둘 필요가 있다. 다만 아름다운 아내에게는 어리석음이 특별한 매력이 된다. 적어도 나는 자기 부인의 어리석음에 열광하여 그것에서 어린아이 같은 순진무구함의 모든 특징을 찾아내는 남편들을 많이 알고 있다. 미는 완전한 기적을 일으킨다. 미인

---

36 실러는 완전한 독일어 표현인 '마이네 프라우Meine Frau!,' '게엔 지 인 디 퀴헤Gehen sie in die Küche!'를 러시아어와 결합시켜서 '메인 프라우Мейн фрау!,' '겐지 나 쿠흐냐Гензи на кухня!'로 잘못 표현한다. 여기에서 '인 디 퀴헤in die Küche!'를 정확한 러시아어로 번역하면 '나 쿠흐뉴 на кухню'인데 이를 '나 쿠흐냐na kukhnya(на кухня)'로 잘못 표현한 것에서 그의 러시아어가 서투르다는 것이 드러난다.

의 모든 정신적 결함은 혐오감을 불러일으키기보다는, 어떤 식으로 든지 특별한 매력이 된다. 그러나 그것이 사라지면 — 여성은 사랑이 아니라 적어도 존경이라도 불러일으키고 싶으면 남자보다 스무 배는 똑똑해야 한다.

그러나 실러의 아내는 매우 어리석은 가운데서도 언제나 자기 의무에 충실했고, 그래서 피로고프가 자신의 용감한 계획에 성공하기란 상당히 어려웠다. 그러나 장애물을 극복하고 거두는 승리에는 항상 만족감이 찾아오며, 금발 여인은 그에게 날마다 더욱더 흥미로 워졌다. 그는 박차에 대해 알아보기 위해 매우 자주 들르기 시작했고, 그래서 실러는 마침내 진력이 나 버렸다. 그는 이미 착수한 박차를 서둘러 끝내기 위해 온갖 노력을 다 기울였고, 마침내 박차가 준비되었다.

"아, 정말 훌륭한 작품이군요!" 중위 피로고프가 박차를 보고 소리쳤다. "오, 신이여 정말 잘 만들었어요! 우리 장군한테서도 이런 박차는 본 일이 없어요."

실러의 영혼에 자기만족감이 퍼졌다. 그의 눈은 상당히 명랑해 보였고, 그는 완전히 피로고프와 화해했다. '러시아 장교는 똑똑한 친구야.' 그는 혼자 생각했다.

"그럼 당신은 예를 들면 단검이나 다른 물건들의 테도 만들 수 있겠네요?"

"오, 아주 잘할 수 있지요." 실러는 미소를 띠며 말했다.

"그럼 제게 단검의 테도 만들어 주세요. 당신에게 가지고 올게요. 제겐 아주 좋은 터키 단검이 있는데, 그것에 맞는 다른 테도 만들고 싶어요."

이것에 실러는 한 대 얻어맞은 것 같았다. 그의 이마에 갑자기 주름이 생겼다. '이런 제기랄!' 그는 혼자 생각하고, 일을 자초한 것에 대해서 속으로 자신을 책망했다. 거절하는 건 명예롭지 못하다고 느꼈고, 게다가 러시아 장교가 그의 일을 칭찬까지 한 것이다. 그는 머리를 약간 젓고 동의를 표명했다. 그러나 피로고프가 나가면서 예쁘장한 금발 여인의 입술에 무례하게 키스를 해서, 그는 완전히 의혹에 잠겼다.

나는 독자를 실러와 좀 더 가깝게 해 주는 것이 필요 없지 않다고 생각한다. 실러는 말 그대로 완전한 독일인이었다. 러시아인은 되는 대로 살아가는 스무 살 때부터 실러는 이미 자기 삶 전체를 설계하고 어떤 경우에도 예외를 허용하지 않았다. 그는 7시에 일어나고 2시에 점심을 먹고 모든 면에서 정확하고 일요일마다 술에 취하기로 결정하였다. 그는 10년 사이 5만 루블의 자본을 모으기로 결심했고, 이건 운명처럼 그토록 확실하고 거부할 수 없는 것이었다. 독일인이 자기 말을 번복하기로 결정하는 것보다 관리가 자기 상관 집의 수위실을 들여다보는 걸 잊는 편이 더 쉬울 것이기 때문이다. 어떤 경우에도 그는 자신의 지출을 늘리지 않았고, 감자 값이 예상보다 훨씬 많이 오르면 그는 1코페이카도 덧붙이지 않고 감자 양만 줄였다. 이따금 약간 배를 곯게 된다고 해도 그는 이것에 적응했다. 그의 정확성은, 아내에게 하루 두 번 이상 키스하지 않고, 혹시라도 그 이상 키스를 하지 않도록 수프에 후추를 한 스푼 이상은 넣지 않는 데까지 이르렀다. 그러나 일요일에는 이 규칙이 그렇게 엄하게 지켜지지 않았다. 그때는 그가 맥주 두 병과, 자신이 항상 욕하는 캐러웨이 보드카 한 병을 마신 뒤였기 때문이다.[37] 그는 절대로, 점심 직후

문을 걸쇠로 걸어 잠그고 혼자 홀짝이는 영국인처럼 마시지 않았다. 반대로 그는 독일인으로서 언제나 영감에 차서 혹은 구두공 호프만과 함께 혹은 역시 독일인이고 대단한 술주정뱅이인 철공 쿤츠와 함께 마셨다. 고상한 실러의 성격이 바로 이러했으니, 그는 마침내 극도로 어려운 상황에 놓이게 된 것이다. 비록 그는 점액질이고[38] 독일인이었으나, 피로고프의 행동은 그에게 질투 비슷한 것을 불러일으켰다. 그는 머리를 쥐어박았고, 어떻게 하면 이 러시아 장교로부터 벗어날 수 있을지 방도를 찾을 수 없었다. 그러는 사이 피로고프는 자기 친구들 무리에 끼여 파이프로 담배 연기를 뿜어 대면서 — 장교가 있는 곳에는 파이프도 있는 것이 신의 섭리이기 때문이다 — 예쁘장한 독일 여인에 대한 계략을 유쾌한 미소를 지으며 의미심장하게 넌지시 말했다. 그의 말에 따르면 그는 그녀와 거의 완전히 가까워진 것이라고 하는데, 실제로는 그녀가 자기 쪽으로 넘어오게 할 희망을 거의 잃은 상황이었다.

하루는 그가 메샨스카야 거리를 따라 지나가다가 커피포트와 사모바르가 그려진 실러의 간판이 나타난 집을 바라보았다. 그는 창문으로 몸을 숙이고 행인들을 살펴보는 금발 여인의 머리를 보고 아주 기뻤다. 그는 멈춰서 그녀에게 손으로 신호를 보내고 말했다. "구트 모르겐!" 금발 여인이 그를 알아보고 허리를 굽혀 인사했다.

---

37 당시 러시아에서 후추는 성정性情을 활발하게 만든다고 여겨졌다. 또한 캐러웨이는 씨앗을 향신료로 쓴다.
38 인간의 네 가지 기질인 다혈질, 담즙질, 점액질, 우울질 중 하나. 점액질 유형은 일반적으로 느리고 둔하며 냉담하고 게으른 성향을 지니는 것으로 간주된다.

"저, 당신 남편은 집에 있나요?"

"집에 있어요." 금발 여인이 대답했다.

"집에 언제 없나요?"

"그는 일요일에는 집에 없는 편이에요." 어리석은 금발 여인이 말했다.

'이거 나쁘지 않은데.' 피로고프는 혼자 생각했다. '이걸 이용할 수 있겠어.'

그리고 다음 날 일요일에 느닷없이 금발 여인 앞에 나타났다. 실러는 실제로 집에 없었다. 예쁘장한 여주인은 당황했으나, 피로고프가 이번에는 상당히 조심스럽게 움직이고, 매우 공손하게 행동했으며, 인사를 한 뒤에는 자신의 탄력 있는 쫙 빠진 몸매의 아름다움을 완전히 보여 주었다. 그는 매우 유쾌하고 정중하게 농담을 했으나, 어리석은 독일인 여자는 모든 질문에 단음절 단어로만 답했다. 마침내 사방에서 찔러 보고 어떤 것으로도 그녀를 사로잡을 수 없는 걸 보고서 그는 그녀에게 춤추자고 제안했다. 독일 여자는 즉시 동의했다. 독일 여자는 언제나 춤이라면 사족을 못 쓰기 때문이다.

이 점에 피로고프는 아주 많은 희망을 두었다. 먼저 이것이 벌써 그녀에게 만족감을 주었다. 둘째, 이를 통해 그의 몸매와 날렵함을 보여 줄 수 있었다. 셋째, 춤을 추며 더욱 가까이 몸을 붙여서 예쁘장한 독일 여자를 끌어안고 첫걸음을 뗄 수 있었다. 짧게 말해서 이렇게 해서 완전한 성공에 도달하게 되는 것이다. 그는 독일 여자에게는 조금씩 다가가야 한다는 것을 알고서 가보트[39] 춤부터 시작했

39 17세기 프랑스에서 형성된 춤곡.

다. 예쁘장한 독일 여자는 방 한가운데로 나와서 아름다운 다리를 들었다. 이 동작에 피로고프는 황홀해져서 그녀에게 키스하기 위해 달려들었다. 독일 여자가 소리를 질렀고, 이것으로 여인은 피로고프의 눈에 자신의 매력을 더욱 배가시켰다. 그는 그녀를 키스로 뒤덮었다. 이때 갑자기 문이 열리고 실러가 호프만과 철공 쿤츠와 함께 들어왔다. 이 모든 훌륭한 수공업자들은 고주망태가 되어 있었다.

그러나 나는 실러의 분노와 불만에 대해 독자들이 판단해 주기를 바란다.

"추잡한 놈!" 그가 엄청나게 불만스러워하며 외쳤다. "어떻게 내 아내에게 키스를 할 수 있단 말야? 넌 비열한이지 러시아 장교가 아니야. 악마에게나 꺼져라. 이봐 친구 호프만, 난 독일인이지 러시아 돼지가 아니야!"

호프만이 긍정적으로 대답했다.

"난 뿔을 갖고 싶지 않아![40] 이봐 친구 호프만 그의 옷깃을 잡아. 난 싫어." 그는 손을 강하게 휘저으며 계속 말했고, 이때 그의 얼굴은 그의 조끼의 붉은 옷감과 비슷했다. "난 페테르부르크에서 8년 살았고, 슈바비아에는 내 어머니가 계시고, 내 아버지는 뉘른베르크에 계셔. 난 독일인이지 뿔난 송아지가 아니야! 그를 쫓아 버리자, 호프만! 그의 손과 발을 잡아, 내 친구[41] 쿤츠야!"

그리고 독일인들은 피로고프의 손과 발을 잡았다. 그가 벗어

---

40 서양에서는 부정을 저지른 아내의 남편을 '머리에 뿔이 난 남편'이라고 부른다.
41 실러는 러시아어에서 '외국인 친구'란 뜻의 외래어 '캄라드kamrad'를 독일식으로 격음화하여 '캄라트kamrat'로 발음한다.

나기 위해 아무리 발버둥쳐도 헛수고였다. 이 세 수공업자는 페테르부르크의 모든 독일인 가운데 가장 건장한 축이었고 그를 너무나 거칠고 무례하게 다루어서, 솔직히 난 이 슬픈 사건을 묘사할 말을 찾을 수가 없다.

나는 실러가 그다음 날 심한 열병에 걸려서, 매 순간 경찰이 들어올 것을 예감하며 잎새처럼 바르르 떨고, 어제 일어난 모든 일을 꿈인 것으로 해 주기만 하면 신에게 뭐든지 바쳤을 거라고 확신한다. 그러나 이미 일어난 일을 바꿀 수는 없는 법이다. 그 어떤 것도 피로고프가 느끼는 분노와 불만과 비교할 수 없었다. 그런 끔찍한 모욕을 생각만 해도 그는 광분에 휩싸였다. 그는 시베리아와 채찍질조차 실러에게는 가장 약한 벌이라고 생각했다. 그는 옷을 갈아입고 거기에서 바로 장군에게 가서 가장 인상적인 색채로 독일 수공업자들의 반란을 묘사할 생각으로 집으로 날다시피 달려갔다. 그는 동시에 중앙 본부에 서면 청원서를 제출하고 싶었다. 만일 중앙 본부가 충분히 벌을 내리지 않으면 그때는 바로 각료회의에, 아니면 바로 차르에게 제출하고 싶었다.

그런데 이 모든 게 약간 이상하게 끝났다. 도중에 그는 제과점에 들러서 두 개의 파이를 먹고 「북방의 벌」에서 뭔가를 다 읽고 나왔고, 그때 그는 이미 그다지 분노한 상태가 아니었다. 게다가 상당히 유쾌하고 서늘한 저녁 날씨에 이끌려 그는 넵스키 거리를 얼마간 거닐었다. 9시경에 그는 진정되고, 일요일에 장군을 괴롭히는 것은 좋지 않다는 것을 깨달았다. 더욱이 장군은 의심할 나위 없이 어디로든 불려 나갔을 것이다. 그래서 그는 관리들과 장교들이 매우 유쾌한 모임을 즐기는, 감사위원회에 속한 한 책임자의 저녁 파티로 출발했다. 거기서 그는 만족스럽게 저녁을 보내고 마주르카 춤에서 탁월한 기량을 뽐내서 귀부인들뿐 아니라 심지어 시종들까지 열광하게 만들었다.

'우리 세상은 참 멋지게 만들어졌단 말야!' 그저께 나는 넵스키 거리를 따라 걸으며 이 두 사건을 기억에 떠올리면서 생각했다. 우리 운명은 얼마나 이상하게, 얼마나 이해할 수 없게 우리를 희롱하는가! 우리는 우리가 갈망하는 걸 결국은 얻게 되는가? 우리는 우리가 의도적으로 온 힘을 쏟아부은 것에서 좋은 성과를 거두는가? 모든 게 그 반대로 된다. 운명에 의해 가장 근사한 말을 갖게 된 사람은 그 말의 아름다움을 전혀 알아차리지 못한 채 무심하게 타고 다닌다. 그런데 바로 그때 말에 대한 애착으로 가슴이 뜨거워지는 다른 사람은 걷다가, 준마가 자기 곁을 지나갈 때면 혀로 가볍게 소리를 내는 것으로 만족한다.

어떤 사람은 훌륭한 요리사를 두고 있지만 안타깝게도 입이 짧아서 두 조각 이상은 넘기지 못한다. 반면 다른 사람은 참모부 아치[42]만 한 입을 갖고 있으면서도, 슬프다! 감자로 된 독일식 점심으로 만족해야 한다. 우리 운명은 얼마나 이상하게 우리를 희롱하는가!

그러나 무엇보다도 더 이상한 것은 넵스키 거리에서 일어난 사건들이다. 오, 이 넵스키 거리를 믿지 마시기를! 나는 그 길을 걸을 때면 항상 망토를 더 힘껏 뒤집어쓰고, 마주치는 대상을 아예 보지

---

42 제정 러시아 시대의 국방부 건물의 아치. 이 건물은 페테르부르크의 궁전광장을 사이에 두고 겨울궁전 맞은편에 있으며, 건물의 아치는 페테르부르크의 상징 중 하나이다.

않으려고 노력한다. 모든 것이 기만이고, 모든 것이 환상이고, 모든 것이 보이는 것과는 다르다!

당신은 멋지게 지어진 프록코트를 입고 산책하는 이 신사가 아주 부자라고 생각하는가? 전혀 그렇지 않다. 이 프록코트가 그의 전 재산일 것이다. 당신은 건축되고 있는 교회 앞에 서 있는 이 두 명의 뚱뚱한 사람이 그 건축에 대해 평가하고 있다고 상상하는가? 전혀 그렇지 않다. 그들은 두 마리 까마귀가 서로 마주 보며 얼마나 이상하게 앉아 있는지를 이야기하고 있는 것이다. 당신은 팔을 휘젓는 이 열광적인 사람이 아내가 자기를 어떻게 창문 밖으로, 자기가 생판 모르는 장교에게 공처럼 내던져졌는가를 말하고 있다고 생각하는가? 전혀 그렇지 않다. 그는 라파예트[43]에 대해 이야기하고 있는 것이다. 당신 생각으로는 이 귀부인들이…… 하지만 귀부인들은 가장 믿어서는 안 될 대상이다. 그녀들이 상점 진열장을 덜 바라보기를. 그 안에 진열된 잡동사니들은 아름답기는 하지만, 무서울 정도로 엄청난 양의 지폐 냄새를 풍긴다. 그러나 신이여, 모자 밑으로 귀부인들을 쳐다보지 않도록 우리를 보호하소서.

아무리 멀리서 미인의 망토가 펄럭거려도, 나는 결코 호기심에 이끌려 그녀를 쫓아가지 않을 것이다. 더불어, 제발, 가로등에서 멀리 떨어져라! 그리고 더 빨리, 가능한 한 더 빨리 그 옆을 지나쳐라! 당신의 번쩍이는 프록코트가 냄새나는 기름으로 뒤덮이는 것을 피하기만 해도, 그것만으로도 행복이다. 그러나 가로등을 제외하고

---

43 라파예트Marquis de Lafayette(1757~1834). 프랑스 장군이자 정치 지도자로 미국 독립전쟁에서 조지 워싱턴George Washington(1732~1799)과 함께 싸우고 삼부회에서 프랑스 인권선언의 초안과 결론을 작성하였다.

도 모든 게 거짓으로 숨 쉰다. 이 넵스키 거리, 그것은 매 순간 거짓말을 한다. 그러나 밤이 걸쭉한 죽처럼 거리를 뒤덮고 흰색과 담황색이 드러날 때, 온 도시가 굉음과 휘황찬란한 빛으로 변하고, 무수히 많은 카레타들이 다리 쪽에서 몰려오고, 앞자리에 앉은 마부들이 소리 지르며 말 위에서 뛰어오를 때, 그리고 악마가 단지 모든 것을 실제 모습과 다르게 보여 주려고 스스로 램프에 불을 켤 때는 특히 더 그렇다.

광인 일기

10월 3일

오늘 흔치 않은 사건이 일어났다. 나는 아침에 매우 늦게 일어났고, 마브라가 깨끗이 닦은 장화를 가져다주었을 때 몇 시냐고 물었다. 이미 종이 10시를 친 지 한참 지났다는 말을 듣고 나는 서둘러 옷을 입었다. 솔직히 나는 과장이 어떤 뿌루퉁한 얼굴을 할지 미리 알고 있었기에 관청에 안 가고 싶었다. 그는 이미 내게 오래전부터 말하곤 했다. "이봐, 자네, 어떻게 된 거야? 머릿속이 늘 그렇게 뒤죽박죽이니. 어떤 땐 미친놈처럼 뛰어다니고, 때로는 일을 혼동해서 귀신도 종잡을 수 없게 하고, 직함에 소문자를 쓰고, 날짜도 번호도 기입 안 하고 말야."

저주받을 왜가리 녀석! 내가 국장님 저택의 서재에 앉아 각하를 위해 깃털 펜 깎는 게 부러운 게지. 한마디로 경리를 만나서 이 유대인에게서 어떻게든 조금이라도 가불 받을 희망이 없다면 나는 관청에 안 갈 거야. 이자도 대단한 녀석이다! 그가 언제건 한 달 먼저 돈 주길 기대하느니, 오 하느님, 최후의 심판이 먼저 올 거다. 아무리 사정해도, 아무리 쪼들려도 내주질 않아, 백발 귀신 같은 놈. 집에서는 자기 식모한테 뺨이나 맞는 주제에. 이건 세상이 다 아는 일이다.

관청에서 근무하는 게 무슨 이득이 있는지 모르겠다. 전혀 도움이 안 돼. 현청, 민사재판소, 세무국이라면 몰라. 거기선 구석에 몸을 처박고 글을 쓰지. 연미복은 더럽고 면상은 침을 뱉어 주고 싶을 정도고, 그런데 어떤 다차¹를 세내는지 봐! 그에게 금박을 입힌 도자기 찻잔으로는 어림도 없어. "이건 의사한테나 줄 선물이야"라고 할 거다. 그에겐 준마 한 쌍이나 드로시키나 300루블짜리 담비 코트 정도는 바쳐야 해. 보기엔 얼마나 조용하고, 말도 얼마나 세련되게 하는지. "펜을 깎도록 칼 좀 빌려주시길 바랍니다." 그러고서 청원자를 셔츠 하나만 남기고 홀랑 벗겨 버려. 물론, 대신 우리 일은 고상하고, 현청에서는 볼 수 없을 만큼 모든 면에서 깨끗해. 탁자는 마호가니고 상관들은 서로 존댓말을 하고. 솔직히, 근무가 고상하지 않았다면 나는 부서를 진작 그만뒀을 거야.

난 낡은 외투를 입고 깃을 세웠다. 비가 억수같이 내리고 있었기 때문이다. 거리에는 아무도 없었다. 드레스 치맛자락을 뒤집어쓴 아낙네들, 우산을 들고 다니는 러시아 상인들, 그리고 배달꾼들이 눈에 들어왔다. 고상한 사람 중에는 우리 동료 관리만 눈에 들어왔

I 다차는 오늘날까지 러시아에서 흔히 볼 수 있는 가족 단위의 간이 별장과 정원. 부유층의 호화로운 다차에서 일반인의 소박한 다차까지 규모와 용도가 다양하다.

다. 나는 그가 교차로에 서 있는 걸 보았다. 그를 본 순간 나는 혼자 중얼거렸다. "오호! 아냐, 이봐, 넌 출근하는 게 아니라 앞에 뛰어가는 여자 뒤꽁무니를 부리나케 쫓아가며 그 다리를 보고 있는 거야." 우리 동료는 도대체 어떻게 생겨 먹은 거야? 에이, 장교에 뒤지질 않아. 모자 쓴 여자만 지나가면 바로 달라붙으니.

내가 이런 생각을 하고 있을 때 막 지나가던 가게에 카레타가 다가오는 걸 보았다. 난 바로 알아보았다. 이건 우리 국장의 카레타였다. '하지만 그가 가게에 올 턱이 없는데.' 난 생각했다. '아마 이건 그녀 딸일 거야.' 난 벽에 달라붙었다. 하인이 문을 열었고 그녀가 새처럼 카레타에서 포르르 튀어나왔다. 그녀가 어찌나 좌우를 둘러보고 그녀 눈썹과 눈동자가 어찌나 번쩍였는지…… 오 맙소사! 난 망했어, 완전히 망했어. 그녀는 왜 그런 비 오는 날에 나온 걸까. 이제 여자들이 이런 잡동사니 같은 것에 사족을 못 쓴다는 걸 부정하지는 못할 거야. 그녀는 나를 알아보지 못했고, 나도 일부러 가능한 한 옷으로 몸을 가리려고 애썼다. 왜냐면 내 외투는 아주 더럽고 게다가 유행이 지났기 때문이다. 요즘은 긴 옷깃을 단 망토를 입고 다니는데, 내 것은 짧고 두 단이고, 게다가 옷감도 전혀 좋은 게 아니다. 그녀의 개가 가게 안에 못 들어가고 길에 남아 있었다. 나는 이 개를 알아보았다. 그건 멧지라고 불렸다.

그런데 잠시 있다가 갑자기 가녀린 목소리를 듣게 되었다. "안녕, 멧지." 이게 뭐야! 누가 말한 거지? 난 주위를 둘러보고 두 귀부인이 우산을 쓰고 걸어가는 걸 보았다. 한쪽은 나이가 많았고 다른 쪽은 젊었다. 그들은 지나갔는데, 내 곁에서 다시 "멧지, 네가 잘못한 거야!"라는 말이 들렸다. 귀신이 곡할 노릇이네! 나는 멧지가 귀부인들을 따라가는 개와 서로 냄새 맡는 걸 보았다. "어!" 나는 혼자 중얼거렸다. "됐어, 내가 술 취한 거 아냐? 그래도 이건 내게 드문 일인데." "아냐, 피델, 난, 말야, 멍! 멍! 난 말야, 멍! 멍! 아주 아팠어." 어라, 요 개 좀 봐라? 솔직히 난 고놈이 사람처럼 말하는 걸 듣고 아주 놀랐다.

하지만 이 모든 걸 잘 고려해 본 뒤 더 이상 놀라지 않게 되었다. 실제로 세상에는 이미 그런 일이 많이 있는 것이다. 영국에서는 물고기가 헤엄쳐 나와 알 수 없는 언어로 두 마디 말을 해서 이미 3년간 학자들이 그 의미를 알아내려고 노력했으나 아직도 그 비밀을 밝히지 못했다고 한다. 또한 나는 가게에 들어와서 차 한 푼트[2]를 요구한 두 마리 젖소에 대해서도 신문에서 읽었다.

하지만 솔직히 멧지가 "네게 편지를 썼어, 피델. 아마 폴칸이 내 편지를 안 갖고 갔나 봐!"라고 말했을 때 나는 훨씬 더 놀랐다. 그게 사실이 아니라면 월급을 못 받아도 좋다! 내 평생 여태껏 개가 글을 쓸 수 있다는 말은 들어 본 적이 없다. 귀족만이 글을 제대로 쓸 줄 안다. 물론 어떤 가게 점원들과 심지어 농민도 가끔은 글을 쓴다. 그러나 그들 글은 대부분 기계적이어서, 마침표도 쉼표도 음절도 없다.

이 일은 나를 놀라게 했다. 솔직히 얼마 전부터 나는 가끔 누구도 보지도 듣지도 못하는 것들을 듣고 보기 시작했다. "내가 가 봐야겠어." 나는 혼자 중얼거렸다. "이 개를 따라가야지. 요놈이 누군지, 무슨 생각을 하는지 알 수 있을 거야."

---

2 제정 러시아의 옛 중량 단위. 1푼트는 0.41kg.

나는 우산을 펴고 두 귀부인을 쫓아갔다. 고로호바야 거리를 가로지르고 길을 꺾어서 메샨스카야로 들어가고 거기에서 스톨랴르나야로, 마침내 코쿠시킨 다리 쪽으로 가서 어느 큰 집 앞에서 걸음을 멈추었다. "이 집은 나도 알아." 나는 혼자 중얼거렸다. "이건 즈베르코바의 집이야." 으리으리하다! 이 집엔 온갖 족속이 모여 살지. 식모도 부지기수고 상경한 촌놈도 부지기수고! 우리 친구 관리들도 콩나물시루처럼 뭉쳐서 살고 있어. 나팔을 아주 잘 부는 내 친구 하나도 저기 살고 있어. 그 귀부인들은 5층으로 올라갔다. '좋아.' 나는 생각했다. '지금은 가지 말고, 장소를 알아놓고 기회만 되면 바로 활용해야겠다.'

10월 4일

오늘은 수요일, 그래서 나는 국장 저택의 서재에 있었다. 난 일부러 조금 일찍 가서 자리를 잡고 깃털 펜들을 다 깎았다. 우리 국장은 아주 똑똑한 사람임에 틀림없다. 그의 서재 전체가 책장들로 꽉 차 있다. 몇 권의 제목을 읽어보았는데, 전부 학문에 대한 것이다. 너무 학문적이어서 우리는 범접할 수 없고, 모두 프랑스어나 독일어로 되어 있다. 그의 얼굴을 들여다봐라. 눈에 얼마나 위엄이 서려 있는가! 난 그가 쓸데없는 말을 하는 걸 결코 들어본 적이 없다. 아마도 우리가 서류를 제출할 때만 그저 "거리는 어떤가?"라고 묻고, 그러면 "축축합니다, 각하!"라고 대답한다. 그렇다. 우리 부류는 상대가 안 된다! 국가적인 인물이다. 하지만 나는 그가 나를 끔찍이 사랑한

광인 일기

다는 걸 알고 있다. 딸도 그렇다면…… 에이, 됐다……! 아무것도, 아무것도 아니야, 침묵!

「벌」[3]을 읽었다. 이런 어리석은 프랑스 민족을 봤나! 도대체 그들이 원하는 게 뭐야? 제기랄, 그것들을 전부 잡아다가 두들겨 패야 해! 거기에서 쿠르스크 상인이 쓴 아주 유쾌한 무도회에 대한 묘사를 읽었다. 쿠르스크 지주들은 글을 잘 쓴다.

그다음 보니, 이미 12시 30분이 지났는데 우리 국장이 자기 침실에서 나오질 않았다. 하지만 1시 30분경 결코 펜으로는 쓸 수 없는 사건이 일어났다. 문이 열리고, 나는 국장이라고 생각하고 의자에서 서류를 들고 일어났다. 그런데 이건 그녀, 바로 그녀였다! 맙소사, 그녀의 옷차림은 얼마나 멋진가! 그녀의 원피스는 백조처럼 하얗다. 휴, 얼마나 화려한가! 그녀가 흘깃 바라보는 모습은 태양이다. 오 태양이다! 그녀는 몸을 굽혀 인사하고 말했다. "파파[4]는 여기 안 오셨나요?" 아이, 아이, 아이! 목소리가 얼마나 기막힌지! 카나리아, 정말, 카나리아다! "각하, 저를 벌하라고 하지 마십시오. 저를 벌하시려거든 각하의 손으로 하십시오." 나는 이렇게 말하고 싶었다. 그런데 제기랄, 혀가 돌아가질 않아서, 다만 "아니 안 오셨습니다"라고만 말했다. 그녀는 나와 책들을 바라보다가 손수건을 떨어뜨렸다. 나는 서둘러 몸을 던졌다. 매끄러운 마루에 미끄러져서 거의 코를 박을 뻔했으나, 겨우 몸을 지탱하고 손수건을 집었다. 맙소사, 이건 얼마나 멋진 손수건인가! 얇고 투명한 면수건, 용연향, 완전 용연향

---

3 1825~1865년 발행된 신문 「북방의 별」을 의미.
4 프랑스어 '파파papa'를 러시아어 '파파nana'로 표기.

이다! 그것에선 장군의 냄새가 난다. 그녀는 감사의 뜻을 표하고 설탕 같은 입술을 거의 움직이지도 않고 약간 미소를 짓고 나갔다.

내가 한 시간 더 앉아 있으려니, 갑자기 하인이 들어와서 "집에 가요, 악센티 이바노비치. 나리는 이미 집에서 나가셨어요"라고 말했다. 난 하인들을 참을 수가 없다. 언제나 문간방에서 뒹굴고 있기나 하고, 머리라도 한번 끄덕이면 좋으련만. 이건 약과다. 한번은 이 간사한 작자 중 하나가 자리에서 일어날 생각도 안 하고 내게 담배를 권했다. 어리석은 종놈아, 내가 관리이고 고귀한 신분인 게 안 보여? 하지만 난 모자를 집고 스스로 외투를 걸쳐 입었다. 이 녀석들은 결코 내게 옷을 입혀 주지 않기 때문이다. 그리고 나왔다. 집에서는 대부분의 시간을 침대에 누워 있었다.

그다음 아주 좋은 시구를 옮겨 적었다. "아가씨를 못 본 지 한 시간인데, 벌써 1년은 못 본 것 같구려. 내 삶을 증오하며 살아갈 수 있을지요."[5] 아마도 푸시킨의 작품일 것이다. 저녁나절 나는 외투에 몸을 감추고 국장 댁 입구까지 걸어가서, 다시 한 번 그녀를 보기 위해 그녀가 카레타를 타고 나오기를 기다렸다. 그러나 아니다. 나오지 않았다.

---

5   당시 러시아 시인이자 극작가인 니콜라이 니콜례프Nikolay Nikolev (1758~1815)의 시.

11월 6일

과장이 불같이 화를 냈다. 내가 부서에 도착하자 그가 나를 부르더니 내게 이렇게 말했다. "자, 말해, 자네 뭐 하는 거야?" "뭘요? 아무것도 안 하는데요" 내가 대답했다. "자, 잘 생각해 봐! 넌 벌써 마흔이 넘었어. 이제 철 좀 들 때가 됐잖아. 무슨 상상을 하는 거야? 내가 네 못된 장난을 모를 줄 알아? 너 국장님 딸 쫓아다니지! 자, 네 꼴 좀 봐. 네가 누군지 생각해 봐. 넌 빵점이야. 그 이상 아무것도 아니야. 정말 네 이름으로는 한 푼도 없잖아. 거울로 네 얼굴도 좀 봐. 기대할 걸 기대해야지!" 제기랄, 그놈 얼굴은 약간 약국 병을 닮았고, 머리는 곱슬머리 한 줌이 고작이고, 이걸 높이 세워서 포마드 기름을 발랐군. 자기만 뭐든 할 수 있다고 생각하고. 알아, 알아, 왜 내게 이를 가는지. 그는 질투하는 거야. 내게 특별히 주시는 총애의 표시를 봤을 거야. 그에게 침이나 뱉어 주자! 7등관도 위엄이 대단하셔! 시계에 금줄을 매고, 30루블짜리 구두를 주문하고 — 흥 제기랄! 내가 무슨 잡계급이나 재봉사나 견습사관 출신인 줄 아나? 난 귀족이야. 게다가 나도 근무 기한을 다 채울 수 있어. 난 아직 마흔두 살이야. 사실 이제 본격적으로 근무를 시작할 나이야. 기다려 친구들! 우리도 대령이 될 거고, 신이 허락하시면 그 이상 뭐든지 될 수 있어. 우린 너보다 더 나은 평판을 얻을 수 있어. 저 아니면 버젓한 사람이 아예 없는 줄 아나 봐. 머리에 뭘 처넣은 거야? 유행에 따라 지은 루치[6]의 연미복을 내게 가져와 봐. 나도 너처럼 그런 넥타이

---

6 당시 모스크바의 유명한 재봉사인 콘래드 루치Conrad Rutsch.

매면 그땐 내 발뒤꿈치도 못 따라올걸. 돈이 없는 것, 그게 문제다.

11월 8일

극장에 왔다. 〈러시아 바보 필라트카〉라는 연극을 보았다. 엄청 웃었다. 변호사들, 특히 한 14등관에 대한 우스운 시들이 포함된 다른 보드빌 작품도 보았다.[7] 그 시들은 매우 자유롭게 쓰여서[8] 어떻게 검열관이 통과시켰는지 놀라웠다. 상인들에 대해서는 그들이 대중을 속이고 그 아들들은 방탕아에 난봉꾼이고 귀족 대열에 끼려고 한다고 대놓고 말한다. 기자들에 대한 아주 우스운 2행 시구도 있었다. 그들이 욕설 늘어놓는 것을 좋아해서, 저자가 대중에게 보호를 요청한다는 내용이다. 요즘 작가들은 드라마를 아주 재밌게 쓴다. 난 극장에 다니는 걸 좋아한다. 호주머니에 돈이 생기면 안 가고는 못 배긴다. 우리 같은 관리들 중에도 농부처럼 극장에 절대로 안 가는 돼지 녀석들이 있다. 이들에겐 공짜로 표를 줘야 한다. 한 여배우가 노래를 아주 잘했다. 난 그녀에 대해 기억했다……. 에이, 됐다……! 아무것도, 아무것도…… 침묵.

7 19세기 러시아 대중에게 큰 인기를 얻은 익살스럽고 경박한 프랑스식 소극인 보드빌 작품.
8 18~19세기 서구에서 유입된 자유주의 사상. 이 사상을 받아들인 젊은 귀족 청년들이 서구식 사회 개혁을 주장하며 1825년 12월 당원의 난을 일으켰다가 철저히 탄압당한 이후, 이 사상은 러시아 전제정의 지속적인 검열과 탄압의 대상이 되었다.

11월 9일

8시에 관청에 갔다. 과장은 내가 온 걸 모르는 척했다. 내 쪽에서도 우리 사이에 아무 일도 없었다는 듯이 행동했다. 서류들을 다시 보고 대조했다. 4시에 나왔다. 국장 집을 지나왔으나 아무도 보이지 않았다. 점심 이후 대부분 침대에 누워서 보냈다.

11월 11일

오늘 우리 국장의 서재에 앉아서 그를 위해 스물세 개의 펜을 깎고 그녀를 위해서도 아, 아! ……영애를 위해서도 네 개의 펜을 깎았다. 각하는 깃털 펜이 많으면 많을수록 좋아하신다. 와우! 얼마나 엄청난 두뇌인가! 항상 침묵하시고, 두뇌로 모든 걸 숙고하신다. 그가 무엇에 대해 더 많이 생각하는지, 이 두뇌에서 무엇이 기획되고 있는지 알고 싶다. 이런 분들의 삶, 이 모든 애매모호한 말과 궁정식 농담을 보다 가까이에서 보고 싶다. 그들은 어떤 사람인지, 자기 모임에선 무얼 하는지, 바로 그걸 알고 싶다! 난 몇 번 각하와 대화를 해 보려고 생각했지만, 제기랄, 혀가 말을 듣지 않는다. 다만 밖은 춥거나 덥다고만 대답하고, 더 이상 아무 말도 못 한다. 가끔 문이 열린 것을 보면 그 객실을 들여다보고 싶다. 객실 너머에 또 다른 방이 있다. 에흐, 얼마나 장식이 화려한가! 얼마나 멋진 거울과 도자기인가! 거기를, 영애가 있는 방의 절반을 한번 들여다보고 싶다. 내가 보고 싶은 건 그곳이다! 여성의 내실을 보고 싶다. 거기에 이 모든 병, 작은 유리병, 그 향기에 숨이 멎을 것같이 두려운 꽃들이 어떻게 있는지, 거기에 드레스라기보다는 공기에 더 가까운 그녀의 드레스가 어떻게 내던져져 있는지. 침실도 들여다보고 싶다…… . 거기에 내 생각엔 기적이 있다. 거기에 내 생각엔 하늘에도 없는 천국이 있다. 그녀가 침대에서 일어나면 자기 다리를 놓곤 하는 의자도 보고 싶다. 이 다리에 눈처럼 하얀 스타킹을 어떻게 신는지도…… . 아이! 아이! 아이! 아무것도, 아무것도…… 침묵.

그러나 오늘 섬광처럼 좋은 아이디어가 떠올랐다. 넵스키 거리에서 들은 개 두 마리의 대화가 생각났다. '좋아.' 난 혼자 생각했다. '이제 전부 알아봐야겠다. 이 쓸데없는 개들이 저들끼리 나눈 쪽지를 가져와야겠다. 거기에서 뭔가 알아낼 수 있을 거야.' 솔직히 나는 한번 멧지를 불러서 말을 붙여 보려고까지 했다. "잘 들어, 멧지. 지금은 우리뿐이야. 네가 원하면 아무도 못 보게 문도 잠글게. 아가씨에 대해 아는 걸 다 말해 봐. 그녀는 누구고 어떤 사람이야? 아무에게도 말하지 않겠다고 맹세해." 그러나 교활한 개는 꼬리를 내리고 몸을 반으로 웅크리고 조용히 문밖으로 나갔다. 마치 아무것도 못 알아들은 듯이. 난 오래전부터 개가 인간보다 훨씬 더 지혜로운 건 아닌지 의심했다. 심지어 개가 말을 할 수도 있는데도 단지 고집 때문에 말하지 않는 것뿐이라고 확신했다. 개는 대단한 정치가다. 모든 것, 인간의 모든 걸음을 파악하고 있다. 아니야, 무슨 일이 있어도 내일 즈베르코바의 집으로 가서 피델을 심문하고, 만일 운이 좋다면 그녀에게 멧지가 보낸 편지들을 모두 가져와야지.

11월 12일

낮 2시에 무슨 일이 있어도 피델을 보고 심문하기 위해 나갔다. 난 이제 양배추가 싫다. 그 냄새가 메샨스카야 거리의 모든 작은 가게들에서 진동한다. 게다가 집집마다 문 아래에서 지옥 같은 냄새가 풍겨 나와 난 코를 틀어막고 전속력으로 달렸다. 비루한 직공들이 자기들 작업장에서 그을음과 연기를 엄청나게 내뿜고 있어서, 고상한 인간이 여기에서 산보하는 것은 절대로 불가능하다. 6층에 올라가서 초인종을 누르자, 전혀 밉상이 아니고 작은 주근깨가 난 하녀가 나왔다. 난 그녀를 알아보았다. 노파와 함께 걸었던 바로 그 소녀였다. 그녀는 약간 얼굴을 붉혔고, 나는 순간 알아차렸다. 너도, 예쁜아, 신랑을 원하는구나. "무슨 일이시죠?" 그녀가 말했다. "당신 개와 할 말이 있소." 소녀는 멍청했다! 나는 그녀가 멍청하다는 걸 곧 알아차렸다! 이때 개가 짖으며 달려 나왔다. 나는 개를 붙잡고 싶었으나, 이 야비한 개가 내 코를 이빨로 거의 물 뻔했다. 그러나 나는 구석에 있는 그녀의 바구니를 보았다. 바로 이게 내가 원하던 거야! 나는 그것에 다가가서 나무 상자에 있는 짚을 뒤적거리고, 대단히 만족스럽게도 작은 종이들의 크지 않은 묶음을 꺼냈다. 추잡한 개는 이걸 보고서 처음엔 내 정강이를 물고, 그다음에는 내가 종이를 쥔 것을 냄새 맡고는 날카로운 소리를 내며 응석을 부리기 시작했다. 그러나 나는 "안 돼, 애야, 안녕!"이라고 말하고 뛰쳐나왔다.

소녀가 완전히 질겁한 것을 볼 때, 그녀가 날 미친 사람으로 취급했을 거라고 생각한다. 집에 와서 나는 바로 일에 착수해서 이 편지들을 분류하고 싶었다. 촛불 아래서는 잘 안 보이기 때문이다. 그런데 하필 이때 마브라가 마루를 닦을 생각을 했다. 이 멍청한 핀란드 여자들은 항상 엉뚱한 때 청소를 한다. 그래서 나는 어슬렁거리면서 이 사건을 곰곰이 생각하기 위해 나갔다. 이제 마침내 나는 모든 상황, 의도, 이 모든 원인들을 알게 될 것이고 마침내 진상을 알게 될 것이다. 이 편지들이 내게 모든 것을 알려줄 것이다. 개들은 지적인 족속이어서 그것들은 모든 정치적인 관계를 알고 있고 그래서 거기엔 모든 것, 우리 국장에 대한 묘사와 그가 한 모든 일이 담겨 있을 것이다. 거기엔 그녀에 대한 것도 무엇이든 있을 것이다……. 아무것도 아니다. 침묵! 저녁 무렵 나는 집에 왔다. 대부분 침대에 누워서 보냈다.

11월 13일

자 이제 보자. 편지는 상당히 선명하게 쓰였다. 하지만 필체에 뭔가 개다운 것이 있다. 읽어 보자.

사랑스러운 피델, 난 너의 속물적인 이름에 익숙해질 수가 없구나. 네게 더 나은 이름을 지어 줄 수는 없었을까? 피델, 로자, 얼마나 비속한 말투니! 하지만 이건 논외로 하자. 난 우리가 편지를 주고받을 생각을 한 게 너무 기뻐.

편지를 아주 정확하게 썼다. 구두점과 심지어 철자 ъ도 모두 제자리에 있다. 우리 과장도 이렇게는 못 쓴다. 자기가 어느 대학에 다녔노라 자꾸 말하지만. 더 보자.

생각, 감정, 인상을 다른 이와 나누는 것이야말로 세상에서 제일 큰 축복 중 하나인 것 같아.

흠! 이 생각은 독일 글에서 번역한 작품에서 따온 거군. 제목이 기억이 안 나네.

나는 우리 집 문밖 세상에 나가보지 않았지만 이건 경험으로 말하는 거야. 왜 내 삶은 만족스럽게 흘러가지 않는 걸까? 내 아가씨는, 파파가 소피라고 부르는데, 나를 죽도록 사랑해.

아이, 아이……! 아무것도, 아무것도 아니야. 침묵!

파파 역시 매우 자주 쓰다듬어 주셔. 난 차와 크림을 넣은 커피를 마셔. 아, 자기야,[9] 난 주위를 다 발라 먹은 큰 뼈다귀에는 전혀 만족하지 못한다는 걸 말하지 않을 수 없어. 그 뼈다귀는 우리 폴칸이 부엌에서 게걸스럽게 먹는 거야. 뼈다귀는 야생동물 것만 좋아. 아무도 그것에서 골수를 빨아 먹지 않았을 때만. 소스를 약간 같이 섞으면 아주 좋아. 다만 케이퍼[10]도 빼고 풀도 빼고. 하지만 빵을 굴려서 만든 공을 개에게 주는 습성보다 더 나쁜 것은 없다고 생각해. 식탁

---

9 프랑스어 'ma chère'를 원어 그대로 사용하였다.
10 지중해 연안에서 자라는 관목의 꽃봉오리로 식초에 절여서 먹는다.

에 앉은 신사가 자기 손으로 온갖 잡동사니를 집은 다음 바로 그 손
으로 빵을 주무르기 시작하고 너를 불러서 네 이빨에 공을 쑤셔 넣
는 식이야. 거절하는 것은 무례한 짓이기 때문에 먹기는 해. 역겨워
도, 먹기는 해…….

이게 무슨 귀신 씻나락 까먹는 소리야! 이런 헛소리가 있나!
쓸 것이 그것 말고는 없단 말이야? 다른 쪽을 보자. 더 분별 있는 게
있을지 몰라.

난 기꺼이 우리 집에서 일어나는 모든 걸 네게 알려줄 의향이
있어. 소피가 파파라고 부르는 주인에 대해 네게 말한 적이 있지. 이
자는 아주 이상한 사람이야.

아! 드디어 나왔다! 그래, 개들에겐 모든 사물에 대해 정치적
인 시각이 있다는 걸 알았지. 그 파파에 대해서 알아보자.

……아주 이상한 사람이야. 그는 주로 침묵하는 편이야. 말을
아주 드물게 해. 그러나 일주일 전에 "받을까 못 받을까?"라고 계속
혼잣말을 하더라. 한 손에는 종이를 들고 다른 손은 주먹을 쥐고서
"받을까 못 받을까?"라고 하는 거야. 한번은 그가 내게 몸을 돌리고
묻더라. "멧지, 넌 어떻게 생각하냐? 받을까 못 받을까?" 난 전혀 아
무것도 이해할 수 없어서 그의 장화 냄새를 맡고 멀리 가 버렸어. 이
윽고 자기야, 일주일 뒤에 파파가 아주 기뻐하며 오셨어. 아침 내내
사람들이 제복을 입고 와서 그에게 뭔가 축하를 하더라. 식탁에 앉았

을 때 그는 전에 본 일이 없을 정도로 매우 즐거워하며 일화를 말하고, 식사 후엔 나를 자기 뺨에 들어 올리고 말하더라. "아 봐봐, 멧지, 이게 뭔지." 난 어떤 리본 같은 것을 봤어. 냄새를 맡아 보았는데 어떤 특별한 향도 못 맡았어. 마침내 조용히 핥았는데 약간 짠맛이 나더라.

흠! 보아하니, 이 개가 아주…… 매를 좀 맞아야겠군! 아! 그는 야심가구나! 이건 알아둘 필요가 있다.

안녕, 자기야, 난 가야 해, 기타 등등……. 기타 등등……. 내일 편지를 마저 쓸게.
아, 안녕! 지금 다시 너와 나눌 수 있어. 오늘은 내 아가씨 소피가…….

어? 자, 소피는 어떤가 보자. 에이, 됐다……! 아무것도, 아무것도……. 더 읽어 보자.

……내 아가씨 소피가 엄청 큰 소동을 일으켰어. 그녀는 무도회에 갈 채비를 했고, 난 그녀가 없는 동안 네게 편지를 쓸 수 있어서 기뻤어. 내 소피는 무도회에 가는 걸 언제나 미칠 정도로 좋아해. 옷을 입는 동안에는 거의 언제나 화를 내지만 말야. 자기야, 나는 무도회에 가는 게 뭐 그리 만족스러운지 전혀 이해를 못 하겠어. 소피는 무도회에서 아침 6시에야 집으로 와. 거의 항상 그녀의 창백하고 여윈 모습을 보면, 거기서는 불쌍한 그녀에게 먹을 걸 안 준다는 걸 알

수 있어. 솔직히 난 결코 그렇게는 못 살아. 만일 내게 들꿩 소스나 뜨거운 닭 날개를 주지 않는다면…… 내게 무슨 일이 일어날지 몰라. 토끼풀이 든 소스도 좋아. 당근이나 무 혹은 아티초크는 전혀 안 좋고…….

문장이 전혀 앞뒤가 안 맞네. 사람이 쓴 게 아니라는 게 바로 드러나. 시작은 제대로 하고서 끝은 개처럼 맺는군. 다른 편지도 좀 보자. 이건 좀 길군. 음! 날짜도 안 적었네.

아, 사랑스러운 친구야! 봄이 다가오는 게 느껴져. 내 가슴이 뭔가를 기다리는 것처럼 뛰고 있어. 내 귀엔 계속 소음이 들리고, 그래서 자주 다리를 쳐들고 몇 분간 문에 기대서 소리를 듣곤 해. 솔직히 내겐 구애자들이 많아. 난 자주 창문에 앉아서 그들을 보곤 해. 아, 그들 중 어떤 애들은 얼마나 머저런지 네가 알기만 한다면. 아주 꼴불견인 한 스피츠는 엄청 멍청해서, 얼굴에 멍청하다고 써 있어. 아주 거만하게 거리를 거닐고 자기가 아주 유명한 존재라고 생각하는 것 같아. 모두들 자기를 그렇게 바라본다고 생각해. 전혀 그렇지 않은데 말야. 난 그를 처다보지 않으려고 심지어 고개도 돌리지 않았어. 내 창문 앞에 얼마나 무서운 개가 멈춰 서곤 하는지! 그가 뒷발로 선다면, 근데 이 무례한 놈은 그럴 줄도 모르는 것 같아. 그는 내 소피의 파파보다 머리 하나는 더 클 거야. 그 역시 상당히 큰 키에 엄청 뚱뚱한데. 이 얼간이는 엄청 끔찍한 철면피일 거야. 내가 엄청 으르렁거렸는데 전혀 신경도 안 써. 눈살이라도 찌푸리면 좋으련만! 혀를 쑥 내밀고 큰 귀를 늘어뜨리고 창문을 바라보는데 그런 농사꾼이 따로 없어! 하지만 자기야, 넌 정말 내 심장이 모든 구애자들에게 무관심하다고 생각하겠지. 아니, 그렇지 않아……. 네가 이웃집 담을 넘어오는, 트레조르라는 이름의 구애자를 본다면. 아, 자기야, 그의 면상은 얼마나 멋진지 몰라!

쳇, 제기랄……! 뭐 이런 쓰레기를 봤나……! 어떻게 편지를 이런 어리석은 것들로 채울 수 있난 말야. 내게 인간을 보여 줘! 난 인간을 보고 싶어. 난 양분을 원해 — 내 영혼을 먹이고 만족시킬 그런 양분을. 그런데 그것 대신에 이런 쓰레기를 내놓다니……. 한 장 더 넘겨 보자. 더 나은 건 없는지.

……소피는 탁자에 앉아서 뭔가 뜨개질을 했어. 난 창문을 바라봤지. 난 지나가는 사람들을 바라보는 걸 좋아하니까. 근데 갑자기 하인이 들어오고 "테플로프!"라고 전했어. 소피가 "그를 들여보내"라고 외치곤 몸을 던져 나를 껴안더라. "아, 멧지, 멧지! 그가 어떤 사람인지 네가 안다면. 검은 머리에 시종보이고 눈은 얼마나 멋진데! 검고 불처럼 빛나." 그리고 소피는 자기 방으로 달려갔어. 1분쯤 뒤에 검은 구레나룻을 기른 젊은 시종보가 들어왔어. 거울에 다가가서 머리를 매만지고 방을 둘러보더라. 난 약간 으르렁거리고 내 자리에 앉았어. 곧 소피가 나오더니 그의 질질 끄는 발소리를 듣고 명랑하게 허리를 굽혀 인사했어. 하지만 난 아무 눈치도 못 챈 척 계속 창문을 보았어. 하지만 고개를 약간 옆으로 기울이고 그들이 하는 말을 귀 기울여 들으려고 애썼어.
아이, 자기야! 그들이 얼마나 쓰잘머리 없는 말을 하는지! 그들은 한 귀부인이 춤을 출 때 어떤 포즈 대신 어떻게 다른 포즈를 취했는지, 마찬가지로 보보프 씨의 주름 칼라가 너무나 황새 같아서 그가 거의 넘어질 뻔했다는 둥, 리디나 양이 자신의 하늘색 눈동자를 녹색이라고 상상한다는 둥, 뭐 그런 식의 이야기를 했어.

난 혼자 생각했어. '시종보를 트레조르와 비교한다면 어떨까!' 정말이지, 얼마나 차이가 큰지! 첫째, 시종보 얼굴은 완전히 만질만질하고 넓은 얼굴에 구레나룻이 있어서 마치 얼굴 둘레를 검은 손수건으로 묶은 것 같아. 반면 트레조르의 면상은 갸름하고 이마에는 머리털이 살짝 벗겨져서 하얘. 트레조르의 허리는 시종보의 허리와 비교할 수도 없어. 눈동자, 몸가짐, 매너가 모두 그와 완전히 달라. 오 얼마나 차이가 큰지! 자기야, 난 그녀가 자기 테플로프에게서 뭘 발견했는지 모르겠어. 그녀는 뭣 때문에 그에게 그렇게 열광하는 걸까……?

이거 뭔가 잘못된 것 같다. 시종보가 그녀를 매혹하다니 있을 수 없는 일이야. 더 살펴보자.

만일 그녀에게 이 시종보가 마음에 든다면, 곧 파파의 서재에 앉아 있는 그 관리도 마음에 들게 될 거라고 생각해. 아, 자기야, 이 사람이 얼마나 머저린지 네가 안다면. 완전히 자루를 쓴 거북이야…….

이 관리란 누굴 말하는 거야……?

그의 성은 엄청 이상해. 그는 언제나 앉아서 깃털 펜을 깎아.

머리털은 완전 건초 같아. 파파는 항상 하인 대신 그를 보내……

이 야비한 놈의 개가 날 겨냥한 것 같네. 내 머리 어디가 건초 같다는 거야?

소피는 그를 볼 때면 거의 웃음을 참질 못해.

거짓말이야, 망할 놈의 개! 이런 야비한 혀를 봤나! 이게 질투 때문이라는 걸 내가 모를 줄 알아. 이게 누가 한 농담인지 모를 줄 알아. 이건 과장의 농담이야. 인간이란 화해하기 어려운 증오로 맹세하고, 해를 입히고 또 해를 입히고 걸음마다 해를 입히는 거야. 그러나 편지를 하나 더 보자. 거기에서 문제가 저절로 드러날 거야.

나의 소중한 피델, 너무 오랫동안 안 쓴 것에 대해 날 용서해 줘. 난 완전히 황홀경에 빠졌어. 어떤 작가가 사랑은 제2의 인생이라고 정말로 정확하게 말했지. 게다가 우리 집엔 이제 큰 변화가 있어. 시종보가 이제 우리 집에 매일 와. 소피는 그에게 미칠 듯이 반했어. 아빠는 매우 즐거워하고. 난 마루를 닦으며 거의 늘 혼잣말을 하는 우리 그리고리한테 들었어. 곧 결혼식이 있을 거라고. 왜냐면 아빠가 당장 보고 싶어 해. 소피가 장군에게나 시종보에게나 육군 대령에게 시집가는 걸……

악마에게나 꺼져라. 더는 읽을 수가 없어……. 온통 시종보 아니면 장군이야. 세상의 좋은 건 모두 시종보 아니면 장군이 가져가는군. 변변찮은 재산을 발견하고 손으로 그걸 잡을라지면 시종보나 장군이 낚아채서 꺾어 버리는 거야. 악마에게나 꺼져라. 나도 장군이 되고 싶어. 그녀에게 손을 내미는 것 등등을 위해서가 아니라, 단지 그들이 얼마나 비위를 맞추고 이 모든 잡다한 궁정식 농담과 애매모호한 말들을 해 대는지 보기 위해서. 그리고 그들에게 "당신들 양쪽 모두에게 침을 뱉소"라고 말하기 위해서. 악마에게나 꺼져라. 울화가 치민다! 난 멍청한 개의 편지들을 갈기갈기 찢어 버렸다.

12월 3일

있을 수 없다. 결혼이라니! 결혼이 있을 리 없어! 그가 시종보인 게 뭐 어때서. 이건 관직일 뿐 아무것도 아냐. 손으로 잡을 수 있는 보이는 물건이 아니라고. 시종보라고 해서 이마에 눈이 하나 더 달린 것도 아니야. 그의 코가 금으로 된 것도 아니고. 내 코나 다른 사람들 코와 똑같다고. 그도 그것으로 담배 냄새를 맡지 음식을 먹지 않고, 기침을 하지 재채기를 하는 게 아니야.

나는 이 모든 차이가 어디에서 비롯되는 건지 몇 번이나 이해하려고 애썼다. 왜 난 9등관이지? 무슨 이유로 9등관인 거지? 어쩌면 백작이나 장군인데, 그냥 9등관인 것처럼 보이는 건 아닐까? 어쩌면 나 자신도 내가 누군지 모르는 게 아닐까?

역사적으로 그런 예들이 있다. 어떤 평범한 사람이 귀족이 되는 경우가 있지 않은가? 어떤 상인이나 농민이 갑자기 대귀족으로, 심지어 왕으로 판명되는 일이 있지 않은가? 하물며 농민이 가끔 그런 존재가 된다면, 귀족은 얼마나 대단한 존재가 되겠어? 예를 들면, 갑자기 내가 장군 제복을 입고 들어간다고 해 보자. 내 오른쪽 어깨에도 견장이 있고, 왼쪽 어깨에도 견장이 있고, 어깨에 하늘색 리본이 둘러 있고 — 어때? 그때 내 미녀는 어떻게 반응할까? 파파인 내 국장 자신은 뭐라 할까? 오, 이 대단한 야심가! 이자는 석공회[11] 일원이야. 분명히 석공회원이야. 그가 이런저런 사람인 척하고 있지만, 난 그가 석공회원이라는 걸 바로 알아봤어. 그가 누군가에게 손을 내밀 때 보면, 손가락을 두 개만 내밀지. 정말 내가 바로 이 순간 현지사나 병참 감독관이나 다른 누군가로 임명될 수는 없는 걸까? 왜 나는 9등관인지 알고 싶다. 왜 꼭 9등관인 거지?

12월 5일

나는 오늘 아침에 신문을 읽었다. 스페인에서 이상한 일이 일어나고 있다. 난 그것을 제대로 파악할 수조차 없었다. 왕좌가 비어 있고 관료들이 후계자를 선출해야 할 난감한 상황에 있으며 그로 인해 소동이 일어나고 있다.[12] 내게 이건 극도로 이상해 보인다. 어떻게 왕좌가 비어 있을 수 있어? 어떤 귀부인이 왕위에 오를 거라고들

---

11 석공회freemasony는 1717년 유럽에서 결성된 신비주의 비밀결사단체이며, 러시아에 1731년 유입되어 18~19세기 러시아 최고의 지식인들 사이에 널리 유포되었다. 러시아 자유석공회는 조국의 번영과 사람들의 계몽을 위해 헌신하는 것을 목표로 하였으나, 에카테리나 2세에 의해 혹독한 탄압을 받았고 1822년에는 법으로 금지되었다.

한다. 귀부인이 왕위에 오를 수는 없다. 절대로 있을 수 없다. 왕좌에는 왕이 있어야 한다. 그런데 왕이 없다고 한다. 왕이 없다니 있을 수 없는 일이다. 국가가 왕 없이는 유지될 수 없다. 왕이 있는데, 다만 그가 어딘가에 숨어 있을 것이다. 그는 아마 거기에 있는데, 어떤 이유 혹은 가족 문제로 인해 혹은 이웃 열강들, 예를 들면 프랑스와 다른 나라들의 위협이 두려워서 숨어 있을 것이다. 아니면 어떤 다른 이유가 있을 것이다.

12월 8일

나는 벌써부터 관청에 가고 싶었으나, 여러 이유와 상념이 나를 가로막았다. 뇌리에서 스페인의 일이 떠나지를 않는다. 귀부인이 왕이 되다니 어떻게 그럴 수가 있단 말인가? 이건 있을 수 없는 일이다. 첫째, 영국이 허락하지 않을 것이다. 그리고 유럽 전체의 정치적인 문제도 있다. 오스트리아 황제, 우리의 군주……. 솔직히 나는 이 사건에 너무 큰 충격을 받고 뒤흔들려서 하루 종일 아무 일도 할 수 없었다. 마브라는 내가 식사할 때 뭔가에 골몰하고 있더라고 지적했다. 정말로 나는 마음이 산란해져서 접시 두 개를 마루에 던진 것 같고, 접시들은 바로 박살이 났다. 점심 식사 이후 산 아래로 내려갔

---

12 스페인에서 페르디난드 7세(1784~1833)의 사망 이후 그의 세 살 딸 이사벨라 2세(1830~1904)가 즉위한 것을 가리킨다. 이사벨라 2세는 1868년까지 35년간 통치하였으나, 1833~1844년에 페르디난드 7세의 동생인 돈 카를로스가 자신이 스페인의 왕이라고 주장하였다.

다.[13] 유익이 될 만한 걸 전혀 떠올릴 수 없었다. 대부분 침대에 누워서 스페인 문제에 대해 고심했다.

2000년 4월 43일

오늘은 가장 위대한 승리의 날이다! 스페인에 왕이 있다. 그가 발견되었다. 그 왕은 나다. 바로 오늘에서야 나는 이걸 깨달았다. 솔직히 갑자기 번개를 맞은 것 같았다. 어떻게 내가 9등관이라고 생각하고 상상할 수 있었는지 이해가 안 된다. 이런 미친 생각이 어떻게 내 머리에 들어올 수 있었을까? 여태껏 나를 정신병원에 감금할 생각을 못 한 게 천만다행이다. 이제 내 앞에 모든 것이 밝혀졌다. 이제 모든 게 손바닥 보듯 훤히 보인다. 이전에는, 도저히 이해할 수 없지만, 이전에는 내 앞의 모든 게 안개에 싸여 있었다. 내 생각에, 이건 모두 사람들이 인간의 뇌가 머리에 있다고 상상하는 데서 비롯된 것이다. 전혀 그렇지 않다. 그것은 카스피 해에서 바람을 타고 오는 것이다.

나는 처음으로 마브라에게 내가 누군지 밝혔다. 그녀 앞에 스페인 왕이 있다는 말을 듣자 그녀는 두 손을 마주치고 거의 공포에 질려 버렸다. 그녀는 멍청한 데다가, 스페인 왕을 본 적이 없는 것이다. 하지만 나는 그녀를 진정시키려고 노력하고, 자비로운 언어로 그

---

13 페테르부르크에서 해군성 옆에 건설한 터보건 활강장 주위를 산책한 것이다.

녀에게 나의 호의를 납득시키려고 노력하면서, 그녀가 이따금 내 장화를 잘못 닦은 것에 대해 나는 전혀 화내고 있지 않다고 말했다. 그녀는 정말 무지한 족속이다. 그들에게 숭고한 일에 대해 말하는 것은 금물이다. 그녀는 스페인의 모든 왕이 필리페 2세와 비슷할 것이라고 확신했기 때문에 내 말에 경악한 것이다. 그러나 나는 그녀에게, 나와 필리페 사이에는 어떤 유사성도 없으며 나와 연줄이 닿는 카푸친 탁발수도사도 없다고 설명했…… 관청에 가지 않았다…… 모두 악마에게나 가라! 아냐, 이보게들, 이제 날 유혹하지 마. 나는 더 이상 너희의 역겨운 서류를 정서하지 않겠어!

3-월 86일¹⁴ 낮과 밤 사이

오늘 우리 감사관이 와서 내게 출근하라고 말했다. 3주 이상 내 업무를 수행하러 가지 않은 것이다. 난 장난삼아 관청에 갔다. 과장은 내가 그에게 허리를 조아려 인사하고 사과할 것으로 생각했다. 그러나 나는 그를 무심하게, 아주 화를 내지도, 아주 호의적으로 대하지도 않고 바라본 다음, 마치 아무것도 알아보지 못한 듯이 내 자리에 가서 앉았다. 나는 관청의 어중이떠중이들을 바라보며 생각했다. '너희들이 너희 앞에 누가 앉아 있는지 안다면…… 오 하느님! 너희들이 어떤 소란을 피울지, 과장도 지금 국장 앞에서 인사하듯이

---

14 포프리신이 달의 명칭으로 쓴 '마르토브랴Martobrya'는 3월을 의미하는 '마르트mart'와 9, 10, 11, 12월에 해당하는 단어들의 공통적인 생격 어미인 '브랴brya'가 결합된 형태로 볼 수 있다.

직접 내게 허리를 숙여 깍듯이 인사하겠지.'

내 앞에 서류의 개요를 작성하도록 어떤 서류를 갖다 놓았다. 그러나 나는 손가락 하나 까딱하지 않았다. 몇 분이 지나자 모두 부산을 떨기 시작했다. 국장이 온다는 것이다. 많은 관리가 국장 앞에 자신을 드러내기 위해 앞다투어 달려갔다. 그러나 나는 자리에서 일어나지 않았다. 그가 우리 부서를 지나갈 때 모두 연미복의 단추를 채웠다. 하지만 나는 아무 반응도 하지 않았다! 국장이 다 뭐야! 내가 그 앞에서 일어나는 일은 결코 없을 것이다! 그는 어떤 국장인가? 그는 코르크 마개이지 국장이 아니다. 흔한 코르크, 단순한 코르크, 그 이상 아무것도 아니다. 그것은 병 틀어막는 데 쓰면 그만이다. 내게 무엇보다 우스웠던 것은 내게 서명을 하라고 서류를 내밀었을 때였다. 그들은 내가 서류 끝에 '계장 아무개'라고 쓸 거라고 생각했다. 그건 전혀 그렇지 않다! 나는 국장이 서명하는 가장 중요한 자리에 '페르디난드 8세'라고 갈겨썼다. 얼마나 경건한 침묵이 좌중을 지배했는지 봐야 했으나, 나는 그저 손을 내젓고 "황공해할 필요는 전혀 없소"라고 말하고 나와 버렸다.

거기에서 나는 곧장 국장 아파트로 갔다. 그는 집에 없었다. 하인은 나를 들여보내지 않으려고 했으나 내 말에 팔을 늘어뜨리고 말았다. 나는 내실로 곧장 들어갔다. 그녀가 거울 앞에 앉았다가 벌떡 일어나서는 내게서 물러섰다. 그러나 나는 그녀에게 내가 스페인 왕이라고 밝히지 않았다. 다만 그녀가 상상도 못 할 엄청난 행복이 그녀를 기다리고 있고, 적들의 간계에도 불구하고 우리는 함께하게 될 거라고만 말했다. 나는 그 이상 아무 말도 하고 싶지 않아서 나와 버렸다.

오, 이런 교활한 존재가 바로 여자다! 난 이제야 여자가 어떤 존재인지 깨달았다. 지금까지 아무도 여자가 누구에게 반하는지 알지 못했다. 나는 처음으로 이것을 발견했다. 여자는 악마를 사랑하는 것이다. 그렇다. 농담이 아니다. 물리학자들이 여성은 이러이러하다고 어리석은 말을 늘어놓지만, 여자는 오직 악마만 사랑한다.

　저기 보아라, 제1열 좌석에서 그녀가 오페라글라스를 대고 있다. 당신은 그녀가 별을 단 이 뚱보를 바라보는 거라고 생각하는가? 전혀 아니다. 그녀는 그의 등 뒤에 서 있는 악마를 보는 것이다. 악마는 그 뚱보의 연미복 속에 숨어 있다. 그가 거기에서 그녀에게 손가락으로 신호를 보낸다! 그러면 그녀는 그에게 시집을 가는 것이다. 시집가는 거다.

　그리고 여기 이자들은 그들의 관료 아버지들인데, 이자들 모두 사방으로 비위 맞추고 궁전에 기어들어서 자기가 애국자라는 둥 이것저것 떠들어 대지만, 이 애국자들이 원하는 것은 이윤, 바로 이윤이다! 돈을 위해서라면 어머니, 아버지, 하느님도 팔 것이다. 야심가, 그리스도의 배신자들! 이 모든 게 야심인데, 야심은 혀 밑에 작은 물집이 있고, 그 안에 바늘 머리만 한 크기의 작은 구더기가 있기 때문에 생기는 것이다. 그리고 이 모든 걸 만든 사람은 고로호바야 거리에 사는 어떤 이발사이다. 그의 이름이 뭔지 기억나지 않는다. 그러나 그가 어느 산파와 함께 전 세계에 이슬람교를 퍼뜨리고 싶어 하는 건 익히 잘 알려져 있다. 바로 그래서 프랑스에서는 대부분의 사람들이 이슬람교를 믿는다고들 한다.

아무 날짜도 없음. 날짜 없는 날.

신분을 드러내지 않고 넵스키 거리를 걸었다. 황제 폐하께서 지나가셨다. 온 도시가 모자를 벗었고, 나도 그랬다. 하지만 내가 스페인 왕이라는 내색은 전혀 하지 않았다. 이걸 만인 앞에서 드러내는 것은 예의에 맞지 않고, 이걸 드러내려면 가장 먼저 궁전으로 가야 한다고 생각했기 때문이다. 다만 내게 아직 왕의 의복이 없는 관계로 갈 수가 없었다. 어떤 긴 망토라도 얻으면 좋으련만. 나는 재봉사에게 주문하고 싶었으나, 이들은 완전히 바보다. 게다가 이들은 자기 일은 내팽개쳐두고 투기사업에 열중했고, 대부분 도로를 돌로 포장하는 일을 하고 있다. 나는 두 번밖에 안 입은 새 제복으로 긴 망토를 만들기로 결정했다. 하지만 이 비열한 놈들이 일을 망치지 않도록, 내가 직접, 아무도 못 보게 문을 걸어 잠그고 긴 망토를 만들기로 했다. 나는 가위로 그것을 완전히 절단했다. 재단법이 완전히 달라야 했기 때문이다.

날짜 기억 못 함. 달도 없음. 아무것도 알 수 없음.

긴 망토가 완전히 준비되고 다 지어졌다. 내가 그것을 입자 마브라가 괴성을 질렀다. 하지만 나는 아직 궁전으로 갈 결심이 나질 않는다. 아직까지 스페인에서 온 사절단이 없다. 사절단이 없는 것은 예의에 맞지 않는다. 내 존엄성에 어떤 힘도 실어 주지 않는다. 나는 이제나저제나 그들을 기다리고 있다.

1일

사절단이 이렇게 늑장을 부리다니 놀랍다. 그들은 무슨 이유로 지체하는 걸까? 정말 프랑스 때문인가? 그래, 이게 가장 비위에 거슬리는 열강이다. 스페인 사절단이 오지 않았는지, 알아보기 위해 우체국에 갔다. 그러나 우체국장은 극도로 어리석어서 아무것도 모른다. 그가 말했다. "아닙니다. 여기엔 어떤 스페인 사절단도 없습니다. 편지를 쓸 필요가 있으시면 저희가 정해진 요금대로 접수하겠습니다." 제기랄! 무슨 편지? 편지는 헛소리다. 편지는 약장수들이나 쓰는 것이다…….

마드리드. 2워얼[15] 30일.

드디어 스페인에 왔다. 이게 너무 빨리 이루어져서 난 거의 정신을 차릴 수가 없었다. 오늘 아침나절에 내게 스페인 사절단이 나타났고, 나는 그들과 함께 마차에 탔다. 유달리 빠른 속도가 내겐 이상하게 느껴졌다. 우리는 굉장히 빨리 달려서 30분 만에 스페인 국경에 이르렀다. 그러나 지금은 유럽 전역에 철도가 나 있고, 증기선이 엄청나게 빨리 다닌다. 스페인은 이상한 땅이다. 우리가 첫 번째 방에 들어갔을 때, 나는 머리를 박박 깎은 사람들을 많이 보았다.

---

15 2월을 러시아어 '페브랄ФЕВраль'에 라틴어 '페브루아리우스Februarius'를 결합하여 '페브루아리Февруарий'로 잘못 쓴 것으로 추정된다.

하지만 나는 이들이 스페인의 최고 귀족들이거나 병사들임[16]에 틀림없다고 생각했다. 그들이 머리를 깎기 때문이다. 내 손을 잡아 끌고 간 스페인 수상의 태도가 너무나 이상해 보였다. 그는 나를 작은 방에 밀어 넣고 말했다. "여기 앉아. 다시 한 번 자신을 페르디난드 왕이라고 부르면, 내가 네 망상을 몰아내 주겠어." 그러나 나는 이것이 간교한 유혹일 뿐 아무것도 아닌 걸 알고 부정적으로 대답했다. 그러자 수상이 내 등을 막대기로 두 번 쳤고, 나는 너무 아파서 고함을 지를 뻔했으나, 이것이 고위직을 맡을 때 거행되는 기사도 의식이란 걸 기억하고 참았다. 스페인에서는 지금까지도 기사도 의식이 거행되고 있기 때문이다. 혼자 남자 나는 공무에 착수하기로 했다.

나는 중국과 스페인이 완전히 하나의 땅이고, 단지 사람들이 무식해서 그것들을 서로 다른 국가로 간주한다는 것을 알아냈다. 나는 모두에게 한번 종이에 스페인이라고 적어 보길 권한다. 그러면 중국이 나올 것이다.

그러나 나를 극도로 괴롭힌 것은 내일 일어날 사건이다. 내일 7시에 지구가 달 위에 앉는 이상한 현상이 발생할 것이다. 이것에 대해 영국의 저명한 화학자 웰링턴[17]도 적은 바 있다. 솔직히 나는 달이 특별히 민감하고 무른 것을 생각하고 마음에 불안을 느꼈다. 달은 통상 함부르크에서 제작되는데, 아주 서툴게 제작된다. 어떻게 영국이 이것에 주의를 기울이지 않는지 놀랍다. 그것은 통나무 짜

---

16 다른 판본에는 '도미니크회나 카푸친 형제회의 수도사들'로 되어 있다.
17 본명은 아서 웰즐리Arthur Wellesley(1769~1852). 영국 육군 원수이자 제1대 웰링턴 공작으로 1815년 워털루 전투에서 나폴레옹을 격퇴하였다.

는 절름발이가 만드는데, 아마도 달을 전혀 모르는 멍텅구리일 것이다. 그는 타르칠을 한 밧줄과 목재기름의 일부를 사용한다. 바로 그래서 지구 전체에 역겨운 냄새가 진동하고 우리는 코를 막고 다녀야 한다.

달 자체가 너무나 부드러운 구球여서 인간은 살 수 없고, 거기에는 지금 코만 산다. 바로 그것 때문에 우리는 자기 코를 볼 수가 없다. 그것들이 전부 달에 가 있기 때문이다. 지구는 단단한 물체여서 달 위에 앉으면 우리 코들을 가루로 만들지 모른다고 상상했을 때, 나는 너무 불안해졌다. 그래서 경찰에게 지구가 달 위에 앉지 못하게 하라는 지시를 하기 위해서, 긴 양말과 단화를 신고 국무회의실로 서둘러 갔다.

국무회의실에서 나는 머리를 민 스페인 최고 귀족들을 엄청 많이 보았다. 이들은 매우 지혜로운 족속이어서 내가 "여러분, 달을 구합시다. 지구가 그 위에 앉으려고 합니다"라고 말하자, 모두 일제히 군주의 소망을 이루기 위해 몰려들었다. 많은 이들이 달을 따기 위해서 벽을 기어 올라갔다. 그런데 이때 수상이 들어왔다. 그를 보자 모두 사방으로 도망쳤다. 나는 군주로서 혼자 남았다. 그러나 대단히 놀랍게도 수상이 나를 막대기로 때리고 내 방으로 몰아넣었다. 스페인에서는 국민적인 관례의 위력이 이토록 대단하구나!

2월 뒤의 같은 해 1월

지금까지 스페인이 어떤 나라인지 이해할 수가 없다. 국민적인

광인 일기

관례와 궁정의 에티켓이 아주 특이하다. 이해가 안 된다. 이해가 안 된다. 정말로 아무것도 이해가 안 된다. 오늘 온 힘을 다해 수도사가 되기 싫다고 소리쳤음에도 불구하고 내 머리를 빡빡 밀었다. 그러나 내 머리에 찬물을 끼얹기 시작했을 때부터 내가 어떻게 되었는지 전혀 기억할 수가 없다. 그런 지옥을 난 결코 체험해 본 적이 없다. 사람들이 나를 제어하기 힘들 정도로 난 광분에 사로잡히기 일보 직전이었다. 나는 이 이상한 관례의 의미를 전혀 이해하지 못하겠다. 어리석고 무의미한 관례다! 지금까지 그것을 폐지하지 않은 왕들의 무분별한 태도가 내겐 이해가 안 된다.

모든 가능성을 고려해 보건대, 내가 심문관의 수중에 떨어진 것이 아닐까. 내가 수상이라고 생각한 자가 바로 대심문관이 아닐까 추측해 볼 만하다.[18] 다만 이해할 수 없는 것은 어떻게 왕이 종교재판을 받을 수 있느냐는 것이다. 정말 그것은 프랑스 편에서, 특히 폴리냑[19]이 꾸밀 만한 일이다. 오, 이 교활한 폴리냑! 나를 죽도록 패기로 맹세한 것이다. 그리고 몰아대고 또 몰아대는구나. 그러나 이봐, 난 너를 영국인이 돌봐 준다는 걸 알아. 영국인은 대단한 정치가다. 그가 도처에서 비위를 맞추고 있다. 영국이 코담배 냄새를 맡을 때 프랑스가 기침을 한다는 건 이미 온 세상이 다 아는 일이다.

18 스페인 정부의 이단 색출 정책을 수행하던 최고 직급의 종교재판관. 16세기에 엄격한 가톨릭교도였던 필리페 2세(1527~1598) 시기에 정점에 이르렀다.

19 쥘 드 폴리냑Jules de Polignac(1780~1847). 프랑스 정치가로서 샤를 10세(1757~1836) 치하에서 외무대신을 지냈다.

25일

오늘 대심문관이 내 방에 들어왔으나, 나는 이미 멀리서 그의 발걸음을 듣고 의자 밑으로 몸을 숨겼다. 그는 내가 없는 것을 보더니 나를 부르기 시작했다. 그가 처음에 "포프리신!"이라고 불렀으나, 난 한마디도 안 했다. 그다음엔 "악센티 이바노프! 9등관! 귀족!"이라고 불렀으나, 난 완전히 침묵했다. "페르난드 8세, 스페인 왕!" 난 고개를 내밀고 싶었으나 그다음 생각했다. "아냐, 이봐, 속일 생각 마! 우린 널 알아. 다시 내 머리에 찬물을 퍼부을 거지." 그러나 그가 나를 알아보고 막대기로 의자 밑에서 내쫓았다. 망할 놈의 막대기가 죽을 만큼 아프게 때린다.

그러나 최근의 발견이 이 모든 것에 대한 보상이 되었다. 온갖 수탉에게는 스페인이 있고, 스페인은 수탉의 깃털 아래 있다는 것을 알아낸 것이다. 하지만 대심문관은 으르렁거리며 나를 처벌하겠다고 위협하면서 내 방에서 나갔다. 그러나 나는 그가 영국인의 무기처럼 기계와 같이 행동하는 것을 알고서, 그의 힘없는 적의를 완전히 무시했다.

녀349ㄴ 2월 이23ㄹ

아니야, 더 이상 견딜 힘이 없어. 오, 하느님! 그들이 내게 무슨 짓을 하는 건가요! 그들이 내 머리에 찬물을 퍼부어요! 내 이야기에 귀 기울이지 않고, 보지도 않고 듣지도 않아요. 내가 그들에게 뭘 어쨌길래 그런대요? 뭣 때문에 나를 괴롭히는 건가요? 내게, 불쌍한 내게 원하는 게 뭔가요? 내가 그들에게 뭘 줄 수 있겠어요? 내겐 아무것도 없어요. 난 기력이 없고 그들이 가하는 모든 고통을 견딜 수 없어요. 내 머리가 뜨거워지고, 내 눈앞의 모든 게 빙빙 돌고 있어요.

나를 구해 줘요! 나를 데려가 줘요! 내게 질풍처럼 **빠른** 말들이 모는 트로이카[20]를 줘요! 앉아라, 내 마부야, 울려라, 내 방울아. 날아올라라, 말들아. 나를 이 세상에서 데려가 줘! 아무것도, 아무것도 안 보이게 멀리, 멀리. 저기 내 앞의 하늘이 빙글빙글 돌고, 멀리 작은 별이 반짝이고, 숲이 어두운 나무와 달과 함께 달리는구나. 회청색 안개가 발아래서 피어오르고, 안개 속에 선율이 울리는구나. 한쪽은 바다고 다른 쪽은 이탈리아이고. 저기 러시아 농가들도 보이는구나.

멀리서 푸르스름하게 보이는 게 내 집일까? 내 어머니가 창문 앞에 앉아 있는 걸까? 엄마, 당신의 불쌍한 아들을 구해 줘요! 그의 아픈 머리에 눈물 한 방울 떨어뜨려 줘요! 그들이 그를 얼마나 못살게 구는지 봐요. 엄마 품에 불쌍한 고아를 꼭 안아 줘요! 그에게는 이 세상에 있을 곳이 없어요! 그를 몰아내고 있어요! 엄마! 엄마의 아픈 어린아이를 불쌍히 여겨 줘요……! 그런데 알아요? 알제리 데이[21]의 코 밑에 혹이 있다는 걸?

20 삼두마차.
21 '데이ﾡ'는 알제리의 종신통치자의 칭호이며, 1830년에 프랑스에 의해 폐위된 마지막 알제리 데이인 후세인 파샤를 암시한다. 다른 판본에는 '프랑스 국왕'으로 되어 있다.

코

1

　3월 25일 페테르부르크에 아주 이상한 사건이 발생했다.[1] 보즈네센스크 대로에 사는 이발사 이반 야코블레비치(이발소 간판에서는 그의 성이 사라지고, 심지어 얼굴에 비누칠을 한 남자 그림과 '피 뽑음'이라는 문구만 있을 뿐 그 이상 아무것도 적혀 있지 않다), 그 이발사 이반 야코블레비치는 아주 일찍 일어났고 뜨거운 빵 냄새를 맡았다. 침대에서 약간 몸을 일으켜서 자기 아내, 즉 커피 마시기를 무척 좋아하는 꽤나 고상한 귀부인 행세를 하는 아내가 난로에서 갓 구운 빵을 꺼내는 것을 보았다.

　"프라스코비야 오시포브나, 난 오늘 커피는 안 마시고, 대신

I　표트르 대제가 도입한 율리우스력(구력)에 따라 3월 25일인 것이다. 이 날은 같은 시기 서구에서 통용되고 러시아에는 소비에트 시대에 도입된 그레고리력(신력)에 따르면 4월 7일에 해당한다.

뜨거운 빵을 양파와 함께 먹고 싶어." 이반 야코블레비치가 말했다. (사실 이반 야코블레비치는 이것도 저것도 원했으나, 두 가지를 한 번에 요구하는 것은 절대로 불가능하다는 것을 알고 있었다. 프라스코비야 오시포브나가 그런 변덕을 매우 싫어했기 때문이다.) '이 바보는 빵을 먹으라지. 내겐 그게 더 좋아.' 아내는 혼자 생각했다. '여분의 커피가 남을 테니까.' 그러고서 빵 하나를 식탁에 툭 던졌다.

이반 야코블레비치는 격식을 차리기 위해서 와이셔츠 위에 연미복을 입고 식탁 앞에 자리를 잡았다. 그리고 소금을 뿌리고 두 개의 양파를 준비하고 손에 칼을 쥐고서 의미심장한 표정을 지으며 빵을 자르기 시작했다. 빵을 반으로 자른 뒤 가운데를 들여다보니, 놀랍게도 하얀 게 보였다. 이반 야코블레비치는 조심스럽게 칼로 찌르고 손가락으로 만져 보았다. "단단한걸!" 그는 혼자 중얼거렸다. "이게 도대체 뭐지?"

그는 손가락을 넣어서 꺼냈다. "코다……!" 이반 야코블레비치가 손을 떨어뜨렸다. 눈을 비비고 그것을 만져 보았다. 코다. 틀림없이 코야! 그런데 뭔가 낯이 익은 것 같았다. 이반 야코블레비치의 얼굴에 공포의 기색이 역력했다. 하지만 이 공포도 그의 아내를 사로잡은 불만에 비하면 아무것도 아니었다.

"짐승 같은 놈, 너 어디서 코를 자른 거야?" 그녀가 분노를 터뜨리며 소리쳤다. "사기꾼! 술주정뱅이! 너를 경찰에 고소하고 말겠어. 이런 도둑놈! 네가 면도할 때 코를 너무 세게 잡아당겨서 코가 거의 떨어질 것 같다고 내가 이미 세 명한테 들었어."

그러나 이반 야코블레비치는 자신이 살아 있는 건지 죽은 건지 알 수 없을 정도로 제정신이 아니었다. 이 코가 자기가 수요일과 일요일마다 면도해 주는 8등관 코발료프의 바로 그 코인 것을 알아본 것이다.

"가만 있어 봐, 프라스코비야 오시포브나! 그걸 헝겊으로 싸서 구석에 둘게. 거기에 잠깐 두자. 그다음에 치울게."

"듣기도 싫어! 잘린 코를 내 방에 두는 걸 내가 허락할 것 같아……? 구운 마른 빵 같은 놈! 혁대에 면도칼이나 갈 줄 알지, 제 본분을 지킬 줄도 모르고, 매춘부, 비열한! 내가 널 위해 경찰에게 답변할 줄 알아……? 아이고, 이 게으름뱅이, 멍청한 통나무! 그거 치워! 치워! 아무 데나 갖다 버려! 그것에 대해 다시는 듣고 싶지 않아!"

이반 야코블레비치는 완전히 넋을 잃은 듯이 서 있었다. 그는 생각하고 또 생각했지만, 뭘 생각해야 할지조차 알 수 없었다.

"어떻게 이렇게 됐는지 귀신이 곡할 노릇이네." 마침내 그는 손으로 귀를 긁적이며 말했다. "내가 어제 술에 취해서 집으로 돌아온 건 아닌가, 정확히 알 수가 없네. 모든 정황으로 볼 때 도저히 일어날 수 없는 사건이 일어난 거야. 왜냐면 빵은 구워졌는데, 코는 전혀 안 그렇거든. 이해가 안 되네……!"

이반 야코블레비치가 입을 다물었다. 경찰들이 그에게서 코를 찾아내고 그를 고소할 거라는 생각에 완전히 정신이 나갈 것만 같았다. 벌써 은실로 아름답게 수놓인 주홍색 옷깃과 장검이 어른거렸다……. 그의 온몸이 덜덜 떨렸다. 마침내 낡은 속옷과 장화를 찾아서 모두 걸치고 프라스코비야 오시포브나의 무거운 훈계를 들으며 코를 헝겊으로 말아서 거리에 나왔다.

그는 그것을 어디에든지 슬그머니 쑤셔 넣고 싶었다. 정문 아래 받침대 속에 넣거나 아니면 어떻게든 슬쩍 떨어뜨리고 골목으로 꺾어 들어가고 싶었다. 그런데 안타깝게도 아는 사람이 나타나서 그에게 "어디 가는가?" 혹은 "누굴 그리 일찍 면도하러 가는 건가?"라고 질문을 던지는 것이었다. 그래서 이반 야코블레비치는 적당한 때를 찾을 수가 없었다. 또 한 번은 그걸 제대로 떨어뜨렸으나 당직인 순경이 멀리서 그에게 도끼창으로 손짓하면서 말했다. "주워! 거기 뭐 떨어뜨렸잖아!" 그래서 이반 야코블레비치는 코를 주워서 호주머니에 숨겨야 했다. 상점과 가게들이 문을 열기 시작하면서 거리에 사람들이 계속 늘어나자, 그는 절망에 빠졌다.

그는 이삭 다리로 가기로 했다. 그것을 어떻게든 네바 강에 떨어뜨리는 것이 가능하지 않을까? …… 그러나 많은 면에서 존경할 만한 이반 야코블레비치에 대해 아직 아무 말도 안 하다니 이건 내 불찰이다.

이반 야코블레비치는 품위 있는 러시아 장인이 모두 그렇듯이 완전히 술주정뱅이였다. 날마다 남의 턱수염을 면도하면서도 자기 턱수염은 면도하는 법이 없었다. 이반 야코블레비치의 연미복은 얼룩져 있었다(이반 야코블레비치는 결코 프록코트를 입지 않았다). 말하자면, 그것은 검은색이었으나 황갈색과 회색 반점들로 뒤덮여 있었다. 옷깃에는 윤이 반드르르하고, 세 개의 단추 대신 실밥만 남아 있었다. 이반 야코블레비치는 엄청난 냉소주의자여서 8등관 코발료프가 면도 중에 늘상 "이반 야코블레비치, 자네 손에서는 항상 냄새가 나!"라고 말하면, 이반 야코블레비치는 "어째서 냄새가 난다고 그러세요?"라는 질문으로 응대하였다. 그러면 8등관은 "나도 모르지. 어쨌든 냄새가 나"라고 말했다. 그러면 이반 야코블레비치는 담배 냄새를 맡고서, 그의 볼에도, 코 밑에도, 귀 뒤에도, 턱 밑에도, 한마디로 자기가 원하는 곳이면 아무 데나 비누칠을 해대는 것이었다.

이 존경할 만한 시민은 이미 이삭 다리에 와 있었다. 그는 무엇보다 먼저 주위를 둘러보았다. 그다음, 물고기가 많이 다니는지 알아보기 위해 다리 밑을 내려다보려는 듯 양 난간에 몸을 기대고는, 코를 싼 헝겊을 조심스레 떨어뜨렸다. 그는 마치 한 번에 10푸드나 되는 짐을 내려놓은 것만 같았다.[2] 이반 야코블레비치는 미소를 짓기까지 하였다. 관리들의 턱수염을 면도하러 가는 대신 그는 펀치한 컵을 시키러 '식사와 차'라는 간판이 있는 가게로 향했다. 그런데 갑자기 다리 끝에 넓은 구레나룻을 하고 삼각모를 쓰고 장검을 찬 고상한 외모의 파출소장이 있는 것을 발견했다. 그는 얼어붙었다. 그 사이 파출소장이 그에게 손가락으로 가리키며 말했다.

"자네, 이리 와 봐!"

이반 야코블레비치는 예의범절을 알고 있기에 이미 멀찍이서부터 모자를 벗고 공손하게 다가가서 말했다.

"귀하의 건강을 기원합니다!"

"아니, 아니, 귀하는 됐고,[3] 저기 다리에 서서 뭐 했는지나 말해."

"아이고, 나리, 면도하러 가는 길에 강이 빨리 흐르는지 보려고 한 것뿐입니다."

"거짓말, 거짓말이야! 그렇게 어물쩍 넘어가지는 못할 거야. 대답해!"

---

2   1푸드=16.38kg.
3   러시아 제국의 14등급 관료제에서 9~14등급에 해당하는 호칭.

"제가 나리께 일주일에 두 번, 아니 세 번이라도 아무 조건 없이 면도를 해 드리겠습니다." 이반 야코블레비치가 대답했다.

"아니, 이봐, 그건 아무 소용없어! 내겐 세 명의 이발사가 면도를 해 주고, 그것도 그들은 큰 영광으로 안다고. 저기서 뭐 했는지나 대답하시지?"

이반 야코블레비치는 창백해졌다……. 그러나 여기에서 사건이 완전히 안개에 휩싸이고, 그다음 무슨 일이 일어났는지 전혀 알려진 바 없다.

2

8등관 코발료프는 매우 일찍 일어나서 입술로 "부르르르……" 소리를 냈다. 이건 자신도 이유를 설명할 수 없지만 그가 일어날 때마다 늘상 하는 버릇이었다. 코발료프는 기지개를 켜고, 탁자에 있는 작은 거울을 가지고 오라고 시켰다. 그는 어제 저녁 그의 코에 난 뽀루지를 보고 싶었다. 그런데 자기 코 대신 완전히 반질반질한 자리만 남아 있는 것을 보고서 그는 정신이 나갈 정도로 놀랐다! 당황한 코발료프는 물을 가져오라고 시키고서 수건으로 눈을 문질렀다. 정말로 코가 없네! 그는 자기가 꿈을 꾸는 건 아닌지 알아보려고 손으로 꼬집었다. 꿈은 아닌 것 같았다. 8등관 코발료프는 침대에서 일어나 몸을 흔들어 댔다. 그래도 코가 없네……! 그는 바로 옷을 입히도록 지시하고 곧장 서둘러서 경시총감에게 날 듯이 갔다.

그러나 그사이 이 8등관이 어떤 부류의 사람인지 알 수 있도록 독자들에게 코발료프에 대해 뭐든 말해 둘 필요가 있다.

졸업증명서의 도움으로 이 호칭을 얻은 8등관을 캅카스에서 근무한 8등관과 비교하는 것은 불가능하다.[4] 이들은 완전히 서로 다른 부류다. 학식이 있는 8등관은…… 하지만 러시아는 대단히 멋진 땅이어서 한 명의 8등관에 대해 이야기하면 리가[5]에서 캄차카까지 모든 8등관이 틀림없이 자기를 염두에 둔 것일 거라고 생각한다. 모든 호칭과 직책에 대해서 동일한 반응이 나온다. 코발료프는 캅카스 8등관이었다. 이 직함을 얻은 지 2년이 채 안 되었기 때문에 그는 이것을 단 한순간도 잊을 수가 없었다. 그는 자신의 품위와 위엄을 높이기 위해 자기를 절대로 8등관이라 하지 않고 언제나 소령이라고 불렀다.[6] "이봐, 들어 봐." 그는 거리에서 와이셔츠의 가슴판을 파는 아낙네를 만나면 늘 말하곤 했다. "자네, 우리 집에 와 봐. 내 아파트는 사도바야 거리에 있어. 여기에 코발료프 소령이 사는지 물어보기만 하면 돼. 그럼 누구나 자네에게 가르쳐 줄 거야." 어떤 예쁘장한 아낙네를 만나면, 그녀에게는 그 외에도 은밀히 "예쁜이, 코발료프 소령의 아파트가 어디에 있는지 물어봐"라고 덧붙이곤 했다. 바로 이런 연고로 우리도 앞으로 이 8등관을 소령이라고 부르기로 한다.

코발료프 소령은 매일 넵스키 거리를 산보하는 것이 일과였다.

---

4 당시 출세주의자들은 캅카스에서 용이하게 관리가 되고 이 직책을 발판으로 로비와 뇌물 수수를 통해 더 높은 직책을 얻고자 하였다.
5 리가는 발트 해 연안에 있는 라트비아의 수도.
6 제정 러시아에서는 무관이 문관보다 우위에 있었으므로, 코발료프는 문관인 8등관이 아니라 무관인 소령으로 불리기를 원한 것이다.

그의 와이셔츠 가슴판의 깃은 언제나 너무 깨끗하고 풀을 먹여 빳빳했다. 그의 구레나룻은 지금도 현과 군의 측량기사에게서도, 건축기사와 군의관에게서도, 마찬가지로 다양한 경찰업무를 수행하는 사람들에게서도, 전반적으로 볼이 통통하고 혈색 좋고 보스턴 게임[7]을 매우 잘하는 남성들에게서 볼 수 있는 것으로서, 이런 구레나룻은 뺨 한가운데를 지나 곧장 코까지 향한다.

코발료프 소령은 홍옥수 인장을 많이 가지고 다녔다. 그중에는 문장이 있는 것도 있고, 수요일, 목요일, 월요일 등이 새겨진 것도 있었다. 코발료프 소령은 용무가 있어서 페테르부르크에 왔는데, 그건 바로 자기 호칭에 적합한 자리를 구하는 것이었다. 성공하면 부지사 자리를, 그것이 여의치 않으면 어떤 눈에 띄는 중요한 부서의 임원 직책이라도 얻을 요량이었다. 코발료프 소령은 결코 결혼을 하지 않을 생각은 아니었으나, 약혼녀에게서 20만 루블의 자본이 생기는 것을 전제로 했다. 그러니 독자는 상당히 잘생긴 적당한 크기의 코 대신 극히 어리석고 평평하고 반질반질한 자리만 보았을 때 이 소령의 심정이 어땠겠는지 이제 미루어 짐작할 수 있을 것이다.

정말 불행히도 거리에는 마부가 한 명도 보이지 않았다. 그래서 그는 망토에 몸을 숨기고 얼굴을 손수건으로 가리고 코피가 나는 체하며 걸어가야 했다. '하지만 어쩌면 내게 그렇게 보인 것뿐일지도 몰라. 코가 이렇게 어리석게 사라지는 법은 없어.' 그는 이렇게 생각하고서 거울을 보려고 일부러 제과점에 들어갔다. 다행히 제과

---

7   휘스트 게임에서 변형된 카드 게임으로 역시 52장의 카드 팩으로 4명이 즐기며, 큰 손실을 볼 위험이 없고 관료들에게 인기가 있었다.

점에는 아무도 없었다. 소년들이 방들을 청소하고 의자들을 놓고 있었다. 어떤 애들은 잠에 취한 눈으로 쟁반에 뜨거운 파이를 얹어서 내가고 있었다. 커피가 엎질러진 어제 신문들이 탁자와 의자에 굴러다녔다. "아, 신의 가호로 아무도 없군." 그는 말했다. "이제 들여다볼 수 있겠어." 그는 소심하게 거울에 다가가서 바라보았다. "제기랄, 웬 쓰레기야!" 그가 침을 뱉고 말했다. "코 대신 다른 뭐라도 있으면 좋으련만……!"

그는 화를 내며 입술을 깨물고 제과점에서 나왔고, 여느 때와 달리 누구도 바라보지 않고 아무에게도 웃지 않기로 했다. 그는 갑자기 어느 집 문 앞에 얼어붙은 듯이 멈춰 섰다. 그의 눈앞에 뭐라 설명하기 어려운 일이 일어났다. 입구 앞에 카레타가 멎고 문이 열리고 제복을 입은 신사가 몸을 굽히고 튀어나와서 계단을 따라 위로 뛰어갔다. 이자가 자신의 코라는 걸 알았을 때 코발료프의 공포와 그 순간 느낀 경악은 어떠했겠는가! 이 특이한 광경에 눈이 뒤집어지는 것 같았다. 그는 거의 서 있을 수도 없었다. 그러나 열병에 걸린 듯 벌벌 떨면서도 어떻게든 그가 카레타로 돌아오기를 기다리기로 했다. 2분 뒤에 정말로 코가 나왔다. 그는 금실로 수놓고 큰 옷깃이 빳빳이 선 제복을 입고 있었다. 그는 사슴가죽 바지를 입고 옆구리에는 장검을 차고 있었다. 깃털 장식이 달린 모자를 보건대 그가 5등관이라고 결론지을 수 있었다. 그는 양쪽을 둘러보고는 마부에게 "여기!"라고 소리쳤다. 그가 타자 마차가 출발했다.

불쌍한 코발료프는 거의 정신을 잃을 지경이었다. 그는 이토록 이상한 사건에 대해 어떻게 생각해야 할지 알 수 없었다. 정말로 어제까지만 해도 그의 얼굴에 있던 코가 이제 마차를 타고 다니고 걸어 다니다니, 어떻게 그럴 수가 있단 말인가. 그것도 제복을 입고서! 그는 카레타를 뒤쫓아 달렸고 다행히 그것은 얼마 못 가서 카잔 사원 앞에 멈췄다.[8] 그는 서둘러 사원으로 가서, 그가 예전에 그토록 놀려 대던, 수건으로 얼굴을 다 감싸고 눈으로 보기 위해 두 개의 구멍만 남기고 구걸하는 노파들의 대열을 비집고서 교회로 들어갔다. 교회 안에 기도하는 사람은 많지 않았다. 그들은 그저 문 입구에 서 있었다. 코발료프는 자신이 기도할 기력이 없을 만큼 마음이 산란한 것을 느끼고서, 눈으로 구석구석을 살피며 이 신사를 찾아 보았다. 마침내 그가 한편에 서 있는 것을 보았다. 코는 빳빳이 선 큰 옷깃에 얼굴을 완전히 감추고서 아주 경건한 표정을 지으며 기도하고 있었다.

'그에게 어떻게 다가간담?' 코발료프는 생각했다. '제복으로나 모자로 보건대 모든 면에서, 5등관인 게 틀림없는데. 제기랄, 이를 어떻게 한담?'

그는 코 주위에서 기침을 하기 시작했다. 그러나 코는 잠시도 경건한 자세를 잃지 않고 허리를 구부려 인사하였다.

"각하……." 코발료프는 스스로 용기를 북돋우려고 애쓰며 조용히 말했다. "각하……."

코가 몸을 돌리고 대답했다. "무슨 일이시죠?"

---

8 러시아 정교 달력에서 3월 25일은 성모수태고지일이자 부활절 주간의 첫날이다. 이날 러시아 관리들은 정교 사원에서 러시아를 위해 기도하도록 규정되어 있다. 특히 넵스키 거리에 있는 카잔 사원은 당시 국가적인 행사가 거행되던 곳으로서, 수도의 관리들에게 국가를 위한 최적의 기도처로 간주되었다.

"제겐 이상합니다, 귀하……. 제가 보기에…… 당신은 자기 자리를 아셔야 합니다. 갑자기 제가 당신을 이렇게 발견하게 되다니, 그것도 어디서죠? 교회에서죠. 동의하시겠죠……."

"죄송합니다. 무슨 말씀을 하시는 건지 알아들을 수가 없군요……. 설명해 주시죠."

'그에게 어떻게 설명을 하지?' 코발료프는 생각해 보았고, 용기를 내어 말하기 시작했다.

"물론 저는…… 사실 저는 소령입니다. 제게 코 없이 다니는 건, 동의하시겠죠. 이건 예의에 어긋나는 겁니다. 보스크레센스크 다리에서 껍질 벗긴 오렌지를 파는 상인의 여편네라면 코 없이도 앉아 있을 수 있겠지요. 하지만 관직을 얻으려고 하는 마당에…… 게다가 저는 많은 귀부인과 알고 지내고 있습니다. 체흐타료바, 5등관 부인과 다른…… 스스로 판단해 보세요……. 전 모르겠습니다, 각하(이 말을 할 때 그는 어깨를 움찔했다). 죄송합니다만…… 의무와 명예를 소중히 여기는 법도에 따라 이 상황을 보신다면, 스스로 이해하시겠죠……."

"도무지 영문을 알 수 없군요." 코가 대답했다. "좀 더 만족스럽게 설명해 주시죠."

"각하." 코발료프가 자긍심을 갖고 말했다. "저는 당신 말을 어떻게 이해해야 할지 모르겠습니다. 여기서 상황은 아주 명백해 보이는데요……. 아니면 당신은…… 사실 당신은 제 코잖습니까!"

코가 소령을 바라보더니 눈썹을 약간 치켜세웠다.

"당신이 착각하신 겁니다, 각하. 저는 저 자신일 뿐입니다. 게다가 우리 사이에는 어떤 밀접한 관계도 없는 것 같군요. 당신 제복의 단춧구멍으로 보건대 당신은 다른 관청에 근무하는 게 틀림없으니까요."

이렇게 말하고서 코는 몸을 돌려 계속 기도했다.

코발료프는 무엇을 해야 할지, 심지어 무슨 생각을 해야 할지도 몰라서 완전히 당황했다. 이때 귀부인의 드레스가 바스락거리는 유쾌한 소리가 들렸다. 온통 레이스로 장식한 중년의 귀부인이 다가왔다. 날씬한 허리가 아주 맵시 있게 드러나는 하얀 드레스를 입고 파이처럼 가벼운 크림빛 모자를 쓴 가녀린 귀부인도 그녀와 함께 다가왔다. 그들 뒤에서는 큰 구레나룻과 수십 개의 깃을 단 키 큰 심부름꾼이 걸음을 멈추고 담뱃갑을 열었다.

코발료프는 더 가까이 다가가서, 셔츠 가슴판의 얇은 아마포 깃을 꺼내고, 금줄에 매달린 인장들을 바로잡고 좌우 사방으로 미소를 짓고는 가녀린 귀부인에게 주의를 돌렸다. 그녀는 봄꽃처럼 가볍게 허리를 굽혀 인사하고 손가락이 반투명인 하얀 손을 이마로 올렸다. 코발료프 얼굴은, 모자 밑으로 그녀의 동그랗고 빛나는 하얀 턱, 이른 봄의 장밋빛으로 물든 볼을 보았을 때, 훨씬 더 환하게 미소 지었다. 그러다 갑자기 그는 불에 덴 듯이 뒤로 물러났다. 코가 있어야 할 자리에 아무것도 없다는 걸 기억한 것이다. 그의 눈에서 눈물이 솟았다. 그는 제복을 입은 신사에게 정면으로, 그는 5등관 행세를 하는 것일 뿐 사기꾼에 비열한이며 그는 자신의 코일뿐 아무것도 아니라고 말하기 위해 몸을 돌렸다……. 그런데 코가 이미 없었다. 아마도 다시 누군가를 방문하러 간 모양이다. 이것이 코발료프를 절망에 빠뜨렸다. 그는 돌아가서 주랑 아래 잠시 멈춰서서, 코가 어디선가 보이지 않을까 기대하며, 사방을 면밀히 둘러보았다. 그는 그의 모자에 깃털 장식이 달려 있고 제복이 금실로 수놓여 있었던 것은 아주 잘 기억했다. 그러나 외투는 유심히 보지 못했고, 그의 카레타의 색, 말들, 심지어 그의 뒤에 하인이 있었는지, 어떤 제복을 입었는지도 전혀 기억나지 않았다. 게다가 너무나 많은 카레타들이 앞뒤로, 구분할 수 없을 정도로 빨리 달렸다. 설사 그중 뭐든 알아본다 해도, 멈춰 세울 방법도 전혀 없었을 것이다. 낮은 아름답고 햇살이 빛났다. 넵스키에는 사람들이 아주 많았다. 귀부인들이 낙하하는 꽃들처럼 폴리체이스키 다리에서 시작하여 아니츠킨 다리까지 모든 보도를 뒤덮었다. 저기 그가 잘 아는 7등관이 걸어간다. 코발료프는 제3자가 있는 경우 특별히 그를 중령이라고 불렀다.[9] 저기 원로원[10]의 계장이자 매우 가까운 친구인 야리긴도 있다. 그는 보스턴 게임에서 카드 패 8을 낼 때마다 늘상 지곤 했다.[11]

저기 캅카스에서 소령직을 얻은 다른 소령이 자기에게 오라고 손짓을 한다…….

"아 제기랄!" 코발료프가 말했다. "어이, 마부, 곧장 경시총감한테 가!"

코발료프가 드로시키에 앉고서 마부에게 외쳤다. "말을 전속력으로 몰아!"

9   문관인 7등관보다 무관인 중령이 더 우월했기 때문에, 코발료프는 자기의 경우처럼 7등관 친구를 중령으로 높여서 불러 준 것이다.

10 제정 러시아의 최고 정부기관 중 하나로 차르의 직속기관.

11 보스턴 카드 게임에서는 '정해진 수의 트릭을 얻지 못하여 패배하다'라는 의미로 프랑스어 '레미즈remise'라는 표현을 사용하는데, 이를 러시아에서는 러시아어 동사 피동형 '오브레미지밧샤обремизиваться'로 변형시켜서 사용하였다.

코

"경시총감 계신가요?" 그가 현관에 들어서면서 외쳤다.

"아뇨, 안 계시는데요." 문지기가 대답했다. "방금 전에 나가셨습니다."

"이런 젠장!"

"네." 문지기가 덧붙였다. "그분이 떠난 지 그리 오래되지 않았습니다. 1분만 일찍 오셨어도 집에서 뵐 수 있었을 텐데요."

코발료프는 얼굴에서 손수건을 떼지 않고 운송마차에 앉아서 절망적인 목소리로 외쳤다.

"가자!"

"어디로요"

"곧장 가!"

"어떻게 곧장 가요? 여긴 모퉁이에요. 오른쪽으로요, 왼쪽으로요?"

이 질문에 코발료프는 멈춰서 다시 생각에 잠겼다. 그의 상태에서는 무엇보다 경찰서[12]로 향해야 했다. 경찰과 직접 연관이 있어서가 아니라 그곳의 일 처리가 다른 기관에서보다 훨씬 빠를 것이기 때문이다. 코가 자기 근무처라고 주장한 그 기관의 상관에게 만족할 만한 조처를 요구하는 것은 무의미할 것이다. 코의 답변에서 이자에게는 거룩한 것이 아무것도 없고, 그가 이미 자기를 본 적이 없다고 단호하게 거짓말한 것처럼 그는 이 경우에도 거짓말할 것이 확실해졌기 때문이다. 그래서 코발료프는 경찰서로 가자고 지시할 작정이었다. 그런데 이미 첫 만남에서 그렇게 비양심적으로 행동한 이 비열

12 제정 러시아에서 시장의 지배하에 도시의 경찰업무를 담당하던 기관.

한이자 사기꾼이 다시 주어진 시간을 활용해서 어떻게든 도시를 편안하게 빠져나갈 수도 있으리라는 생각이 들었다. 그러면 그때는 모든 수색이 헛수고가 되거나 찾는 데 족히 한 달은 걸릴 것이다. 제발 그것만은 막아 주시길!

마침내 하늘이 그에게 분별력을 준 듯했다. 그는 곧 신문사 편집국으로 가서 사전에 그의 모든 특성을 세밀하게 기술하고 인쇄해서 광고를 하기로 했다. 누구건 코를 만나면 바로 자기에게 데려다 주거나 적어도 그가 있는 장소를 알려줄 수 있도록. 그렇게 결정하고서 그는 마부에게 신문사 편집국으로 가자고 지시하고는, 가는 길 내내 그의 등을 주먹으로 치면서 "더 빨리 몰아, 비열한 놈아! 더 빨리 몰아, 사기꾼아!"라고 말했다.

"에고, 나리!" 마부는 머리를 흔들고, 삽살개만큼 털이 긴 자기 말의 고삐를 잡아당기며 말했다.

마침내 드로시키가 서고, 코발료프는 헐떡거리며 작은 접견실로 뛰어 들어갔다. 거기에는 백발의 관리가 낡은 연미복에 안경을 끼고 탁자에 앉아서 입에 깃털 펜을 물고 사람들이 가지고 온 구리돈을 세고 있었다.

"여기 광고를 접수하는 분이 누구신가요?" 코발료프가 외쳤다. "아, 안녕하십니까!"

"저입니다." 백발의 관리가 눈을 잠시 들었다가 다시 벌여 놓은 돈더미로 떨구며 말했다.

"인쇄를 하고 싶습니다만……."

"그러시지요. 잠깐 기다려 주시겠습니까?" 관리가 한 손으로는 종이에 숫자를 적고, 왼쪽 손가락으로는 주판알 두 개를 튕겼다.

금몰을 하고, 귀족의 저택에 기거하는 것이 역력한 차림새의 하인이 손에 쪽지를 들고 탁자 옆에 서 있었고, 자신의 사교성을 드러내는 것이 예의라고 여겼다.

"나리, 개 한 마리가 80코페이카나 한다는 게 믿어지세요? 저라면 그걸 위해 8코페이카도 안 쓸 거예요. 백작 부인은 그놈을 사랑하세요, 에고. 사랑한다니까요. 그래서 그걸 찾아주면 100루블을 주겠다는 겁니다! 예의를 갖춰 말하자면, 지금 나리와 저만큼이나, 사람들의 취향은 제각각이죠. 사냥꾼이라면 포인터[13]나 푸들을 기를 테고, 500루블, 1000루블이라도 주겠죠. 대신 좋은 개를 기르게 될 테니까요."

존경할 만한 관리는 의미심장한 표정을 지으며 이 말을 듣는 동시에, 막 들어온 쪽지에 문자가 몇 개인지 계산하였다. 양쪽으로 노파, 가게 점원, 메모를 들고 온 배달꾼들이 줄지어 서 있었다. 한 광고는 품행이 방정한 마부를 용역으로 제공한다는 내용이었고, 다른 광고는 1814년 파리에서 수송되고 많이 타지 않은 칼랴스카[14]에 대한 것이었다. 다른 광고에는 세탁부로 일한 경험이 있고 다른 일도 잘할 수 있는 열아홉 살 하녀, 용수철이 하나 빠진 튼튼한 드로시키, 회색 바탕에 검정 얼룩이 있는 젊고 혈기왕성한 열일곱 살의 말, 런던에서 받은 새로운 순무와 무씨, 그리고 말 두 마리를 위한 마구간과 훌륭한 자작나무나 전나무 정원을 조성할 수 있는 공간 등 모든 설비가 갖춰져 있는 다차가 나와 있었다. 다른 광고에는 낡은 구

13 사냥개의 일종으로 영국 원산의 품종.
14 용수철 달린 사륜 포장마차.

두 밑창의 구입을 희망하는 사람은 매일 저녁 8시에서 새벽 3시 사이 재입찰에 오라고 초대하는 광고가 있었다. 이 좁은 방이 온갖 부류의 사람들로 북적대는 통에 공기가 아주 탁했다. 그러나 8등관 코발료프는 냄새를 맡을 수가 없었다. 손수건으로 얼굴을 가렸기 때문이기도 하고 그의 코가 자기도 모르는 어딘가에 있기 때문이기도 했다.

"나리, 요청을 드려도 될지요⋯⋯. 전 너무 다급합니다." 그가 마침내 참지 못하고 말했다.

"다 됐습니다. 다 됐어요! 2루블 43코페이카! 지금 됐습니다! 60루블 4코페이카!" 은발의 신사가 노파와 하인들에게 쪽지를 내밀면서 말했다. "뭘 도와드릴까요?" 마침내 그가 코발료프를 향해 말했다.

"전 말입니다⋯⋯." 코발료프가 말했다. "사기나 속임수에 해당하는 사건이 발생했어요. 전 지금까지 전혀 이해할 수가 없어요. 이 사기꾼을 데리고 오는 사람에게 충분히 후사하겠다고 광고해 주시길 바랍니다."

"당신 성이 뭔지 알 수 있을까요?"

"아니, 성은 왜요? 전 말할 수 없습니다. 제겐 친분이 있는 분들이 많거든요. 5등관 부인 체흐타료바, 팔라게야 그리고리예브나 포드토치나 참모장교 부인⋯⋯. 이들이 알게 된다면, 신이여 제발! 그저 '8등관, 아니 더 낮게는, 소령 계급에 있는 사람'이라고만 적어 주시면 됩니다."

"당신 하인이 도망친 건가요?"

"하인이라고요? 그 정도면 대단한 사기라고도 할 수 없지요!

제게서 도망친 건…… 코입니다…….”

“흠! 참 이상한 성이로군요! 이 노소프[15] 신사가 당신에게서 엄청난 금액을 훔친 거군요?”

“코란 즉…… 당신은 잘못 짚으신 겁니다! 코, 바로 제 코가 어디론가 사라진 거예요. 악마가 저를 놀리고 싶어 한 거라고요!”

“아니 어떤 식으로 사라졌단 말씀이시죠? 전 잘 이해가 안 되는데요.”

“네, 제가 말씀드리기 어려운 것도 바로 어떤 식으로 그렇게 된거냐는 겁니다. 하지만 중요한 건 코가 지금 도시를 돌아다니며 자기를 5등관으로 부르고 있다는 겁니다. 그래서 그를 잡는 분은 그를 반드시 최대한 빨리 제게 가져와 달라고 광고해 주기를 요청합니다. 사실은 당신도 제가 어떻게 그렇게 눈에 띄는 부위 없이 지낼 수 있냐고 생각하시겠죠? 이건 장화 속에 넣는 새끼발가락 같은 게 아니니까요. 새끼발가락은 없어도 아무도 못 보죠. 하지만 저는 목요일마다 5등관 부인인 체흐타료바 집에 가고, 포드토치나 팔라게야 그리고리예브나 참모장교 부인과 그녀의 예쁜 딸 역시 아주 잘 알고 지내는데 훌륭한 분들입니다. 그러니 생각해 보세요. 제가 어떻게 지금……. 전 지금 그들에게 모습을 드러낼 수가 없어요.”

관리는 생각에 잠겼다. 그의 꽉 다문 입술이 그것을 말해 주고 있었다.

“아니요, 전 그런 광고는 신문에 실을 수 없습니다.” 그가 오랜

---

15 ‘노소프’는 코에 해당하는 ‘노스nos’에, 남성의 성에 붙이는 접미사 ‘-오프-ov’를 붙여서 ‘코 씨’라는 의미로 만든 익살스러운 성.

침묵 끝에 마침내 말했다.

"어째서요? 왜 그렇죠?"

"그냥 그래요. 신문이 평판을 잃을 겁니다. 저마다 자기 코가 도망갔다고 쓰기 시작하면…… 그러면 온통 황당무계한 것과 거짓 소문이 광고된다고들 할 겁니다."

"아니 이게 왜 황당무계한 겁니까? 그런 건 전혀 없어요."

"당신에겐 없다고 느껴지시겠죠. 하지만 바로 지난주에 그런 일이 있었습니다. 한 관리가 당신이 지금 들어온 것처럼 들어왔고 쪽지를 가져왔어요. 2루블 73코페이카가 들었고요. 광고는 검은 털의 푸들이 도망갔다는 거였지요. 그런데 그게 뭐였을 것 같으세요? 중상모략이었던 겁니다. 이 푸들은, 무슨 기관인지 기억은 안 나지만, 그 기관의 회계원이었던 거예요."

"정말 전 푸들이 아니라 제 코에 대해 광고해 달라는 거예요. 이건 거의 저 자신과 동일한 것이라고요."

"아니요. 그런 광고는 절대 실을 수 없습니다."

"제 코가 진짜 사라졌는데도 말입니까?"

"만일 사라졌다면, 그건 의사가 해결할 일이죠. 어떤 코든지 마음에 드는 코를 붙여 줄 수 있는 사람들이 있다고 하더군요. 그런데 보아하니 당신은 확실히 성격이 유쾌하고 농담을 좋아하시는 분이군요."

"신에게 걸고 맹세합니다! 이 지경이 됐으니 제가 보여 드리죠."

"왜 그런 수고를 하십니까?" 관리가 담배를 맡으며 계속 말했다. "하지만 너무 번거롭지 않으시다면." 그가 호기심에 이끌려서 덧붙였다. "한번 보고 싶군요."

8등관이 얼굴에서 손수건을 떼었다.

"정말 너무 이상하군요!" 관리가 말했다. "자리가 완전히 매끈하네요. 마치 방금 구운 블린처럼요.[16] 정말 믿을 수 없을 정도로 평평하군요!"

"자, 이래도 왈가왈부하시겠어요? 인쇄하지 않을 수 없다는 걸 당신이 직접 보셨지요. 광고해 주신다면 정말로 당신께 감사하겠습니다. 이번 일로 당신과 알게 되어서 얼마나 기쁜지요. 정말 기쁩니다……."

이것으로 보건대 소령이 이번에는 좀 더 비굴하게 굴기로 마음먹은 것 같았다.

"인쇄하는 건 물론 그리 큰 문제가 아닙니다." 관리가 말했다. "다만 전 그게 당신에게 무슨 이득이 될지 모르겠어요. 만일 원하시면 글솜씨가 있는 분에게 이것을 기이한 자연 현상으로서 잘 묘사해 달라고 부탁하고 이 기사를 「북방의 벌」에 게재해 보시죠. (여기서 그는 다시 한 번 담배 냄새를 맡았다.) 어린이의 유익을 위해서 혹은 모든 이의 호기심을 충족시켜 주기 위해서 말입니다." (여기에서 그는 코를 문질렀다.)

8등관은 완전히 희망을 잃었다. 그는 눈을 연극 안내문이 적혀 있는 신문 아래로 떨구었다. 아주 예쁜 여배우 이름을 발견하고서 그의 얼굴이 거의 웃을 기미였고 손이 호주머니로 들어갔다. 코발료프의 견해에 따르면, 참모장교는 안락의자에 앉아야 하므로 자기에게 푸른 지폐가 있는지 확인해 보고 싶었던 것이다. 그러나 코에 대

16 러시아식 팬케이크.

한 생각이 모든 걸 망쳐 놓았다!

관리 자신이 코발료프의 난감한 처지에 마음이 움직인 것 같았다. 어떻게든지 그의 고통을 덜어 주고 싶은 마음에서, 몇 마디 말로 자신의 연민을 표현하는 것이 예의라고 생각했다. "당신에게 그런 사건이 생긴 것에 대해 정말로 큰 슬픔을 느낍니다. 코담배를 좀 맡아 보시는 게 어떠실지요? 두통과 슬픈 마음을 덜어 주니까요. 심지어 치질에도 효과가 있고요."

이렇게 말하며 관리가 모자를 쓴 어떤 귀부인 초상화가 있는 담뱃갑 뚜껑을 열고서 코발료프에게 내밀었다. 이 우발적인 행동에 코발료프는 인내심을 잃고 말았다.

"당신이 농담을 하려고 하시다니 이해할 수가 없군요." 그가 화를 내며 말했다. "당신은 제게 담배 냄새를 맡을 수 있는 코가 없다는 걸 정말로 모르는 거요? 당신 담배는 악마에게나 꺼지라고 해! 전 지금 당신의 역겨운 베레진산 담배뿐 아니라 당신이 라페를 가져온다 해도, 아예 쳐다볼 수도 없다고요."

이렇게 말하고 그는 굉장히 분개하면서 신문사 편집국에서 나왔고 설탕을 무지 좋아하는 경찰서장에게로 갔다. 그의 집 대기실 전체와 식당은 상인들이 우정의 표시로 가지고 온 설탕 덩어리로 가득 차 있었다. 그가 들어갔을 때 요리사는 경찰서장에게서 공무용 장화를 벗기고 있었다. 장검과 모든 군용품이 구석마다 평화롭게 걸려 있고, 위협적인 삼각모는 그의 세 살짜리 아들이 만지작거리고 있었다. 그도 전장에서의 호전적인 삶 이후 평화로운 삶이 주는 온갖 만족을 맛볼 준비가 되어 있었다.

코발료프가 그에게 갔을 때, 그는 마침 몸을 쭉 펴고 만족감에 "캬!"라고 외치고 "두 시간쯤 푹 자야지"라고 말한 참이었다. 그러니 8등관이 완전히 좋지 않은 때에 왔다는 것을 예감할 수 있었다. 그럴 때는 설사 그가 몇 푼트의 차나 나사천을 가져온다 해도, 그를 아주 기쁘게 맞아 줄지 알 수 없는 것이다. 경찰서장은 모든 예술품과 작은 세공품의 엄청난 애호가였으나 무엇보다도 지폐를 좋아했다. "이건 말야." 그는 이렇게 말하곤 했다. "이보다 더 좋은 건 없어. 먹을 걸 달라고 보채지도 않고 자리를 많이 차지하지도 않고 언제나 호주머니에 들어가고 떨어뜨려도 부서지지 않거든." 경찰서장은 코발료프를 매우 차갑게 맞이하고, 점심 식사 이후는 조사를 하기 좋은 때가 아니라고 말했다. 충분히 먹은 뒤에는 휴식을 취하도록 자연이 정해 놓았고(이것으로 8등관은 경찰서장이 고대 현자들의 가르침을 잘 알고 있다는 것을 알 수 있었다), 품행이 방정한 사람에게서는 코를 훔쳐 가지 않으며, 세상에는 심지어 속옷을 예의에 맞게 갖춰 입지도 않고 온갖 비천한 곳을 돌아다니는 어중이떠중이 같은 소령들이 있다고 말했다. 즉 눈썹이 아니라 직접 눈에 재를 뿌린 것이다! 코발료프는 극도로 쉽게 모욕을 느끼는 사람이라는 것을 알아 둘 필요가 있다. 그는 자신에 대해서는 무슨 말을 해도 용서할 수 있었다. 하지만 그것이 직급이나 호칭에 대한 것일 때는 결코 용서하지 않았다. 그는 드라마에서 상부 장교에 관련된 것은 모두 용서할 수 있으나 참모장교는 절대로 공격해서는 안 된다고 생각했다. 경찰서장의 접견 방식에 그는 너무 당황해서 고개를 내젓고 약간 팔을 벌리고서 자부심을 느끼며 말했다. "솔직히 당신 편에서 이런 모욕적인 말씀을 하시니 제겐 덧붙일 말이 전혀 없군요……." 그러고서 그는 나왔다.

그는 자기 발의 감각도 거의 느끼지 못하고 집으로 왔다. 이미 어둑어둑해졌다. 이 모든 수색작업의 실패 이후 그에겐 아파트가 서글프거나 극도로 역겨워 보였다. 문간방에 들어간 뒤 그는 얼룩진 가죽 소파에 하인 이반이 등을 대고 누워 천장에 침을 뱉으면서 같은 장소에 맞추는 데 성공하는 것을 보았다. 하인의 그런 무심한 태도에 그는 격분했다. 그는 모자로 하인의 머리를 때리면서 덧붙였다. "이런 돼지 같은 놈, 늘 멍청한 짓만 하고는!"

이반이 갑자기 제자리에서 일어나서 한달음에 달려와 그에게서 망토를 벗겼다.

자기 방에 들어온 소령은 피곤하고 슬픈 마음으로 침대에 몸을 던지고 몇 번 신음한 뒤 말했다.

"맙소사! 맙소사! 이게 무슨 변고람? 내게 손이 없거나 다리가 없으면 ―그래도 나아, 귀가 없어도 ― 보기 싫어도 견딜 만은 해. 그런데 코가 없으면 사람은 아무것도 아니야. 새도 새가 아니고 시민도 시민이 아니야. 그저 집어서 창밖으로 던져 버려야 해! 전쟁에서나 결투에서 잘리는 건 괜찮아. 아니면 내가 잘못했거나. 근데 이건 아무 이유도 없이 사라졌어. 헛되이 아무 대가도 없이……! 정말 아니야, 이럴 순 없어." 그는 잠시 생각해 보고 덧붙였다. "코가 사라지는 건 있을 수 없어. 절대 있을 수 없어. 이건 꿈을 꾸거나 그저 몽상에 빠진 걸 거야. 내가 물 대신, 면도 후에 수염 닦는 데 쓰는 보드카를 잘못 마신 걸 거야. 이반, 이 멍청이가 안 마신 걸 내가 마신 걸 거야." 자신이 술 취하지 않은 것을 정말로 확인하기 위해서 소령은 자기를 아주 세게 꼬집어 보고 소리를 질렀다. 이 고통으로 그는 자기가 실제로 움직이고 살아 있다는 걸 확인할 수 있었다. 그는 조용히 거울에 다가가, 혹시 코가 제자리에 나타나지 않았을까 기대하며 먼저 실눈을 떴다. 그러나 그 순간 "이런 꼴불견이 있나?"라며 다시 뒷걸음질쳤다.

이건 도무지 이해가 되지 않았다. 단추, 은수저, 시계 같은 것이 사라졌으면 모른다. 하지만 사라진 게 뭔지 보란 말야! 그것도 자기 아파트에서……! 코발료프 소령은 모든 상황을 고려해 보고서, 그 원인이 다름 아니라 그가 자기 딸과 결혼하기를 바란 포드토치나 참모장교 부인에게 있다는 것이 가장 진실에 가깝다고 추정했다. 그 자신이 그녀를 쫓아다니기를 좋아했으나 최종 결정은 피하고 있었다. 참모장교 부인이 그에게 단도직입적으로 그녀를 그에게 시집보내고 싶다고 선언했을 때, 그는 자기는 아직 젊고 5년쯤 더 근무해서 정확히 마흔두 살은 되어야 한다고 말하고서, 칭찬을 늘어놓으며 조용히 손을 뗐다. 이후 참모장교 부인이 아마 복수심에서 그에게 저주를 걸기로 마음먹고 마법을 부리는 노파들을 고용했을 것이다. 왜냐하면 어떤 식으로도 그의 코가 잘려 나갔다고 추정할 수는 없기 때문이다. 누구도 그의 방에 들어오지 않았다. 이발사 이반 야코블레비치는 수요일에 그를 면도했고 수요일 내내 그리고 목요일에도 내내 그의 코는 멀쩡했다. 그는 이걸 기억했고 아주 잘 알고 있었다. 게다가 그랬다면 통증을 느꼈을 것이고, 상처가 그렇게 빨리 아물고 블린처럼 매끄러워질 수 없는 것은 의심의 여지가 없다. 그는 머릿속에서 참모장교 부인을 공식적인 절차에 따라 법정으로 소환하거나 바로 그녀에게 가서 그녀의 죄를 폭로할 계획을 세웠다.

그의 상념이 문틈 사이로 들어오는 빛에 중단되었다. 이것으로 문간방에서 이반이 이미 초를 켠 것을 알 수 있었다. 곧 이반이 자기 앞에 초를 들고 방 전체를 밝게 비추며 나타났다. 코발료프의 첫 동작은, 어리석은 녀석이 주인의 이상한 상태를 보고 멍해지지 않도록, 손수건을 쥐고 어제까지도 코가 있던 곳을 가리는 것이었다. 이반이 자기의 더러운 구석방으로 나가자마자 문간방에서 낯선 목소리가 "여기에 8등관 코발료프가 계신가요?"라고 말하는 게 들렸다.

"들어오세요. 코발료프 소령은 여기 있습니다." 코발료프가 서둘러 일어나서 문을 열며 말했다.

지나치게 밝지도 어둡지도 않은 구레나룻에 볼이 상당히 통통하고 아름다운 외모의 경찰관, 즉 이 이야기 서두에 이삭 다리 끝에 서 있던 바로 그 파출소장이 들어왔다.

"당신이 코를 잃어버리셨나요?"

"네 정확히 그렇습니다."

"그걸 지금 찾았습니다."

"뭐라고 하셨나요?" 코발료프 소령이 소리쳤다. 기뻐서 말이 나오지 않았다. 그는 두 눈으로 자기 앞에 서 있는 경찰관을, 흔들리는 촛불에 선명하게 어른거리는 그의 통통한 입술과 볼을 바라보았다. "어떻게 말씀인가요?"

"이상한 상황에서요. 그가 떠나려는 도중에 붙잡았습니다. 그가 이미 질리잔스[17]를 타고 리가로 떠나려고 했어요. 오래전에 발급된 여권에는 한 관리의 이름이 적혀 있었습니다. 이상한 건 저조차도 처음에는 그를 신사로 여겼다는 겁니다. 하지만 다행히 제게 안경이 있어서, 바로 이것이 코라는 걸 알아보았죠. 사실 전 근시안입

---

17 역마차, 승합마차.

니다. 당신이 제 앞에 서 있으면 제겐 당신 얼굴만 보이고 코도, 수염도, 아무것도 안 보여요. 제 장모, 즉 제 아내의 어머니에게도, 아무것도 안 보이고요."

코발료프는 제정신이 아니었다.

"그게 어딨죠? 어디죠? 제가 당장 가겠습니다."

"걱정 마세요. 그게 당신에게 매우 중요하다는 걸 알고서 그걸 가지고 왔으니까요. 그리고 이상한 건 이 사건의 공범이 보즈네셴스크 거리에 사는 사기꾼 이발사라는 겁니다. 그는 지금 경찰서에 있습니다. 전 오래전부터 그의 고주망태 상태와 도둑질에 대해 의심해 왔지요. 이틀 전에 그는 한 가게에서 단추 한 상자를 훔쳤습니다. 당신 코는 완전히 원래 상태 그대로입니다."

이 말을 하면서 경찰관이 호주머니에 손을 집어넣고, 거기에서 종이에 싼 코를 꺼냈다.

"그래, 그거예요!" 코발료프가 소리쳤다. "정확히 그겁니다! 오늘 저와 차 한잔하시지요."

"대단히 유쾌할 걸로 생각됩니다만, 결코 그럴 수가 없습니다. 전 이제 정신병원에 들러야 합니다……. 그런데 요즘 모든 식품 가격이 엄청 올랐더군요……. 제집에는 장모님, 즉 제 아내의 어머니도 계시고, 애들이 있어요. 큰아이의 미래가 특별히 촉망되지요. 아주 똑똑한 녀석이거든요. 하지만 교육비가 전혀 없어서…….'

코발료프는 그의 의중을 파악하고서 탁자에서 붉은 지폐를 집어 경찰관의 손에 쥐어 주었다. 그가 뒷걸음질하고 인사를 하면서 문밖으로 나갔다. 거의 같은 순간 코발료프는 이미 길가에서, 수레를 끌고 가로수 길을 침범한 어수룩한 농민을 그가 야단치는 소리를 들었다.

　8등관은 경찰관이 나가고 몇 분간 멍한 상태에 있었고, 몇 분이 지나서야 겨우 보고 느낄 수 있었다. 예기치 않은 기쁨에 그는 정신을 차릴 수가 없었다. 그는 되찾은 코를 두 손에 정성스럽게 받쳐 들고 그것을 다시 주의 깊게 살펴보았다.

　"그래 이거야. 정확히 이거야!" 코발료프 소령은 말했다. "여기 왼편에 어제 난 뾰루지도 있네."

　소령은 기쁨에 들떠 거의 웃을 뻔했다.

　그러나 세상에 오래 지속되는 것은 아무것도 없다. 첫 순간의 기쁨이 지나고 그다음 순간 기쁨은 이미 그렇게 생생하지 않고, 세 번째 순간 그것은 훨씬 더 약해지고 마침내 일상적인 정신 상태와 결합되어서 전혀 구별되지 않는다. 마치 물에 자갈이 떨어지면서 생긴 원이 매끄러운 표면과 합쳐지는 것과 같다. 코발료프는 상황을 고려해 보고, 일이 아직 끝난 게 아니란 것을 알게 됐다. 코를 찾긴 했으나 그것을 제자리에 붙일 필요가 있는 것이다.

　"만일 안 붙으면 어쩐다?"

　스스로에게 던진 그 질문에 소령은 창백해졌다.

　뭐라 설명하기 어려운 공포를 느끼며 그는 탁자로 달려가서, 코를 비뚤어지게 붙이지 않기 위해 거울을 집어 들었다. 손이 떨렸다. 조심스럽게 잘 살피면서 그것을 원래 자리에 갖다 대었다. 오 끔찍하다! 코는 달라붙질 않았다……! 그는 그것을 입에 대고 가볍게 숨을 내쉬어서 데운 다음 양 볼 사이에 있는 매끄러운 자리에 다시 갖다 대었다. 그러나 코는 어떤 식으로도 붙지를 않았다.

　"자! 자! 붙어, 바보야!" 그가 그것에게 말했다. 하지만 코는 나무로 된 것 같았고, 마치 코르크처럼 이상한 소리를 내며 탁자에 툭 떨어졌다. 소령의 얼굴이 경련이 인 듯 일그러졌다. "정말 이것이 안 붙을 건가?" 그는 당혹해하며 말했다. 그러나 원래 자리에 몇 번을 갖다 대도 그의 노력은 이전처럼 아무 소용이 없었다.

그는 이반을 소리쳐 부르고 바로 같은 건물의 1층에 있는 가장 좋은 아파트를 차지하고 있는 의사를 부르러 보냈다. 이 의사는 풍채가 좋은 남자로서, 아름다운 타르색 구레나룻과 매력적이고 건강한 아내가 있고, 아침에 신선한 사과를 먹고 아침마다 입을 거의 45분 헹구고 다섯 종류의 칫솔로 이빨을 닦으면서 입을 특별히 청결하게 했다. 의사가 바로 나타났다. 불행한 일이 일어난 지 오래됐는지 묻고서 그는 코발료프 소령의 턱을 들어 올리고 이전에 코가 있던 바로 그 자리를 큰 손가락으로 튕겼다. 소령의 머리가 너무 심하게 뒤로 젖혀져서 그가 뒤통수를 벽에 찧었다. 의료인은 이 정도는 괜찮다며, 잠깐 벽에서 떨어지라고 조언을 준 뒤 그에게 머리를 먼저 오른쪽으로 젖히라고 하고는, 이전에 코가 있던 자리를 만져 보고 "흠!"이라고 말했다. 그다음 머리를 왼쪽으로 젖히라고 하고서 "흠!"이라고 말하고, 마지막으로 다시 큰 손가락으로 튕겨 보았다. 코발료프 소령은 이빨을 검사받는 말처럼 고개를 움츠렸다. 이렇게 진료를 마친 후 의료인은 고개를 젓고서 말했다. "아니요, 불가능합니다. 당신은 그대로 있는 게 나아요. 더 나빠질 수 있어요. 물론 그걸 붙일 수는 있습니다. 지금이라도 붙여 드릴 수 있어요. 하지만 그러면 당신에게 더 나쁠 거라고 확신합니다."

"거참 좋군요! 어떻게 코 없이 지낸단 말입니까?" 코발료프가 말했다. "지금보다 더 나빠질 순 없어요. 이건 귀신이 곡할 노릇이에요! 이런 몰골로 어디를 다닌단 말인가요? 전 교제가 활발하단 말입니다. 오늘도 두 집의 야회에 가야 한다고요. 전 많은 이들과 친분이 있어요. 5등관 부인 체흐타료바가 있고, 포드토치나는 참모장교 부인이고…… 그녀가 이번에 취한 조치에 대해, 전 경찰을 통하지 않고는 앞으로 그녀와 만날 일이 없을 겁니다. 제발 부탁드려요." 코발료프가 애원하는 목소리로 말했다. "방법이 없을까요? 어떻게든 좀 붙여 주세요. 깔끔하지 않아도 됩니다. 붙여만 주세요. 위험한 상황에서는 손으로 가볍게 떠받쳐도 돼요. 그리고 경솔한 행동으로 코를 망치지 않도록 춤도 추지 않겠습니다. 방문에 대한 감사 표시로 자금이 되는 대로 얼마든지 드릴 것을 확신하셔도 좋습니다."

"믿어 주세요." 의사가 크지도 작지도 않지만 지극히 상냥하고 매혹적인 목소리로 말했다. "전 절대로 탐욕을 채우기 위해 치료하지 않습니다. 이건 저의 원칙과 자질에 어긋나는 겁니다. 물론 저는 왕진에 대해 돈을 받아요. 하지만 이건 거절해서 상처를 줄까 봐 그렇게 하는 것뿐입니다. 물론 전 당신의 코를 붙여 드릴 수 있어요. 하지만 당신이 제 말을 못 믿으신다 해도, 그러면 훨씬 더 나빠질 거라고 제 명예를 걸고 확신합니다. 자연의 작용에 맡기시는 편이 나아요. 찬물로 더 자주 씻어 주세요. 코가 없어도 있을 때 못지않게 건강할 수 있다는 걸 확신합니다. 그리고 코를 술병에 담그거나, 더 잘 보관하려면 거기에 작은 숟가락으로 두 스푼의 질산[18]과 데운 식초를 넣으세요. 그러면 그것으로 상당한 돈을 벌 수 있을 겁니다. 저만 해도 당신이 비싸게 부르지만 않는다면 사겠습니다."

18 질산 강수(aqua fortis).

"아뇨, 아뇨! 절대 팔지 않을 겁니다!" 절망에 빠진 코발료프 소령이 소리쳤다.

"차라리 사라지라고 하는 편이 나아요!"

"죄송합니다!" 의사가 허리를 굽혀 인사하고 말했다. "전 당신에게 도움이 되고 싶었는데…… 어쩌겠습니까! 적어도 제가 노력한 것은 보셨죠."

이렇게 말하고서 의사는 점잔을 빼며 방에서 나갔다. 코발료프는 심지어 그의 얼굴도 제대로 못 보고, 완전히 멍한 상태에서 그의 검은 연미복 소매에서 밖으로 삐져나온, 눈처럼 하얗고 깨끗한 와이셔츠 소맷단만 보았다.

그는 다음 날 경찰에 고소하기 전에 참모장교 부인이 싸우지 않고 그에게 꼭 필요한 것을 돌려주는 데 동의할지 알아보기 위해서 그녀에게 편지를 쓰기로 결정했다.

편지 내용은 다음과 같았다.

친애하는 알렉산드라 그리고리예브나![19]

당신 측의 이상한 행동을 이해할 수가 없습니다. 그런 식으로 행동해서는 결코 얻을 것이 없고 제가 당신 딸과 결혼하게 할 수 없다는 것을 명심하십시오. 제 코에 관한 사건은 이제 명백해졌다는 걸 알려드립니다. 다른 누구도 아닌 바로 당신이 주범인 것이 확실하니

19 본문의 다른 부분들에서는 팔라게야 그리고리예브나 포드토치나인데, 편지의 수신인과 발신인에서는 이름이 알렉산드라로 표기되어 있다. 포프리신의 정신착란을 암시하기 위한 고골의 의도적인 장치인 것으로 추정된다.

까요. 그것이 갑자기 자기 자리에서 떨어져 나와 도망치고 관리의 행색으로나 마지막에는 자기 본연의 모습으로 위장하는 것은, 당신이나, 당신처럼 고상한 계략을 세우는 사람들이 꾸민 마술의 결과인 것이 분명합니다. 만일 제가 언급한 코가 오늘 제자리에 돌아오지 않는다면 저는 법의 방어벽과 보호막에 의지하지 않을 수 없음을 제 편에서 당신에게 미리 알려드리는 것을 의무로 생각합니다.

그럼에도 불구하고, 당신에게 완전한 경애를 표하는 바입니다.

당신의 겸손한 종,
플라톤 코발료프

친애하는 플라톤 쿠즈미치!

당신 편지는 저를 완전히 놀라게 했습니다. 저는 솔직히 고백하건대, 금시초문입니다. 당신 편에서 나온 부당한 질책에 대해서는 더욱더 그렇습니다. 전 당신이 언급하는 관리를, 가면을 쓴 모습으로건, 원래 모습으로건, 결코 제집에 맞아들인 적이 없음을 미리 알려드립니다. 사실 필립 이바노비치 포탄치코프가 저의 집을 드나들고 있습니다. 하지만 그가 정말로 제 딸에게 청혼한다 해도, 비록 그 자신은 훌륭하고 단정한 몸가짐과 대단한 학식을 갖고 있지만, 전 결코 그에게 어떤 희망도 주지 않았습니다. 당신은 또한 코에 대해 언급하셨지요. 만일 당신이 이 말로 제가 당신을 속이려 한다고, 즉 당신의 청혼을 공식적으로 거절하려 한다고 암시하신 것이라면, 당신이 그렇게 말씀하시는 것이 너무 놀랍군요. 왜냐면 당신도 잘 아시다시피 전 완전히 반대 의견을 갖고 있고, 만일 지금이라도 당신이 제 딸에게 정식으로 청혼하신다면, 전 지금 당장 당신을 만족시켜 드릴 준비가 되어 있기 때문입니다. 이건 제가 언제나 가장 간절히 바라던 바이며, 그 소망을 가지고 언제나 당신께 도움을 드릴 준비가 되어 있습니다.

알렉산드라 포드토치나

"아냐" 코발료프는 편지를 다 읽은 후에 말했다. "그녀에겐 전혀 혐의가 없어. 그녀일 리가 없어! 편지 쓴 방식을 보면 죄지은 사람이 쓸 수 있는 편지가 아냐." 코발료프는 캅카스 지역에서도 몇 번 조사를 위해 파견되었기 때문에 이 방면에 일가견이 있었다. "이게 어떤 방식으로, 어떤 운명에 의해 일어난 것일까? 귀신이 곡할 노릇이네!" 마침내 그는 팔을 늘어뜨리고 말했다.

그러는 사이 이 범상치 않은 사건에 대한 소문이, 항상 그렇듯이 뭔가 덧붙여지는 방식으로, 온 수도에 퍼졌다. 그 무렵 모든 이의 마음이 극단적인 것에 매료되어서, 바로 얼마 전에는 최면술의 효과에 대한 실험이 대중을 사로잡았다. 게다가 코뉴셴나야 거리의 춤추는 의자들에 대한 이야기가 아직 생생했다. 그래서 금세 8등관 코발료프의 코가 3시면 넵스키 거리를 따라 산보를 다닌다는 이야기가 나돌기 시작한 것은 전혀 놀랄 만한 일이 아니다. 호기심을 느낀 많은 사람이 날마다 모여들었다. 누군가 코가 윤케르 가게[20]에 있는 것처럼 말하자, 윤케르 주변에 너무나 많은 인파가 몰리고 큰 혼잡

---

20 19세기 넵스키 거리와 볼샤야 모르스카야 거리 사이에 있던 유명한 가게로 최신 유행 제품을 판매하였다.

을 이뤄서 경찰까지 출동해야 했다. 극장에서 딱딱해진 다양한 제과점 파이를 팔던, 반듯하게 생긴 한 투자자는 일부러 아름답고 튼튼한 나무 의자를 만들고 호기심에 가득 찬 사람들을 초대해서, 그들이 각각 80코페이카씩 내고 그 의자에 서서 보게 했다. 공훈을 많이 세운 한 육군 대령은 이것을 보기 위해 일부러 집에서 일찍 나와서 아주 힘들게 인파를 헤치고 나아갔다. 그러나 엄청 불만스럽게도, 그가 가게 창문에서 볼 수 있었던 것은 코가 아니라 일반적인 모직물 스웨터, 그리고 스타킹을 고쳐 신는 아가씨와 그녀를 나무 뒤에서 바라보는 멋쟁이를 그린 석판화였다. 그는 접힌 재킷을 입고 짧은 수염을 기르고 있었고, 이 그림은 이미 10년 넘게 늘 같은 자리에 걸려 있던 것이다. 떠날 때 그는 당혹스러워하며 말했다. "어떻게 이런 어리석고, 있을 수도 없는 소문으로 대중을 혼란에 빠뜨릴 수 있단 말이야?"

그다음엔 넵스키 거리가 아니라 타브리쳅스키 정원에서 코발툐프 소령의 코가 산보를 하고, 그는 이미 오래전부터 그곳에 있었던 듯하며, 호즈레프 미르자가 아직 거기에 묵을 때[21] 그는 이런 이상한 자연의 장난에 매우 놀라워했다는 소문이 돌았다. 외과 아카데미 학생 중 몇 명도 그곳에 갔다. 한 유명하고 존경할 만한 귀부인

21 호즈레프 미르자Khosrow Mirza(1811~1883). 페르시아에 파견된 러시아 외교관 그리보예도프가 1829년 페르시아인들에 의해 살해되자 페르시아 황제가 제정 러시아에 공식적으로 사과하기 위하여 파견한 사절단의 단장이자 황제의 손자. 타브리쳅스키 궁전은 포툠킨 공이, 1783년 '타브리아Таврия'로도 불리는 크림반도를 러시아에 병합시킨 공으로 '타브리쳅스키 공'이라는 칭호를 얻은 이후 1783~1789년에 지은 그의 궁전. 호즈레프 미르자는 1829년 사절단으로 왔을 때 이 궁전에 묵었다.

은 정원 관리자에게 특별히 편지를 써서 그녀의 자녀들에게 이 드문 현상을, 가능하면 어린이들에게 교훈적이고 훈계가 될 만한 설명과 함께 보여 줄 것을 요청했다. 귀부인을 웃기기 좋아하는, 사교모임에 빠져서는 안 되는 방문자들은, 마침 그때 이야깃거리가 완전히 떨어졌으므로 이 모든 사건에 아주 기뻐했다. 존경받을 만하고 선량한 사람 중 일부는 매우 불만스러워했다. 한 신사는 분개하며, 어떻게 오늘날처럼 계몽된 시대에 이렇게 어리석은 이야기들이 퍼질 수 있는지 이해할 수 없으며, 어떻게 정부가 이것에 주의를 돌리지 않는지 놀라울 따름이라고 말했다. 이 신사는 정부가 모든 일에, 심지어 아내와의 일상적인 싸움에도 개입하길 원하는 그런 부류에 속하는 것이 틀림없다. 그 뒤를 이어서…… 그러나 여기에서 다시 모든 사건이 안개에 휩싸이고, 그다음 어떻게 됐는지는 전혀 알려진 바 없다.

3

세상에는 정말 말도 안 되는 일도 일어나는 법이다. 사실과 비슷한 것이 조금도 없는 일도 가끔 있다. 5등관의 직책을 갖고 사방을 돌아다니며 도시에 그토록 큰 소동을 일으키던 그 코가 갑자기 무슨 일인지 자기 자리, 즉 바로 코발료프 소령의 두 볼 사이에서 발견된 것이다. 이 일은 4월 7일에 일어났다.[22] 잠에서 깨어서 우연히 거울을 들여다보았을 때 그는 보았다. 코다! 손으로 잡아 보았다. 정확히 코다! 코발료프는 "에헤!"라고 말하고는 기뻐서 거의 온 방을 맨발로 돌며 민속춤의 스텝을 밟을 뻔했으나, 그때 방에 들어온 이반이 방해가 되었다. 그는 즉시 세수할 수 있게 준비하라고 시키고서, 세수하고 다시 거울을 보았다. 코다! 수건으로 몸을 닦으면서 그는 다시 거울을 보았다. 코다!

"이반, 내 코에 뽀루지가 있는지 봐 줘." 그는 말하면서 그 사이 생각했다. '만일 이반이 "나리, 뽀루지만 없는 게 아니라 코도 없는데요!"라고 말하면 큰일인데!'

그러나 이반이 말했다. "없는데요. 뽀루지는 전혀 없어요. 코는 깨끗해요!"

"좋아, 잘됐어!" 소령은 혼잣말을 하고 손가락을 튕겼다.

이때 문에 이발사 이반 야코블레비치가 나타났다. 그러나 그는 방금 전에 돼지비계를 훔쳐서 매를 맞은 고양이처럼 몹시 두려워했다.

"먼저 말해 봐. 손은 깨끗해?" 아직 멀찍이서 코발료프가 그에게 소리쳤다.

"깨끗합니다."

"거짓말!"

"에이, 정말입니다. 깨끗합니다, 나리."

"그래, 한번 보자."

코발료프는 앉았다. 이반 야코블레비치는 그를 냅킨으로 덮고, 바로 작은 붓의 도움으로 그의 수염 전체와 볼의 일부를, 상인들

---

22 러시아 제국에서 통용된 율리우스력(구력)에서 3월 25일은 동시대 서구에서 통용된 그레고리력(신력)의 4월 7일에 해당한다. 그래서 이 사건 전체가 코발료프의 하룻밤 꿈이었다는 설명이 가능하며, 이 작품의 초판에서는 실제로 사건이 그의 꿈이었던 것으로 판명된다.

이 명명일[23]에 내놓는 크림처럼 잔뜩 비누칠을 했다.

"이것 봐라!" 이반 야코블레비치가 코를 바라보며 혼잣말을 하고 이윽고 고개를 반대편으로 젖히고 그것을 옆에서 바라보았다. "휴! 정말 생각만 해도 끔찍해." 그는 말을 잇고 오랫동안 코를 바라보았다. 마침내 가볍게, 가능한 한 조심스럽게 코끝을 잡기 위해 두 손가락을 들었다. 그것은 이반 야코블레비치가 늘 하던 순서였다.

"야, 야, 야, 조심해!" 코발료프가 소리쳤다.

이반 야코블레비치가 손도 늘어뜨리고 멍해지고 전에 없이 당황하였다. 마침내 그는 신중하게 그의 수염 밑을 면도날로 간질이기 시작했다. 담배 냄새 맡는 부위를 잡지 않고 면도하기란 여간 불편하고 힘든 일이 아니었다. 그러나 그의 꺼칠꺼칠한 엄지로 볼과 아랫입술에 의지하면서 마침내 모든 장애를 극복하고 면도를 마쳤다.

모든 것이 준비되자 코발료프는 즉시 서둘러 옷을 입고 마차를 불러서 곧장 제과점으로 갔다. 들어가면서 멀찍이서부터 소리쳤다. "이봐, 핫초코 한 잔!" 그러고는 바로 거울에 다가갔다. 코가 있다! 그는 유쾌하게 뒤로 돌아서서 비웃는 표정으로 약간 실눈을 뜨면서 두 명의 군인을 바라보았다. 그중 한 명의 코는 조끼의 단추보다 크지 않았다. 그다음 그는 부지사 자리를, 그것이 안 될 경우 임원직을 얻기 위해 공을 들이고 있는 부서의 사무실로 갔다. 대기실을 지나면서 그는 거울을 바라보았다. 코가 있다! 그다음 그는 비웃기를 아주 좋아하는 다른 8등관 혹은 소령에게 갔다. 그의 다양한

---

23 명명일은 교회 달력에 따라서 세례받는 사람의 세례명에 해당하는 성인聖人의 날. 그날 그 세례명을 받은 사람을 축하하는 명명일 파티를 성대하게 거행하는 것이 제정 러시아 시대의 관례였다.

까칠한 말들에 코발료프는 자주 "이봐, 자네, 난 자넬 알아. 자넨 독설가야!"라고 대꾸하곤 했다. 도중에 그는 생각했다. "만일 소령이 나를 보고도 웃음을 터뜨리지 않으면, 그건 있어야 할 것이 자기 자리에 있다는 확실한 증거야." 그런데 8등관은 아무 반응이 없었다. "좋아, 좋아, 잘됐어!" 코발료프는 혼자 생각했다. 도중에 그는 참모장교 부인 포드토치나와 그녀의 딸을 함께 만나서, 그들과 인사하고 기쁨에 찬 환호를 받았다. 틀림없이 아무 일 없고 그는 해를 입지 않은 것이다. 그는 그들과 아주 오랫동안 이야기하고, 일부러 담뱃갑을 꺼내 그들 앞에서 정말 오랫동안 양쪽 콧구멍에 가득 넣고 혼자 중얼거렸다. '그래, 당신네 여편네들은 닭대가리야! 그래도 당신 딸에겐 장가 안 가. 사랑 때문만으로는[24] 절대 안 되지!'

그리고 코발료프 소령은 그때부터 마치 아무 일도 없었다는 듯이 넵스키 거리고, 극장이고, 어디건 산책하러 다녔다. 코 역시 아무 일도 없었다는 듯, 잠시 자리를 비우고 사방을 돌아다녔다는 기색조차 보이지 않고, 그의 얼굴에 있었다. 이후 코발료프 소령은 항상 기분이 좋아서 웃고 온갖 예쁘장한 귀부인들을 단호하게 쫓아다니고, 심지어 한번은 고스치니 시장[25]의 가게 앞에 멈춰서, 훈장을 받은 일도 없으면서 무슨 영문에서인지 어떤 훈장 리본을 샀다.

이것이 바로 우리 광활한 국가의 북방 수도에서 일어난 사건이다! 여기에서 모든 정황을 고려해 보건대, 그 안에는 있을 법하지 않

---

24 프랑스어 '파르 아무르par amour'를 그대로 표기.
25 도매업과 보통 다른 지역 출신 상인들의 생활을 위한 서비스를 제공하는 상가 단지. 러시아 주요 도시의 중심부에 소재하였고 주로 긴 주랑이 있는 아케이드 형태를 띤다.

은 게 많음을 알게 된다. 코가 초자연적으로 분리되고 그것이 5등관의 모습으로 다양한 장소에 나타나는 것은 말할 것도 없다. 어떻게 코발료프는 신문사 편집국을 통해서 코에 대해 광고를 내는 게 불가능하다는 걸 알지 못했을까? 난 여기에서 광고비가 너무 비싼 것 같았다는 말을 하는 게 아니다. 이건 헛소리이고, 난 전혀 탐욕스러운 부류의 사람이 아니다. 그러나 예의에 어긋나고, 거북살스럽고, 좋지 않은 것이다! 그리고 마찬가지로, 어떻게 코가 구운 빵 속에 있을 수 있으며, 이반 야코블레비치 자신은 어떤가……? 아니다. 난 이걸 전혀 이해할 수 없다. 전혀 이해할 수 없다! 그러나 그보다 훨씬 더 이상하고 무엇보다도 이해가 안 가는 것은, 어떻게 작가들이 그와 같은 이야기를 다룰 수 있냐는 것이다. 솔직히 이건 정말 이해가 안 된다. 이건 정확히…… 아니, 아니다. 전혀 이해가 안 된다. 첫째로, 국가에 단연코 어떤 이득도 없다. 둘째로…… 하지만 둘째도 역시 이득이 없다. 그저 나는 이게 뭔지 모르겠다…….

그러나 이 모든 것에는, 물론 하나를 허용하면, 두 번째도, 세 번째도 허용할 수 있을 것이고 심지어…… 사실 부조리한 일은 어디에나 있지 않은가……? 그러나 곰곰이 생각해 보면, 이 모든 것에는 정말로 뭔가가 있다. 누가 뭐라 해도, 그런 사건은 세상에 있는 법이다. 흔치 않지만 있는 법이다.

초상화

제1부

어디고 슈킨 시장[1]에 있는 그림가게 앞만큼 그렇게 많은 사람의 발걸음이 멎는 곳은 없었다. 이 가게에는 정말로 다양하고 기이한 물건들이 쌓여 있었다. 그림들은 대부분 유화였고 암녹색 니스가 칠해져 있고, 거무스레해진 금색 액자에 끼어 있었다. 하얀 나무들이 있는 겨울 풍경, 화재 현장의 불길과 비슷하게 완전히 붉게 물든 저녁, 소맷단을 댄 손에 파이프를 들고 그 손을 꺾은 자세로 인해 사람보다는 화려한 장닭에 가까워 보이는 플랑드르 지방의 농부,[2] 이런 것이 그림의 일반적인 소재였다. 여기에 양털 모자를 쓴 호즈

---

1 페테르부르크에서 두 번째로 큰 시장으로 사도바야 거리에 위치.

2 15~17세기 벨기에 북부 플랑드르 지방의 플라망드 화가들이 그린 세태화tableau de genre 속의 농부들을 지칭하는 것으로 추정된다. 대大 피터르 브뤼헐Pieter Brueghel de Oude(1525~1569)을 통해 더욱 유명해진 플라망드 유파의 세태화는 주로 하층민의 일상적이고 가족적인 삶이나 종교적이고 도덕적인 우화를 익살스럽게 묘사하였다.

레프 미르자의 초상화, 삼각모를 쓰고 코가 비뚤어진 장군들의 초상화 같은 몇 점의 판화를 추가할 수 있다. 더불어 보통 그런 가게의 문에는 러시아인의 선천적인 재능을 입증하는 루복 작품[3]이 큰 종이에 인쇄되어 세트로 걸려 있었다. 한 그림에는 황태자비인 밀릭트리사 키르비티예브나가,[4] 다른 그림에는 예루살렘 도시가 그려져 있었다. 그 도시의 집과 교회들 위로 붉은 물감이 격식을 따지지 않고 급히 칠해지면서, 대지의 일부와 벙어리장갑을 끼고 기도하는 러시아 농민 두 명을 뒤덮었다. 이 작품들을 사는 사람은 보통 많지 않았으나, 대신 구경꾼은 많았다. 어떤 난봉꾼의 하인은 자기 주인을 위해 주막에서 가져온 점심 그릇을 손에 들고는 그림들 앞에서 하품을 하고 있었다. 그 주인은 틀림없이 별로 뜨겁지 않은 수프를 홀짝이게 될 것이다. 그 하인 앞에는 이미 외투 입은 병사, 즉 이 번잡스러운 시장에서 두 개의 깃털 깎는 칼을 파는 매력적인 기사, 그리고 구두가 가득 들어 있는 상자를 들고 있는 오흐타[5]의 여자 상인이 서 있을 것이다. 저마다 자기 방식으로 감탄하고 있다. 농부들은 보통 손가락으로 가리키고, 매력적인 기사들은 진지하게 살펴본다. 어린 하인들과 어린 도제공들은 웃으며 캐리커처를 가리키며 서로 놀린다. 값싼 모직 외투를 입은 늙은 하인들은 그저 어디서든 하품을 하기 위해서 그림들을 바라본다. 반면 여자 상인들, 즉 러시아의 젊은

---

3 18~19세기에 형성된 일종의 러시아 민화. 성상화를 모방하거나 민속설화 및 동시대의 사건을 소박하게 해학적으로 묘사한 그림.

4 유명한 러시아 민속설화 「보바 코롤레비치」에 등장하는 인물. 루복에 자주 묘사되었다.

5 페테르부르크의 변두리 지역.

아낙네들은 사람들이 수다 떠는 것을 듣고 그들이 보는 것을 자기들도 보기 위해서 본능적으로 걸음을 재촉한다.

마침 이때 가게 앞을 지나가던 젊은 예술가 차르트코프가 무심결에 걸음을 멈췄다. 낡은 외투와 멋을 부리지 않은 옷에서 그가 자기를 부인하며 자기 일에 헌신하고, 젊은이라면 으레 남몰래 신경을 쓰기 마련인 자기의 복장에 전혀 신경 쓸 겨를이 없는 사람이란 걸 알 수 있었다. 그는 가게 앞에서 걸음을 멈추고 먼저 속으로 이 보잘것없는 그림들을 조롱하였다.

그러다가 마침내 그는 불현듯 어떤 상념에 사로잡혔다. 그는 이 작품들이 누구에게 필요한 건지 생각해 보기 시작했다. 러시아 대중이 '예루슬라노프 라자레비체이,' '진탕 먹고 진탕 마시기,' '포마와 에레마'⁶를 넋을 잃고 보는 것 정도는 그에게 놀랄 만한 일이 아니었다. 이런 묘사 대상은 주위에 널려 있고 사람들이 이해할 만했다. 그러나 이 알록달록하고 더러운 유화 나부랭이는 어디서 왔는가? 이 플랑드르의 농부들, 즉 예술의 좀 더 높은 경지에 이르렀다고 내세우지만 사실은 예술의 위상이 매우 낮아진 것이 뻔히 드러나는 이 붉고 푸른 풍경들은 누구에게 필요한 것인가? 이건 아마도 어린아이처럼 순수한 열정으로 스스로 습득한 사람의 작품이 아닐 것이다. 그런 작품이었다면, 전체에 대한 무감각한 캐리커처 속에서도 날카로운 충동이 드러났을 것이다. 그러나 여기에선 허락도 없이 예술의 영역에 침투한 둔감함과 무기력하고 쇠락한 재능만 엿보였

---

6 19세기 러시아 사회에서 널리 유행한 루복 작품들. 예루슬라노프 라자레비체이는 페르시아 이야기들의 러시아식 판본에 등장하는 인물.

다. 그래서 그 작품은 낮은 공예품에 해당하고, 재능이 부족한 예술가가 자신의 소명을 충실하게 이행하여 공예 기술을 예술에 들여온 것이다.

동일한 색채, 동일한 방식, 동일하게 익숙해지고 습관화되어 인간의 손이라기보다는 차라리 조잡하게 만들어진 자동기계에 달린 듯한 손……! 그는 이 더러운 그림들 앞에 오랫동안 서 있다가, 결국 그것들에 대해서는 아무 생각도 안 하게 되었다. 그런데 그사이에 값싼 모직 외투를 입고 일요일부터 턱수염에 면도를 하지 않았으며 눈에 잘 띄지 않는 가게 주인이 그에게 이미 오랫동안 설명을 하고 있었고, 무엇이 그의 마음에 드는지, 그에게 무엇이 필요한지도 모르면서 가격을 불러 흥정을 하고 조건을 제시하고 있었다.

"자 여기 농부들과 풍경에 25루블 받아요. 그림 참 멋지죠! 그냥 눈에 쏙 들어옵니다. 방금 막 거래소에서 구입한 거예요. 아직 니스도 안 말랐죠. 아니면 여기 겨울 그림이 있어요. 겨울 그림을 고르세요!" 여기서 상인은 겨울 풍경의 멋진 면을 전부 보여 주기 위해서 캔버스를 가볍게 툭 쳤다. "이것을 한데 묶어서 당신을 따라 가져다 드릴까요? 어디 사세요? 어이, 이봐, 끈 가지고 와."

"잠깐만요, 이봐요, 그렇게 서두르지 마세요." 민첩한 상인이 그것을 정말로 한데 묶으려 하는 걸 보고서 정신이 번쩍 든 예술가가 말했다. 그는 그렇게 오래도록 가게에 있다가 아무것도 안 사고 나오는 게 약간 창피하게 느껴졌다. 그래서 그는 말했다.

"아 저기 잠깐만요. 여기 제게 필요한 게 있는지 둘러볼게요." 그리고서 그는 몸을 구부려 겹겹이 쌓아 올리고 닳아 해지고 먼지가 자욱하게 낀, 아무 존경도 못 받은 것이 확실해 보이는 낡은 그림

나부랭이를 마루에서 뒤적여 꺼내기 시작했다. 여기엔 옛날식 가족 초상화들이 있었는데, 이 세상에서 그 후손들을 찾기란 정말 어려워 보였다. 찢어진 캔버스에 완전히 낯선 그림들, 도금이 벗겨진 액자들, 한마디로 낡은 잡동사니였다. 그러나 예술가는 '혹시 뭐가 나올지도 몰라'라고 남몰래 생각하며 살펴보기 시작했다. 그는 위대한 화가의 그림들이 먼지에 뒤덮인 채 루복 상인들에게서 발견된 이야기를 여러 번 들은 것이다.

주인은 그의 관심이 어디로 향하는지 보고서 허튼 노력을 그만두고, 평소의 자세와 격에 맞는 표정을 취하고 다시 문가에 자리를 잡았다. 그리고 지나가는 사람들을 부르고 그들에게 한 손으로 가게를 가리키기 시작했다. "이리 오세요, 아저씨. 여기 그림 있어요! 들어오세요, 들어오세요, 거래소에서 막 사 온 거예요." 그는 목청껏 소리를 쳤으나 대부분 수확이 없었다. 그는 자기 가게의 문 옆에서서 맞은편에 있는 옷감 장수와 한참 수다를 떨었다. 그러다가 마침내 자기 가게에 손님이 있다는 걸 기억하고서, 사람들에게서 등을 돌려 안으로 들어갔다. "자, 아저씨, 뭘 좀 고르셨어요?" 그러나 예술가는 한때 화려했으나 지금은 도금한 흔적도 거의 남지 않은 큰 액자의 초상화 앞에서 한동안 미동도 않고 서 있었다.

이것은 광대뼈가 튀어나오고 창백한 구릿빛 얼굴의 노인이었다. 얼굴이 충동적으로 움직이는 순간을 포착한 듯했고, 북방인에게서는 느낄 수 없는 힘이 느껴졌다. 그에게는 불타는 남방인의 특징이 새겨져 있었다. 그는 넓고 주름진 아시아풍 옷을 입고 있었다. 초상화가 많이 손상되고 먼지가 끼기는 했지만, 얼굴에서 먼지를 제거했을 때 그는 뛰어난 예술가의 솜씨를 볼 수 있었다. 초상화는 미완성인 듯했으나, 힘찬 붓놀림이 인상적이었다. 무엇보다 특별한 것은 눈이었다. 예술가가 그것에 전력을 다하여 붓질을 하고 온 열정을 쏟아부은 것 같았다. 눈이 정말로 바라보고 있었고, 심지어 초상화 자체에서 바라보고 있었다. 그리고 그 눈의 이상한 생기로 인해 초상화의 균형이 깨져 있었다. 그가 초상화를 문 쪽으로 들고 나가자, 눈이 더 강렬하게 쳐다보았다. 그것은 사람들에게도 거의 같은 인상을 불러일으켰다. 그의 뒤에서 걸음을 멈춘 여인이 소리쳤다. "쳐다보고 있어. 쳐다보고 있어." 그러고서 그녀는 뒷걸음쳤다. 그는 불쾌하고 자기도 이해할 수 없는 묘한 감정을 느끼며 초상화를 땅에 세웠다.

"자 어떠세요, 초상화를 가져가세요!" 주인이 말했다.

"얼마죠?" 예술가가 말했다.

"비싸게 불러 뭐하겠어요? 25코페이카 3개 주세요!"

"안 돼요."

"아니, 그럼 얼마 주실 건데요?"

"20코페이카요." 예술가가 떠날 기색을 보이며 말했다.

"허, 무슨 가격이 그래요? 20코페이카로는 액자 하나도 못 사요. 내일 살 생각이신가 보죠? 이봐요, 이봐, 돌아와요! 20코페이카라도 주세요. 가져가세요, 가져가. 20코페이카 주세요. 사실 이게 첫 거래여서 주는 거예요. 첫 손님이니까요."

그러고서 그는 마치 '자, 그림아, 어서 꺼져 버려!'라고 말하듯이 손사래를 쳤다.

그렇게 해서 차르트코프는 엉겁결에 옛날 초상화를 사게 됐고 그 순간 생각했다. '내가 이걸 왜 샀지? 이게 내게 무슨 소용이야?'

그러나 어쩔 수 없었다. 그는 호주머니에서 20코페이카를 꺼내 주인에게 주고 초상화를 겨드랑이에 끼고는 끌고 갔다. 도중에 그는 자기가 낸 20코페이카가 수중의 마지막 돈이었다는 걸 깨달았다. 갑자기 마음이 어두워지고, 당혹감과 될 대로 되라는 식의 공허감이 그를 사로잡았다. '제기랄! 빌어먹을 놈의 세상!' 그는 상황이 안 좋을 때 러시아인이 흔히 느끼는 감정을 느끼며 말했다.

　　그는 모든 것에 불만이 가득 차서 거의 기계적인 빠른 걸음으로 걸었다. 붉은 저녁 노을빛이 아직 하늘에 반쯤 남아 있었다. 그 방향으로 난 집들은 아직 따뜻한 빛에 붉게 물들어 있었다. 그 사이 차가운 푸르스름한 달빛이 더욱 환해졌다. 집들과 행인들의 다리에서 뻗은 반투명한 가벼운 그림자들이 꼬리처럼 땅에 던져졌다. 예술가는 이미 점점 투명하고 가벼우며 의심스러운 빛이 반짝이는 하늘을 넋을 잃고 바라보았고, 입에서 "얼마나 가벼운 색조인가!"라는 말과 "괴롭군, 제기랄!"이라는 말이 거의 동시에 튀어나왔다. 그러고는 겨드랑이 밑으로 계속 흘러 내려가는 초상화를 바로 들고 걸음을 재촉했다.

　　피곤하고 땀에 흠뻑 젖은 상태로 그는 바실리옙스키 섬에 있는 15번가 자기 집에 겨우 다다랐다. 힘을 내서 숨을 돌리고, 쓰레기로 뒤덮이고 고양이, 개 등의 오물로 장식된 계단을 기어 올라갔다. 그의 문 두드리는 소리에 아무 대답이 없었다. 집에 사람이 없었다. 그는 창문에 몸을 기대고, 마침내 뒤에서 푸른 와이셔츠를 입은 소년의 발소리가 울릴 때까지 참을성 있게 기다리기로 했다. 그 소년은 사환, 정물화 모델, 물감 닦는 사람, 마루를 청소하고 장화로 다시 마루를 더럽히는 녀석이었다. 소년의 이름은 니키타이고, 주인이 집에 없을 때면 늘 밖에서 시간을 보냈다. 니키타는 어두워서 아무 것도 보이지 않는 자물쇠 구멍에 열쇠를 맞추려고 오랫동안 애를 썼다. 마침내 문이 열렸다. 차르트코프는 예술가들의 집이 늘 그렇듯이 견딜 수 없을 정도로 추운 곁방으로 들어갔으나, 그들처럼 그도 역시 이를 알아차리지 못하였다. 그는 니키타에게 외투를 주지 않고 외투를 입은 채 스튜디오로 쓰는, 크지만 낮은 네모난 방에 들어갔다. 창문은 얼었고, 방에는 석고로 만든 손 조각들, 캔버스가 끼워진 액자들, 갓 시작하고 버린 습작들, 의자들에 걸려 있는 주름 잡힌 커튼 등 예술에 관련된 온갖 잡동사니가 가득 차 있었다. 그는 몹시 피곤해서 외투를 벗어 던지고, 들고 온 초상화를 크지 않은 두 개의 캔버스 사이에 아무렇게나 세우고는 좁은 소파에 몸을 던졌다. 그 소파로 말하면 가죽으로 씌워졌다고 말하기가 정말 어려웠다. 한때 가죽을 팽팽히 조였을 구리못 몇 개가 이미 오래전에 제멋대로 튀어나와 있었고, 가죽도 위쪽부터 제멋대로 삐져나와 있었기 때문이다. 그래서 니키타는 가죽 밑으로 검은 양말, 셔츠, 그리고 빨지 않은 속옷을 쑤셔 넣곤 했다. 그는 한참 앉아 있다가 이 좁은 소파에 몸을 펴서 누울 수 있는 한 몸을 쭉 누이고, 마지막으로 초를 가져오라고 했다.

"초가 없어요." 니키타가 말했다.

"없다니?"

"어제도 이미 없었는데요." 니키타가 말했다.

예술가는 어제도 정말로 초가 없었다는 걸 기억하고서 평온한 마음으로 입을 다물었다. 그는 옷을 벗기게 하고 튼튼하고 심하게 해어진 실내복을 입었다.

"저 그리고 주인이 왔었어요." 니키타가 말했다.

"그래, 돈 달라고 온 거지? 알아." 예술가가 손을 내저으며 말했다.

"네, 그리고 그는 혼자 오지 않았어요." 니키타가 말했다.

"누구랑 왔는데?"

"누구랑 왔는지 몰라요……. 어떤 순경이라고 하던데요."

"아니 순경이 무슨 일로?"

"무슨 일인지 몰라요. 집세를 안 내서라고 하던데요."

"에유, 그래서 어떻게 되는데?"

"어떻게 될지 모르죠. 그의 말로, 내기 싫으면 집에서 나가게 하겠대요. 내일 둘이 다시 온다고 했어요."

"올 테면 오라고 해." 차르트코프는 우울해하며 무관심하게 말했다. 그는 완전히 낙심했다.

젊은 차르트코프는 장래가 촉망되는 재능있는 화가였다. 그의 붓은 섬광처럼 빛나는 순간의 관찰력, 사고력, 자연에 더 가까이 다가갈 수 있는 예민한 감각을 지니고 있었다. "이봐, 자네." 그의 교수는 그에게 여러 번 말했다. "자네에겐 재능이 있어. 그걸 죽이는 건 죄야. 하지만 자넨 성급해. 자네는 어떤 것이건 하나에 꽂히고 그것에 반하면 그것에 완전히 사로잡혀서, 나머지는 다 시시해 보이고 아무 의미도 없어지고, 쳐다보고 싶어 하지도 않지. 유행을 따르는 화가가 되지 않도록 조심해야 해. 자네가 색을 너무 빨리 칠하기 시작한 게 보여. 자네 그림은 엄격하지 않고, 가끔 아주 힘이 약하고 선이 보이질 않아. 자넨 이미 첫눈에 쏙 들어오게 하는, 유행하는 조명 방식을 좇고 있어. 이봐, 자넨 영국 유파에 빠지고 있어. 조심하게. 세상이 이미 자넬 끌어내리기 시작한 거야. 전에 자네 목에 번드르르한 손수건이 둘린 걸 봤어. 멋을 잔뜩 부린 모자에……. 그건 유혹에 넘어가고 있다는 증거야. 돈을 위해 유행하는 그림, 초상화 나부랭이를 그릴 수도 있어. 그런데 그러면 재능은 죽는 거야. 피어나지도 못하고. 참게나. 어떤 작업이건 심사숙고해야 해. 멋 부리려고 하지 말게. 다른 사람은 돈 많이 벌라고 해. 자네 것은 자네에게서 도망치지 않을 거야."

교수가 어떤 면에서는 옳았다. 우리 예술가는 가끔 정말로 술에 진탕 취하고, 멋을 부리고 싶었다. 한마디로 어디선가 젊음을 발산하고 싶었다. 그러나 모든 상황에서 그는 자신을 제어할 수 있었다. 때로는 붓을 들면 모든 걸 잊을 수 있었고, 붓을 내려놓을 때면 아름다운 꿈에서 깨어나는 것만 같았다. 그의 취향은 눈에 띄게 발전하였다. 그는 아직 라파엘로[7]의 모든 깊이를 이해하지는 못하였으나, 이미 귀도[8]의 잽싸고 널찍한 붓놀림에 매료되고, 티치아노[9]의 초상화들 앞에 서기도 하고, 플라망드 화가[10]들에도 열광하였다. 옛

7 라파엘로 산치오Raffaello Sanzio da Urbino(1483~1520). 페루지아, 플로렌스, 로마 등에서 활약한 이탈리아의 대표적인 르네상스 화가 중 한 명으로 아름답고 우아한 화풍이 특징이다.
8 귀도 레니Guido Reni(1575~1642). 바로크 시대의 이탈리아 화가로 볼로네쥬 유파의 대표적인 화가.
9 티치아노 베첼리오Tiziano Vecellio(1488-90~1576). 이탈리아의 르네상스 전성기에 베네치아 유파의 대표적인 화가 중 한 명.
10 15~17세기 벨기에 북부 플랑드르 지방에서 형성된 화풍. 브뤼헐 가문 화가들의 세태화, 페테르 파울 루벤스Peter Paul Rubens(1577~1640)와 안토니 반 다이크Anthony van Dyck(1599~1641)의 역사화와 초상화가 특히 유명하다.

날 그림들을 감싸는 거무스레한 형상이 눈앞에서 떠나지 않았다. 비록 옛날의 거장들이 우리가 도저히 이해할 수 없는 먼 곳으로 사라져 버렸다는 교수의 말에 마음으로 동의하지는 않았지만, 그는 이미 그 그림들에서 뭔가를 간파하였다. 그래도 그에겐 19세기가 어떤 점에서 이미 그 거장들을 많이 앞질렀고, 자연의 모방도 지금이 더 선명하고 더 활력이 넘치고 자연에 더 가까워진 것으로 보였다.

한마디로 그는 이 경우 이미 뭔가를 성취하고 이에 대해 속으로 자부심을 느끼는 젊은이답게 생각하였다. 가끔 그는 프랑스인이나 독일인 등 외국인 화가, 심지어 화가가 천직이 아닌 사람들까지도 습관적으로 굳어진 붓놀림을 한번 휘두르고 붓을 민첩하게 움직이고 선명한 물감을 사용하기만 하면, 대중적인 반향을 일으키고 순식간에 돈방석에 앉을 수 있다고 생각했다. 이런 생각은 그가 자기일에 너무 몰두한 나머지 마시는 것도, 먹는 것도, 이 세상 모든 것을 잊어버릴 때가 아니라, 마침내 삶에서 없어서는 안 될 것들에 대한 필요가 강하게 느껴질 때, 붓과 물감 살 돈이 전혀 없을 때, 끈질긴 집주인이 집세를 독촉하며 하루에 열 번은 왔다 갈 때, 그의 뇌리에 떠오르는 것이다. 그럴 때면 굶주린 그에게 부유한 화가의 운명이 그려지면서 질투심이 생기고, 러시아인의 뇌리에 자주 떠오르는 생각, 즉 '홧김에 다 내팽개치고 악에 치받쳐서 모두 뒤엎고 말까' 하는 생각마저 들었다. 지금 그는 거의 그런 상태에 있었다.

"그래! 참아라, 참아!" 그가 당혹해하며 외쳤다. "참는 데도 언젠가 끝이 있겠지. 참아라! 그런데 무슨 수로 내일 점심을 먹지? 아무도 외상을 주지 않을 테고. 내 그림과 스케치를 모두 판다 해도 고작 20코페이카나 줄 텐데. 물론 그 작품들은 쓸모가 있어. 난 그걸 느껴. 그림 한 점 한 점을 의미 없이 그리진 않았어. 각 그림에서 난 뭔가를 보았어. 그런데 그게 무슨 소용이지? 습작, 초안, 전부 습작에 초안이고, 그것들은 완성되지 않을 거야. 내 이름도 모르는데 누가 사겠어? 자연파의 고대풍의 스케치나 아직 못 끝낸 사랑스런 프시케나 내 방의 전경이나 내 니키타의 초상화를 누가 원하겠어? 설사 그 초상화가 유행을 따르는 화가가 그린 초상화보다 더 낫다고 해도 말야? 사실 그게 뭐라고? 왜 나는 괴로워하며 학생처럼 알파벳에서 못 벗어나는 거지? 누구 못지않게 빛나고, 그들처럼 돈을 벌 수 있는데 말야."

이렇게 말하고 난 뒤 예술가는 갑자기 몸을 부르르 떨고 창백해졌다. 세워 둔 캔버스에서 경련으로 일그러진 얼굴이 몸을 쑥 내밀고 자기를 쳐다보고 있었던 것이다. 무서운 두 눈동자가 그를 잡아먹기라도 할 기세로 그를 뚫어지게 쳐다보고 있었다. 그 입술에는 조용히 하라는 위협적인 명령이 어려 있었다. 그는 화들짝 놀라서 소리를 질러 니키타를 부르고 싶었다. 하지만 니키타는 이미 자기 문간방에 누워 영웅처럼 코를 골고 있었다. 그런데 갑자기 멈칫하더니 그는 미소를 지었다. 공포가 순식간에 사라졌다. 이건 그가 사놓고 까맣게 잊고 있던 초상화였던 것이다. 달빛이 방을 비추고 초상화에도 비치면서 이상한 생기를 불어넣었다. 그는 그것을 살펴보고 먼지를 닦기 시작했다. 물에 스펀지를 흠뻑 적셔 그것으로 몇 번 훔치고, 잔뜩 쌓여 있는 먼지와 더러운 것을 닦아 내고, 자기 앞의 벽에 걸고서는 범상치 않은 작품에 훨씬 더 놀랐다. 얼굴에 거의 생기가 돌았고, 눈이 그를 너무나 뚫어지게 쳐다보아서, 그는 마침내 몸을 부르르 떨고 뒷걸음질을 치고 겁에 질린 소리로 말했다. "보는 거야. 사람 눈으로 보는 거야!"

그의 뇌리에 갑자기 오래전 교수에게서 들은 이야기가 떠올랐다. 그건 유명한 레오나르도 다빈치가 그린 초상화에 대한 이야기였다.[11] 이 위대한 거장은 그 작품에 몇 년을 쏟아부었고, 자신은 아직 미완성인 것으로 여겼으나, 바사리의 말에 따르면, 주위에서는 모두 이것을 예술품 중 최고의 완성작이요 완벽하게 마무리된 작품으로 높이 평가하였다.[12] 무엇보다 가장 완벽하게 그려진 부분은 눈이었고, 동시대인들은 바로 그것에 놀랐다. 화가는 심지어 그 눈에 있는 가장 미세한, 거의 보이지도 않는 핏줄까지 놓치지 않고 화폭에 옮겨 놓았다.

그러나 지금 그 앞에 있는 이 초상화에는 뭔가 이상한 것이 있었다. 이것은 이미 예술이 아니었다. 이것은 초상화 자체의 조화마저 깨뜨렸다. 이것은 살아 있었다. 이것은 인간의 눈이었다! 마치 살아 있는 인간에게서 도려내어 여기에 갖다 붙인 것만 같았다. 여기에는 예술가가 선택한 대상이 아무리 끔찍한 것이라 해도 그의 작품을 보는 순간 영혼을 가득 채워 주는 그런 숭고한 만족감이 전혀 없었다. 여기에는 어떤 병적이고 우울하게 하는 감정이 어려 있었다.

11 레오나르도 다 빈치Leonardo di ser Piero da Vinci(1452~1519). 이탈리아 르네상스 화가, 조각가, 발명가, 건축가, 기술자, 해부학자, 식물학자, 도시계획가, 천문학자, 지리학자, 음악가로서 르네상스 인간의 전형으로 간주된다. 여기에서 언급되는 초상화는 그가 16세기에 그린 〈모나리자 Mona Lisa〉인 것으로 추정된다.

12 조르조 바사리Giorgio Vasari(1511~1574). 화가이자 조각가, 미켈란젤로의 제자. 그가 쓴 르네상스 시기 이탈리아 예술가들의 전기로도 유명하다.

초상화

"이게 뭐지?" 예술가가 자기도 모르게 자문했다. "하지만 이건 자연이야. 살아 있는 자연이야. 그런데 이 이상한 불쾌한 감정은 어디에서 오는 걸까?" 아니면 자연을 노예처럼 있는 그대로만 모방하는 게 잘못이고, 그렇게 하면 툭툭 튀고 조화가 깨진 괴성처럼 되는 건가? 아니면 마음의 울림 없이, 감정 없이, 그것과 공감하지 못하면서 대상을 그리면, 모든 것에 깃들어 있지만 도달하기 어려운 번뜩이는 사고를 전혀 담아내지 못하고 즉시 끔찍한 현실로만 나타나는 것일까? 아름다운 인간에 도달하고 싶지만 해부용 칼을 사용해서 인간의 내부를 갈기갈기 찢고 역겨운 인간의 모습을 보게 될 때 드러나는 현실로만 나타나는 것일까? 왜 단순하고 초라한 자연이 어떤 예술가에게서는 빛을 받아서 어떤 저열한 인상도 주지 않고, 오히려 더할 나위 없이 만족한 듯 더욱 평안하고 매끄럽게 모든 것이 흘러가며 우리 주위를 맴도는 것일까? 반면에 왜 똑같은 자연이 다른 예술가에게서는 저속하고 더럽게 보이는 걸까? 그토록 자연에 충실한데도 말이다. 하지만 아니야, 아니야. 그것에는 뭔가 빛을 비춰 주는 게 없어. 모든 게 자연의 모습과 똑같아. 그것이 아무리 장엄해도 말이야. 하늘에 태양이 없으면 모두 뭔가 부족한 거야."

그는 다시 이 기이한 눈동자를 보기 위해 초상화에 다가갔고, 공포스럽게도 그것이 정확히 그를 바라보고 있는 걸 알게 됐다. 이 것은 이미 자연의 모사가 아니었다. 이것은 무덤에서 튀어나온 죽은 자의 얼굴을 비추는 이상한 생기였다. 몽상과 착란을 일으키고 모든 것을, 밝은 대낮과는 대조되는 다른 형상으로 변화시키는 달빛 때문인지 아니면 다른 이유가 있는 것인지, 그 이유는 알 수 없지만, 그는 갑자기 혼자 방 안에 있는 것이 무서워졌다. 그는 조용히 초상화에서 떨어져서 몸을 다른 방향으로 돌리고 그것을 보지 않으려고 애썼다. 그러나 그러는 와중에도 눈은 자기도 모르게 흘깃 그것을 훔쳐보는 것이었다. 마침내 그는 방을 거니는 것조차 무서워졌다. 마치 누가 그의 뒤를 따라 걷는 것처럼 느껴져서 매번 소심하게 뒤를 돌아보았다. 그는 전혀 겁쟁이가 아니었다. 하지만 그의 상상력과 신경은 예민했고, 이날 저녁 그는 자기도 알 수 없는 이 두려움을 자신에게 설명할 수 없었다. 그는 구석에 앉았으나, 여기서도 누군가가 그의 얼굴을 어깨 너머로 바라보고 있는 것처럼 느껴졌다. 현관방에서 울려 퍼지는 니키타의 코 고는 소리도 그의 두려움을 몰아내지는 못했다. 그는 마침내 소심하게, 눈을 쳐들지 않고 자리에서 일어나 병풍 뒤 자기 자리로 가서 침대에 누웠다. 병풍 틈 사이로 그는 달빛에 환해진 자기 방을 보았고 벽에 걸린 초상화가 바로 보였다. 그 눈은 더욱 무서워지고, 더욱 의미 있게 그를 응시하고 있었으며, 그 외에는 다른 어떤 것도 보고 싶어 하지 않는 것 같았다. 그는 고통스럽게 짓누르는 감정에 가득 차서 침대에서 일어나기로 하고, 침대 시트를 잡아당겨서 초상화에 다가가 그것을 완전히 덮었다.

그다음 그는 좀 더 평안한 마음으로 침대에 눕고, 예술가의 가난과 처량한 운명에 대해서, 이 세상에서 자기 앞에 놓인 가시밭길에 대해 생각하기 시작했다. 그러나 그의 눈은 자기도 모르게 병풍 틈 사이로, 침대 시트로 뒤덮인 초상화를 바라보는 것이었다. 달빛이 침대 시트의 하얀색을 더욱 선명하게 드러냈고, 공포스러운 눈이 캔버스 조각을 뚫고 빛을 내기 시작한 것처럼 느껴졌다. 그는 공포에 질려서 마치 이건 헛소리라는 것을 확인하고 싶은 듯 그 눈을 더욱 뚫어지게 쳐다보았다.

그러나 마침내 실제로…… 보인다. 분명히 보인다. 침대 시트가 없어졌다……. 초상화가 완전히 드러나 있고, 주위에 있는 걸 다 무시하고 그를 바라보고, 바로 그의 폐부를 들여다보고 있다……. 그의 심장이 공포에 오그라들었다.

그리고 노인이 몸을 움직이더니 갑자기 액자 밖으로 두 팔을 내밀고 몸을 기댄 것이 보인다. 그는 마침내 손을 받치고 몸을 일으키더니 두 발을 밖으로 내밀고 액자에서 튀어나왔다. 병풍 틈 사이로 이미 텅 빈 액자만 보였다. 방에 발걸음 소리가 들리고, 그것이 마침내 병풍 쪽으로 더 가까이 가까이 다가왔다. 가난한 예술가의 심장이 더 세게 고동치기 시작했다. 그는 공포에 숨이 막혀서 노인이 틀림없이 병풍 뒤로 자신을 바라볼 거라 생각했다. 정말로 그가 동일한 청동색 얼굴로 큰 눈을 굴리면서 병풍 뒤를 들여다보았다.

차르트코프는 소리를 지르려고 안간힘을 써 보았다. 그러나 목소리가 나오지 않는 걸 느꼈다. 그는 몸을 움직여서 어떤 동작이라도 해 보려고 안간힘을 썼다. 그러나 몸이 말을 듣질 않았다. 입을 딱 벌리고 숨이 막힌 채 그는 아시아풍의 넓은 사제복을 입은 이 큰 키의 무서운 환영을 바라보았고, 그가 무슨 일을 할지 기다렸다. 노인은 거의 그의 발치에 앉은 다음 자기의 넓은 옷주름에서 뭔가를 꺼냈다. 이것은 자루였다. 노인은 그것을 풀어헤치고, 두 끝을 붙잡고 흔들었다. 긴 막대 모양의 무거운 꾸러미들이 둔탁한 소리를 내며 마루에 떨어졌다. 각 꾸러미가 푸른 종이로 포장되어 있었고, 각각 '1만 루블'[13]이라고 적혀 있었다. 넓은 소매에서 뼈가 앙상한 긴

---

13 원문의 표현으로는 '10루블 금화 1000개'.

손을 내밀더니 노인이 꾸러미를 돌려서 종이를 벗겨 냈다. 금화가 번쩍거렸다. 고통스럽게 짓누르는 감정과 정신이 나갈 정도의 공포가 너무나 컸지만, 그럼에도 불구하고 그는 금화를 응시하고, 그것이 뼈가 앙상한 손에서 구르고 번쩍이고 섬세하고 둔탁한 소리를 내며 다시 구르는 것을 꼼짝도 하지 않고 바라보았다.

이때 그는 돈 꾸러미 하나가 다른 꾸러미들에서 조금 떨어진 곳, 그의 침대 발치 바로 옆, 그가 머리를 누이는 곳 근처에 떨어져 있는 것을 보았다. 그는 거의 경련이 인 것처럼 그것을 움켜쥐고, 공포에 가득 차서 노인이 알아채지는 않았는지 살펴보았다. 그러나 노인은 아주 분주한 것 같았다. 그는 자기 돈 꾸러미를 모두 모으더니 그걸 다시 자루에 집어넣고는, 그를 쳐다보지도 않고 병풍 뒤로 나갔다. 멀어지는 발걸음 소리가 방에 울려 퍼지는 것을 들으면서, 차르트코프의 심장은 격렬히 고동쳤다. 그는 온몸을 벌벌 떨면서 그 꾸러미를 손에 더 꼭 움켜쥐었다.

그런데 갑자기 발걸음이 다시 병풍 쪽으로 다가오는 소리가 들렸다. 아마도 노인이 꾸러미 하나가 빠진 것을 상기한 것 같았다. 절망에 사로잡혀서 그는 온 힘을 다해 꾸러미를 손에 꼭 움켜쥐고, 움직이려고 안간힘을 쓰다가 고함을 질렀다. 그리고 잠에서 깼다.

식은땀이 그의 몸을 흠뻑 적셨다. 그의 심장이 한껏 격렬하게 고동치고 있었다. 그리고 마지막 숨을 내쉬듯이 그렇게 가슴이 움츠러들었다. "정말로 이게 꿈이었을까?" 그는 두 손으로 머리를 감싸면서 말했으나, 그 무섭고도 생생한 현상은 꿈과는 다른 무엇이었다. 그는 잠에서 깨어난 뒤에도 노인이 액자로 들어가고 그의 넓은 옷의 마지막 자락이 어른거리는 것을 보았다. 그의 손에는 바로 전에 어떤 무거운 것을 쥐었던 생생한 감촉이 남아 있었다. 달빛이 방을 비추면서, 방의 어두컴컴한 구석에서 캔버스, 석고 손, 의자에 걸쳐 놓은 주름 잡힌 커튼, 바지와 빨지 않은 장화들이 선명하게 드러났다.

그런데 그는 자신이 침대에 누워 있지 않고 두 발로 바로 초상화 앞에 서 있는 걸 알게 되었다. 어떻게 여기 왔는지, 그는 전혀 이해할 수가 없었다. 게다가 초상화가 완전히 드러나 있고 정말로 그것에 두른 침대 시트가 없는 것에 경악했다. 그는 공포에 질려 꼼짝도 못한 채 그것을 바라보았고, 살아 있는 사람의 눈이 똑바로 그를 바라보고 있는 걸 보았다.

그의 얼굴에 식은땀이 났다. 물러나고 싶었으나 그의 발은 마치 땅에 달라붙은 것만 같았다. 그가 보니 이건 꿈이 아니었다. 노인의 몸이 움직이고 그의 입술이 마치 그를 빨아들일 듯이 그를 향해 삐죽 나오고 있었다……. 절망적으로 외치면서 그는 물러섰고, 잠에서 깨었다.

"정말 이것도 꿈이었을까?"

심장이 터질 듯이 고동치고 그는 자기 주위를 손으로 더듬었다. 그렇다. 그는 그가 누울 때와 정확히 같은 자세로 침대에 누워 있었다. 그 앞에는 병풍이 있고 달빛이 방을 가득 채우고 있었다. 병풍 틈 사이로 침대 시트로 초상화가 제대로 덮여 있는 것이 보였다. 그가 직접 씌운 그대로였다. 그러니, 이것도 꿈이었구나!

그러나 꼭 움켜쥔 손에는 아직도, 그 안에 뭔가가 있었다는 느낌이 있었다. 심장박동은 격렬했고 거의 무서울 정도였으며, 가슴을 짓누르는 고통도 참을 수 없었다. 그는 눈을 틈에 고정시키고 침대 시트를 뚫어지게 바라보았다. 그런데 그 밑에서 손이 버둥거리고 그것을 내던지려고 안간힘을 쓰는 듯하더니 그것이 벗겨지는 것이 선명하게 보였다. "맙소사, 하느님 맙소사, 이게 뭔가!" 그는 절망적으로 성호를 그으며 소리를 지르다가 잠에서 깨었다.

이것도 꿈이었구나! 그는 멍해지고 정신을 잃은 상태에서 침대에서 일어났고, 이게 어떻게 된 노릇인지, 악몽에 가위눌린 것인지 도모보이[14] 때문인지, 열병으로 인한 착란인지 생생한 환상인지, 자신에게 거의 설명할 수 없었다. 어떻게든 정신적인 흥분과 격렬히 고동치며 온몸의 핏줄을 따라 솟구치는 피를 진정시키려고 애쓰면서, 그는 창문에 다가가서 통풍구를 열었다. 불어오는 찬 바람에 정신이 맑아졌다. 비록 크지 않은 먹구름이 하늘에 더욱 자주 흘러가긴 했지만, 달빛이 집의 지붕과 흰 벽에 여전히 뉘어 있었다. 모든 것이 고요했고, 다만 눈에 띄지 않는 골목길 어디에선가 게으르고 여윈 말이 불러 주는 자장가를 들으며, 때늦은 손님을 기다리며 졸고 있는 마부의 드로시키가 멀리서 덜커덩거리는 소리가 가끔 들려왔다. 차르트코프는 머리를 통풍구로 쑥 내밀고 오랫동안 바라보았다. 다가오는 아침놀의 기운이 이미 하늘에 퍼지기 시작했다. 그는 마침내 졸음이 몰려오는 것을 느끼고는 통풍구를 닫고 걸음을 떼어서 침대에 누웠고, 곧 죽은 사람처럼 깊이 잠들었다.

그는 아주 늦게 일어났고, 가스에 중독된 다음에 느끼는 불쾌한 기분이 들었다. 그의 머리가 기분 나쁘게 지끈거렸다. 방은 흐릿했다. 불쾌한 습기가 공기에 배어서, 그림이나 아직 밑칠을 안 한 캔

---

14 '도모보이домовой'는 러시아의 민간 신앙인 슬라브 다신교에 나오는 집의 정령 혹은 집귀신.

버스로 막은 창문의 틈새로 들어왔다. 그는 울적하고, 물에 젖은 장닭처럼 불만스러운 상태로, 뭘 시작해야 할지, 뭘 해야 할지 모르는 채, 가죽이 뜯겨 나간 소파에 앉아 있었다. 이 꿈은 기억하면 할수록 고통스러울 정도로 생생하게 뇌리에 떠올라서, 그는 심지어 이것이 정말 꿈이고 그저 착란이었을까, 여기에 뭔가 다른 것은 없었을까, 이것이 환영은 아니었을까, 의심하기 시작했다. 침대 시트를 치우고 그는 대낮의 햇살 속에서 이 무서운 초상화를 살펴보았다. 눈은 똑같이 범상치 않은 생기로 그를 깜짝 놀라게 했으나, 특별히 무서운 것은 찾아볼 수 없었다. 다만 뭔가 설명할 수 없고 불쾌한 감정이 영혼에 남아 있었다. 그럼에도 불구하고, 이 모든 상황에서, 그는 이것이 다만 꿈이었다고 완전히 확신할 수 없었다.

꿈에 뭔가 현실의 공포스러운 흔적이 있던 것으로 느껴졌다. 심지어 노인의 시선과 표정에는, 그날 밤 그의 방에 자신이 있었다는 걸 말해 주는 뭔가가 있는 듯이 느껴졌다. 차르트코프의 손은 방금 그 안에 뭔가 육중한 것이 있었는데 누군가가 바로 직전에 그에게서 그것을 빼앗아간 것처럼 느꼈다. 차르트코프에겐 자신이 그 꾸러미를 좀 더 세게 쥐었다면 꿈에서 깬 뒤에도 그것이 그의 손에 계속 남아 있을 것만 같았다.

"하느님 맙소사, 그 돈이 조금이라도 있다면!" 그는 무겁게 한숨을 쉬며 말했다. 그의 뇌리에 '1만 루블'이라는 유혹적인 표시가 되어 있는, 자루에서 나온 꾸러미들이 어른거리기 시작했다. 꾸러미들이 벗겨지고, 금화가 번쩍거리고 다시 굴렀으며, 그는 꼼짝도 않고 아무 생각 없이 허공에 눈을 고정시키고, 그 물건에서 생각을 돌릴 수가 없었다. 마치 달콤한 음식 앞에 앉아서 침을 삼키며 다른 사람들이 그것을 먹는 것을 물끄러미 쳐다보는 아이 같았다.

마침내 문에 노크 소리가 들렸다. 그는 불쾌한 마음으로 정신을 차렸다. 주인이 순경과 함께 들어왔다. 익히 알려진 대로 소시민들에게 파출소장이 등장하는 것은 부자들에게 청원인이 등장하는 것보다 훨씬 더 불쾌하다. 차르트코프가 사는, 크지 않은 집의 주인은 바실리옙스키 섬 15번가, 페테르부르크 지역 혹은 콜롬나[15]의 외진 모퉁이의 일반적인 집주인 족속 중 한 명이었다. 이 족속은 루시[16]에 매우 많으며 그들의 성격은 다 해어진 프록코트 색만큼이나 설명하기 어렵다. 젊은 시절 그는 대위이자 요설가로서, 문관 업무도 하고, 매질의 달인이었으며, 민활하고 멋쟁이이자 어리석었다. 그러나 늙어서는 이 모든 거친 특징들이 흐릿하고 모호한 것으로 변해 버렸다.

그는 이미 홀아비이고, 이미 퇴역했으며, 이미 멋을 부리지 않았고, 칭찬하지 않았고, 싸움질하지 않았으며, 그저 차를 마시고, 차 마시며 온갖 헛소리로 수다 떠는 것을 좋아했다. 그는 방을 거닐고, 타다 남은 수지 양초를 바로잡고, 정확하게 한 달이 지날 때마다 돈을 받기 위해 입주자들을 방문하고, 자기 집 지붕을 보기 위해 손에 열쇠를 들고 거리로 나서고, 잠자러 몰래 그의 개집에 기어든 문지기를 몇 번이나 쫓아냈다. 한마디로 퇴역한 이후 역마驛馬를 타고 발을 흔들거리며 완전히 순탄한 삶을 산 뒤에 비속한 습관만 남은 사

---

15 페테르부르크 서쪽 근교.
16 '루시Rusi'는 문자적인 의미로는 고대 러시아 공국, 비유적인 의미로는 러시아의 이상적이고 신화적인 형상이다. 여기에서는 비유적인 의미로 아이로니컬하게 사용되었다.

람이었다.

"직접 보세요, 바루흐 쿠지미치." 주인이 순경에게 몸을 돌려 손을 벌리고 말했다. "아파트 월세를 내질 알아요, 내질 않아."

"어쩌겠어요, 돈이 없는데? 조금만 기다려 주세요. 내겠습니다."

"이봐요, 난 못 기다려요." 주인이 화가 나서 손에 쥔 열쇠를 흔들며 말했다. 우리 집엔 포토골킨 육군 중령이 살아요. 이미 7년째죠. 안나 페트로브나 부흐미스테로바는 두 칸의 헛간과 마구간도 세 내고 있어요. 우리 집 세입자들은 이 정도 수준이에요. 솔직히 말해서, 제게 세를 안 내도 좋은 그런 시설은 없어요. 지금 당장 돈을 내고 나가면 좋겠습니다."

"그래요, 집세 조건을 정했다면 그대로 지불해야죠." 순경이 고개를 약간 끄덕이고 손가락을 자기 군복의 단춧구멍에 대고 말했다.

"뭘로 지불한단 말이에요?" 그는 질문했다. "전 지금 돈이 하나도 없는데요."

"그렇다면 자기 작품을 주는 걸로 이반 이바노비치를 만족시키지 그래요." 순경이 말했다. "그도 그림으로 받는 것에 동의하실 텐데요."

"아뇨. 그림은 사양합니다. 그림들이 벽에 걸 만한 버젓한 내용이면 몰라요. 별을 단 장군이나 쿠투조프 장군[17]의 초상화라면 몰라요. 그런데 농부, 긴 셔츠를 입은 농부나 그리잖아요. 그림을 닦고 있는 저 하인을 그린 거예요. 저 돼지 새끼 같은 놈의 초상화를 그린

17 미하일 쿠투조프Mikhail Kutuzov(1745~1813). 1812년 나폴레옹의 러시
    아 침공을 격퇴한 러시아 육군원수이자 총사령관으로 러시아의 국민
    적 영웅으로 추앙되었다.

다면, 내 그놈의 목을 분질러 놓겠어요. 저 사기꾼이 우리 집 걸쇠의 못을 죄다 뽑아 버렸으니까요. 이것 좀 보세요, 어떤 소재들인지. 여기 보면 집을 그렸지요. 잘 정돈되고 깨끗한 방을 그리면 좋으련만, 그는 발에 걸리는 건 뭐든지, 온갖 쓰레기와 잡동사니를 집어넣었어요. 저거 보세요. 저희 집에 얼마나 얼룩을 묻혀 놨는지, 직접 보세요. 우리 집엔 육군 대령, 부흐미스테로바 안나 페트로브나 같은 세입자들이 7년씩 살고 있어요⋯⋯. 아니요, 당신께 장담하는데, 화가보다 못된 세입자는 없어요. 완전히 돼지우리 같아요. 완전히 난장판이라니까요."

이 모든 말을 가련한 예술가는 인내심을 가지고 들어야 했다. 순경은 그 사이에 그림들과 습작들을 둘러보면서, 그의 영혼이 주인의 영혼보다 더 살아 있고 예술적인 감흥에 그리 낯설지 않다는 것을 보여 주었다.

"헤." 그가 누드 여인이 그려진 캔버스를 손가락으로 튕기며 말했다. "소재가⋯⋯ 재밌네요. 그런데 이 그림은 코 밑이 왜 이리 검어요? 담배를 잔뜩 묻힌 거요?"

"그림자예요." 그에게 눈길도 돌리지 않고 차르트코프가 딱딱하게 대답했다.

"그걸 어디 다른 곳에 옮길 수 있으면 좋을 텐데요. 코 밑은 너무 잘 보이는 곳이니까요." 순경이 말했다. "아, 이건 누구 초상화요?" 그가 노인 초상화에 다가가며 계속 말했다. "너무 무서운데요. 정말로 너무 무서워. 아이고, 뚫어지게 쳐다보네! 에고, 완전히 그로모보이네![18] 누구를 그린 거요?"

"이건 한⋯⋯." 차르트코프는 말했으나, 말을 끝맺기도 전에

금이 가는 소리가 들렸다. 순경이 경찰답게 도끼처럼 억센 손으로 너무 세게 초상화 액자를 잡는 통에, 측면 판자들이 속에서 부서지고 판자 하나가 마루에 떨어지고, 그와 함께 푸른 종이로 포장된 꾸러미가 둔탁한 툭 소리를 내며 떨어진 것이다. 차르트코프의 눈에 '1만 루블'이라는 표시가 들어왔다. 그는 미친 사람처럼 몸을 날려 그걸 집어 들었다. 그는 꾸러미를 꽉 움켜쥐고 손에 경련이 난 듯 그것을 쥐고 있었고, 그 무게로 인해 손이 아래로 처졌다.

"에게, 돈소리가 났는데요." 마루에 뭔가가 떨어지는 소리는 들었으나 차르트코프가 잽싸게 몸을 날려 치우는 바람에 보지는 못한 순경이 말했다.

"제게 뭐가 있건 알아서 뭐하시게요?"

"당신이 지금 주인에게 집세를 내야 한다는 게 문제지요. 돈이 있으면서 내기 싫어하니, 그게 문제지요."

"그럼 오늘 그에게 내겠어요."

"그럼 왜 전엔 돈을 안 내려고 해서 주인을 불편하게 만든 거요? 경찰도 성가시게 하고?"

"이 돈은 건드리고 싶지 않았어요. 그에게 오늘 저녁 다 지불하고 내일 나가겠어요. 이런 주인의 집에는 있고 싶지도 않아요."

"자, 이반 이바노비치, 그가 돈을 낸다고 하는군요." 순경이 주인에게 몸을 돌리고 말했다. "집주인이 오늘 저녁 충분히 만족하지 못할 경우, 그때는 아시겠죠, 예술가 양반."

18 '그로모보이'는 러시아 낭만주의 시인, 바실리 주콥스키Vasily Zhukovsky (1787~1852)의 발라드 「12명의 잠자는 처녀Twelve sleeping maidens」의 주인공으로서 악마에게 영혼을 팔았다.

이렇게 말하고서 그는 삼각모를 쓰고 현관으로 나갔고, 그의 뒤를 따라 주인도 고개를 떨구고 뭔가 골똘히 생각하는 듯한 태도로 나갔다.

"천만다행이야, 꺼져 버렸으니!" 현관에 문이 걸린 소리를 듣고서 차르트코프가 말했다.

그는 현관방을 바라보고, 완전히 혼자 남기 위해서 니키타에게 뭔가를 사 오도록 내보냈다. 그의 뒤로 문을 잠그고 자기 방으로 돌아와서 강한 심장박동을 느끼며 꾸러미를 벗겼다. 그 안에는 금화가 가득 있었는데, 하나같이 새것이며 전부 불처럼 뜨거웠다. 그는 거의 정신을 잃고 돈더미 뒤에 앉아서 이게 생시인지 꿈인지 계속 물었다. 꾸러미에는 정확히 천 개의 금화가 있었다. 그 모양도 정확히 꿈에서 본 그대로였다.

몇 분간 그는 그것을 일일이 확인하고 살펴보고 그러고도 정신을 차릴 수가 없었다. 갑자기 조상들이 앞으로 후손들이 재산을 탕진할 것을 강하게 확신하고서 영락한 손자들을 위해 보물상자, 숨겨진 서랍이 있는 상자를 남겨 준다는 내용의 온갖 이야기들이 그의 뇌리에 떠올랐다. 그는 이렇게 생각했다. "이것도 어떤 할아버지가 손주에게 줄 선물을 생각해서 가족 초상화의 액자에 감춰 둔 게 아닐까?" 이런 소설 같은 환상에 가득 차서, 그는 여기에 그의 운명과 어떤 비밀스러운 연관성은 없는지, 초상화의 존재가 그의 개인적인 존재와 관련은 없는지, 그가 이 초상화를 얻은 것이 미리 예정된 일은 아닌지, 생각해 보았다.

그는 호기심을 가지고 초상화의 액자를 살펴보았다. 한쪽 측면에 홈이 나 있고, 그것이 판자로 너무나 솜씨 좋게, 눈에 띄지 않게 가려져 있었다. 그래서 순경의 억센 손이 부서뜨리지 않았다면, 금화들은 세상이 끝나는 날까지 평안히 남게 되었을 것이다. 초상화를 살펴보고서 그는 다시 높은 작품 수준에, 특히 눈의 묘사 방식에 놀랐다. 눈은 이미 무서워 보이지 않았으나, 볼 때마다 자기도 모르게 불쾌감이 마음 깊이 남았다.

"아냐." 그는 혼자 중얼거렸다. "네가 누구 할아버지건 상관없어. 너를 유리에 넣고 금 액자를 해 주겠어." 여기에서 그는 자기 앞에 놓인 금화 꾸러미에 손을 댔고, 그의 심장은 그 감촉에 격렬히 고동쳤다. "저걸 어떻게 할까?" 그는 그것에 눈을 고정시키고 생각했다. "이제 적어도 3년은 생활이 보장되니, 방에 틀어박혀서 일할 수 있을 거야. 이제 물감도, 밥도, 차도, 필수품도, 아파트도 살 수 있어. 이젠 아무도 나를 방해하지도 귀찮게 하지도 않을 거야. 멋진 마네킹을 사고, 석고 흉상을 주문하고, 다리를 빚고, 비너스를 세우고, 최상의 명화들을 묘사한 판화들을 잔뜩 사야지. 3년간 서두르지 않고, 팔기 위해서가 아니라 나를 위해서 일하면 그것을 모두 뛰어넘어서 영광스러운 예술가가 될 수 있을 거야."

그는 자기에게 넌지시 속삭이는 이성의 목소리에 따라서 그렇게 혼자 중얼거렸다. 그러나 그의 내면에서 다른 소리가 더 크고 더 낭랑하게 울려 퍼졌다. 다시 한 번 금화를 바라보자, 스물두 살의 나이와 피 끓는 젊음이 말하기 시작했다. 그가 지금까지 선망에 가득 찬 눈으로 바라보기만 했던 모든 것, 침을 꿀꺽 삼키며 멀찍이서 즐기던 모든 것이 이제 그의 수중에 있었다. 오, 그것을 생각하자마자 그의 내면에서 얼마나 열정적으로 심장이 고동치기 시작했는지! 유행하는 연미복을 차려입고 오랜 절제 후에 맛있는 음식을 먹고 홀

룽한 집을 얻고 즉시 극장으로, 제과점으로, 어디로든 향하고……
기타 등등. 그는 돈을 쥐고서 즉시 거리로 나섰다.

무엇보다 먼저 그는 재봉사에게 들러서 머리끝에서 발끝까지
옷을 차려입고 애처럼 자기를 끊임없이 살펴보았다. 향수, 포마드 기
름을 마구 사고, 넵스키 거리에서 처음 본, 거울과 완전한 유리들이
있는 웅장한 아파트를 흥정도 안 하고 세내었다. 그는 엉겁결에 상점
에서 비싼 오페라안경을 사고 또 온갖 넥타이를, 필요한 것보다 훨
씬 많이 잔뜩 사고 이발사에게서 고수머리를 말고, 아무 이유도 없
이 카레타를 타고 도시를 두 번 돌고, 제과점에서 단것을 잔뜩 먹고
중국에 대한 소문처럼 여태 모호한 소문으로만 듣던 프랑스인 식당
으로 향했다. 거기에서 그는 다른 사람들에게 아주 거만한 시선을
던지고 거울 맞은편에서 끊임없이 머리카락을 매만지면서, 손을 허
리에 대고 팔꿈치를 벌리고 식사했다. 거기에서 그는 역시 여태 소문
으로만 듣던 샴페인 한 병을 다 마셨다. 포도주에 약간 취기가 돌기
시작했고, 그는 러시아식 표현으로 악마는 저리 가라 할 정도로 생
기 넘치고 활기차게 거리에 나섰다. 그는 모두에게 오페라안경을 들
이대며 자신만만하게 보도를 지나갔다. 다리에서 그는 예전의 교수
를 알아보았으나, 전혀 알아보지 못한 척하며 잽싸게 그 옆을 지나
갔고, 멍해진 교수는 얼굴에 의아한 표정을 지으며 오랫동안 움직이
지 않고 다리에 서 있었다.

모든 물건, 그게 어떤 것이든 ― 이젤, 캔버스, 그림들이 ― 바
로 그날 저녁에 웅장한 아파트로 운반되었다. 그는 좋은 것은 잘 보
이는 곳에 두고, 나쁜 것은 구석에 던져 놓고, 웅장한 방들을 거닐며
끊임없이 거울을 보았다. 그의 영혼에서는 당장 그림에 관한 영예를

거머쥐고 자기를 세상에 알리고자 하는 거부할 수 없는 욕망이 되살아났다. 이미 그에겐 "차르트코프, 차르트코프! 차르트코프 그림 봤어? 차르트코프의 붓놀림은 얼마나 민첩한가 말야! 차르트코프의 재능은 정말 대단해!"라고 들리는 듯했다. 그는 격앙된 상태로 혼자 방을 거닐었고, 생각이 삼천포로 빠졌다.

바로 다음 날 그는 열 개의 금화를 들고 잘나가는 신문사 편집실에 찾아가서 자비로운 도움을 요청했다. 기자가 그를 기쁘게 맞이하면서 당장 "가장 존경하옵는"이라고 높이며 두 손을 잡고는 이름, 부칭, 거주지를 상세히 물었다. 그리고 다음 날 신문에, 새로 발명된 수지양초 광고 다음에 이런 제목의 기사가 실렸다. 〈차르트코프의 비범한 재능에 관하여〉

"수도의 교양 있는 주민 여러분을, 이렇게 말할 수 있다면, 모든 면에서 아름다운 결실로 기쁘게 하고자 합니다. 우리나라에는 아주 아름다운 형상과 아주 아름다운 얼굴이 많다는 데 모두 동의하실 겁니다. 하지만, 여태껏 그것을 후손에게 전할 수 있을 만큼 훌륭하게 캔버스에 묘사할 도리가 없었지요. 이 필요를 채워 줄 수 있는 모든 재능을 겸비한 예술가가 나타났습니다. 이제 미인은 공기처럼 가볍고 매력적이고, 봄꽃을 찾아 날아다니는 나비처럼 신비로운, 자신의 아름답고 우아한 자태가 캔버스에 옮겨질 것을 확신해도 좋습니다. 한 가족의 훌륭한 아버지는 가족에게 둘러싸인 자신을 보게 될 것입니다. 상인, 군인, 시민, 국가적인 인물, 온갖 부류의 사람들이 새로운 열정으로 자신의 활동무대를 계속 찾아갈 것입니다. 서두르세요. 서두르세요. 축제에서, 친구에게, 사촌에게, 아름다운 가게를 향한 산책길에 바로 들르세요. 어디에 있건 서두르세요. 예술가의 훌륭한 화실(넵스키 거리, ……번지)에는 반 다이크[19]와 티치아노에 버금가는 붓놀림으로 그려진 온갖 초상화들이 가득합니다. 무엇에 놀라게 될지 아직 모르시죠. 원본에 대한 충실함과 유사성 혹은 섬광처럼 빛나고 신선한 붓놀림에 놀라실 것입니다. 예술가여, 당신을 찬양합니다! 당신은 복권에서 행운의 표를 뽑으신 겁니다. 안드레이 페트로비치 만세! (기자는 아마도 가족적인 친근한 어투를 좋아하는 것 같았다.) 당신 자신과 저희에게 영광을 베풀어 주세요. 우리는 당신을 소중히 여길 겁니다. 그와 더불어 돈도, 우리 기자 중 어떤 이는 돈에 반대하겠지만, 당신에게 보상될 겁니다."

은밀한 만족감을 느끼며 예술가는 이 광고를 다 읽었다. 그의 얼굴이 밝게 빛났다. 그에 대한 이야기가 인쇄물로 나오기 시작한 것이다. 이건 그에게 새로운 소식이었다. 그는 그 행을 몇 번이고 다시 읽었다. 반 다이크와 티치아노와의 비교가 특히 그를 만족시켰다. "안드레이 페트로비치 만세!"라는 문구도 마음에 들었다. 사람들이 인쇄된 형태로 그의 이름과 부칭을 부르는 것은 여태 그가 전혀 누려 보지 못한 영광이었다. 그는 곧 방을 거닐고 머리를 물결처럼 둥글게 말고, 어떻게 남녀 방문객을 맞을지를 시시때때로 떠올리며 안락의자에 앉기도 하고 그것에서 일어나 소파에 앉기도 했다. 그는 캔버스에 다가가, 우아한 손놀림을 보여 주려고 노력하며 민첩하게

---

19 안토니 반 다이크Anthony van Dyck(1599~1641). 17세기 플랑드르 지방 출신 화가들의 플라망드 화풍의 대표적인 초상화가이자 유럽 회화의 대표자 중 한 명이다. 그는 루벤스에게서 배우고 이탈리아에 유학하여 베네치아 화가들의 영향을 받고, 영국의 회화, 특히 초상화에 큰 영향을 주었다.

붓을 휘두르기도 하였다.

다음 날 그의 문에 달린 종이 울렸다. 그가 문을 열러 뛰어갔다. 모피를 단 하인용 외투를 걸친 하인을 동반한 귀부인이 들어왔고, 그 귀부인과 함께 열여덟 살 어린 소녀인 그녀의 딸이 들어왔다.

"당신이 므슈[20] 차르트코프인가요?" 귀부인이 말했다.

예술가는 허리를 굽혀 인사했다.

"당신에 대해 이렇게 썼더군요. 당신의 초상화들이 걸작 중의 걸작이라고요." 이렇게 말하고서 귀부인은 눈에 오페라안경을 대고 벽들을 둘러보러 잽싸게 뛰어갔다. 그러나 벽에는 아무것도 없었다. "당신 초상화들은 어디에 있지요?"

"가져올 겁니다." 예술가는 약간 당황해서 말했다. "전 방금 전에 이 아파트로 이사를 와서, 그건 아직 가져오는 중이고…… 도착을 못 했습니다."

"당신은 이탈리아에 간 적이 있으세요?" 귀부인은 오페라안경을 들이댈 만한 것을 찾지 못하자 그에게 그것을 들이대며 말했다.

"아닙니다. 저는 가 보지 못했습니다. 하지만 가고 싶었습니다……. 하지만 지금은 당분간 보류했습니다……. 여기 안락의자가 있습니다. 피곤하시죠……?"

"감사합니다. 카레타에 오래 앉아 있었거든요. 아 드디어 당신 작품이 보이는군요!" 귀부인이 맞은편 벽으로 달려가서 바닥에 서 있는 그의 습작, 프로그램, 전경, 초상화들에 오페라안경을 들이대

---

20 남성을 정중하게 부르는 프랑스어 'Monsieur'를 러시아어로 표기. 귀부인의 프랑스어 사용은 당시 프랑스어를 선호하던 러시아 사교계의 관례를 반영한다.

며 말했다. "멋지군요. 리즈, 이리 와 보렴![21] 테니르스 취향[22]의 방이구나. 보이니, 무질서, 무질서, 탁자, 그 위의 흉상, 손, 팔레트. 저긴 먼지. 보이니 먼지를 어떻게 그렸는지! 멋지군요![23] 저기 다른 캔버스에는 얼굴을 씻는 여인이 있네. 참 귀여운 형상이군요![24] 아, 농부로구나! 리즈, 리즈,[25] 러시아 셔츠를 입은 농부야! 보렴, 농부야! 당신은 초상화만 그리는가요?"

"오, 이건 별것 아닌데요……. 장난을 좀 친 겁니다……. 습작들입니다……."

"말씀해 보세요. 당신은 요즘 초상화가들에 대해 어떤 의견을 갖고 있나요? 지금은 티치아노 만한 존재가 없지 않은가요? 색조에 그만한 힘이 없고, 그만한…… 당신에게 러시아어로 표현할 수 없어서 참 유감이네요(귀부인은 그림 애호가였고 이탈리아에 있는 온 화랑을 오페라안경을 들고 두루 다녔다). 하지만 므슈 놀[26]…… 아, 그는 얼마나 잘 그리는지요! 얼마나 범상치 않은 솜씨인지요! 전 그가 그린 얼굴에서 티치아노에게서보다 더 멋진 표정을 발견했어요. 당신은 므슈 놀을 모르시나요?"

21 "C'est charmant! Lise, Lise, venez ici!"
22 다비드 테니르스 1세David Teniers the elder(1582~1649) 혹은 다비드 테니르스 2세David Teniers the younger(1610~1690). 사람들의 일상생활과 실내장식 등에 대한 사실적인 풍경으로 유명한 플라망드 화가들.
23 "C'est charmant!"
24 "quelle jolie figure!"
25 "Lise, Lise."
26 '놀'이라는 성은 숫자 영(0)을 의미하는 러시아어 단어(Ноль)에서 나온 것으로 그녀가 지칭하는 화가 놀 씨가 비속하고 재능이 없음을 암시한다.

"이 놀 씨는 누구인가요?" 예술가가 물었다.

"므슈 놀 말이에요. 아, 재능이 얼마나 놀라운지요! 그는 저 애가 열두 살 때 초상화를 그려 줬답니다. 당신은 꼭 우리 집에 오셔야겠어요. 리즈, 네 앨범을 보여 드리렴. 아시겠어요? 우린 바로 지금 저 애의 초상화를 시작하러 온 거예요."

"아 네, 바로 준비됩니다."

그러고서 바로 그는 준비된 캔버스가 있는 이젤을 갖다 놓고, 손에 팔레트를 들고 딸의 창백한 작은 얼굴에 눈을 못 박았다. 만일 그가 인간의 심성을 잘 안다면, 그는 한순간 그녀에게서 무도회에 대한 아이 같은 열정의 징후, 점심 전과 점심 이후의 긴 무료한 시간에 대한 우수와 불평의 징후, 축제에서 새 드레스를 입고 뛰어다니고 싶은 욕망, 그녀의 영혼과 감정의 고양을 위한 어머니의 열정으로 본인은 정작 관심이 없지만 열심히 배우려고 노력하는 가운데 드러내는 힘든 기색들을 알아챌 수 있었을 것이다.

하지만 예술가는 이 부드러운 작은 얼굴에서 화가에게 매력적인 도자기 같은 투명함, 매력적이고 가벼운 따분함, 가녀리고 밝은 목과 귀족적인 가녀린 몸매만을 보았을 뿐이다. 그는 여태껏 투박한 모델들의 딱딱한 형체, 엄격한 옛날 그림과 고전적인 명화들의 복사본으로만 작업하면서 습득한, 가볍고 섬광처럼 빛나는 붓놀림을 의기양양하게 보여 주며 승리를 구가할 준비가 이미 되어 있었다. 그는 이 가녀린 작은 얼굴을 어떻게 재현할지 미리 머릿속에서 그려 보았다.

"저, 아시겠어요?" 귀부인이 약간 감동에 젖은 표정으로 말했다. "제가 바라는 것은…… 그녀가 지금은 이 드레스를 입고 있지만,

솔직히 그녀가 우리에게 익숙한 드레스를 입은 모습이 아니면 좋겠어요. 전 그녀가 소박하게 입고 푸른 숲의 그늘에 앉아 있고 멀리 가축 떼나 관목이 있고…… 그녀가 어디 무도회나 사교적인 저녁 모임에 가는 것이 드러나지 않게 해 주시면 좋겠어요. 우리 무도회는 솔직히 영혼을 죽이고 감정의 흔적을 억압해 버리잖아요……. 소박함, 소박함이 더 많이 반영되게 해 주세요."

슬프다! 엄마와 딸이 거의 밀랍처럼 창백해질 정도로 무도회에서 춤추기를 좋아한다는 게 그들 얼굴에 적혀 있었다.

차르트코프는 일에 착수해서 모델을 앉히고 이 모든 걸 머릿속에서 약간 구상하였다. 그는 상상으로 강조점을 설정하면서 붓을 휘두르고, 약간 실눈을 뜨고 뒤로 물러나서 멀찍이서 바라보고 한 시간 만에 밑그림을 끝냈다. 그것에 만족스러워하며 그는 벌써 색을 칠하기 시작했고, 일에 몰두했다. 그는 이미 모든 걸 잊고 귀족 부인들이 그 자리에 있다는 것마저 잊은 채, 자기 일에 온 영혼이 흠뻑 빠진 예술가가 종종 그러듯이, 온갖 큰 소리를 내고 이따금 멜로디를 흥얼거리면서 가끔 예술가의 기이한 행동거지를 보였다. 그는 어떤 가식도 없이 한 번의 붓 동작으로 모델이 머리를 들게 하였는데, 모델이 마침내 심하게 몸을 돌리더니 매우 피곤한 기색을 드러냈다.

"충분해요. 처음으로는 충분해요." 귀부인이 말했다.

"조금만 더 하고요." 무아지경에 빠진 예술가가 말했다.

"아뇨, 시간이 됐어요! 리즈,[27] 3시다!" 그녀는 가죽 띠에 금사슬로 매달린 작은 시계를 꺼내며 말하고는 소리쳤다. "이런, 너무 늦

27 "Lise."

었네!"

"1분만요." 소박한 영혼의 차르트코프가 어린아이처럼 애원하는 목소리로 말했다.

그러나 귀부인이 이번에는 그의 예술적인 욕구를 채워 줄 의향이 전혀 없는 듯했고, 대신 다음엔 좀 더 오래 앉아 있겠다고 약속했다.

'거참 난감하네.' 차르트코프는 혼자 생각했다. '일이 손에 막 잡히기 시작했는데.' 그는 자신이 바실리옙스키 섬의 화실에서 작업할 때는 아무도 자기를 방해하지 않고 중단시키지 않았던 것을 상기했다. 니키타는 한자리에 움직이지 않고 앉아 있곤 해서, 얼마든지 그릴 수 있었다. 그는 심지어 자기에게 주문한 자세로 졸기도 했다.

불만에 가득 차서 그는 붓과 팔레트를 의자에 놓고 우울하게 캔버스 앞에 멈춰 섰다. 사교계 귀부인의 찬사가 그를 망각에서 깨어나게 했다. 그는 즉시 그들을 배웅하기 위해 문으로 달려갔다. 그는 계단에서 다음 주에 자기 집에 와서 식사하라는 초대를 받고서 환한 얼굴로 자기 방에 돌아왔다. 귀부인이 완전히 그를 매혹시킨 것이다. 지금까지 그는 그런 존재는 감히 범접할 수 없는 그 무엇으로, 제복을 입은 하인들과 멋을 잔뜩 낸 마부를 동반하고 화려한 칼랴스카를 타고 다니면서 수수한 옷차림으로 걸어 다니는 행인들에게 무심한 시선을 던지기 위해서만 태어난 존재로 여겼다. 그런데 갑자기 그중 한 명이 자기 방에 들어오고, 자기가 그의 초상화를 그리고는 귀족 저택에 점심 초대를 받은 것이다. 특별한 만족감이 그를 사로잡았다. 그는 완전히 도취되어서 훌륭한 점심 식사와 저녁 연극으로 자신에게 후한 상을 주고, 다시 아무 이유도 없이 카레타를 타고 도시를 돌았다.

　이 며칠 동안 일상적인 작업은 전혀 그의 머리에 들어오지 않았다. 그는 준비를 하고 초인종이 울리는 순간만 기다렸다. 마침내 귀족 부인이 창백한 딸과 함께 왔다. 그는 그들을 앉히고, 이제 민첩하게 사교적인 에티켓을 갖추면서 캔버스를 놓고 그리기 시작했다. 햇볕이 내리쬐는 대낮의 선명한 조명이 그에게 많은 도움이 되었다. 그는 가녀린 모델에게서, 잘 파악해서 캔버스에 옮기기만 하면 초상화에 예술성을 높여 줄 많은 요소를 알아보았다. 그는 지금 자연이 자신에게 나타난 최종적인 상태 그대로 모든 걸 잘 그려 내기만 하면 뭔가 특별한 작품이 나올 것임을 깨달았다. 아직 다른 이들이 파악하지 못한 것을 자신이 표현하게 될 것이라고 느끼자 그의 가슴이 가볍게 설레기도 했다. 작업이 그를 완전히 사로잡았고, 그는 다시 모델이 귀족 출신인 것을 잊고서 완전히 붓놀림에 몰입했다. 숨을 참으면서 그는 열일곱 살 소녀의[28] 가녀린 형체와 거의 투명한 몸이 그에게서 어떻게 나오는지를 보았다. 그는 온갖 음영, 가벼운 노란 색조, 눈 아래 얼핏 띄는 하늘색을 파악했고 이마에 솟은 작은 뾰루지까지 옮길 작정이었다. 이때 그는 갑자기 어머니의 목소리를 들었다. "아니, 이건 왜요? 이건 필요 없어요." 귀부인이 말했다. "당신은 또…… 저기 몇 부분에서…… 약간 노란 것처럼 그리고, 여기는 완전히 검은 점들처럼 그렸네요." 예술가는 이 점들과 노란 색조가 정확히 잘 어울리고 그것들은 얼굴의 유쾌하고 가벼운 색조가 될 거라

28　앞에서는 소녀가 18세라고 하였다가 여기에서는 17세라고 설명하는 것이 고골의 실수인지 의도적인 설정인지, 아니면 고골이 한 살 차이는 큰 의미가 없다고 생각한 것인지 명확하지 않다.

177　　　　　　　　　　초상화

고 설명했다. 그러나 그녀의 답변은 그것은 어떤 색조도 되지 않고 전혀 어울리지 않고, 그에게만 그렇게 보일 뿐이라는 것이었다. "하지만 여기 한 부분만 노란색을 조금 쓰게 해 주세요." 예술가가 순진하게 말했다. 그러나 그것도 허락되지 않았다. 리즈[29]는 오늘만 약간 상태가 좋지 않은 것이지, 그녀에겐 어떤 노란 색조도 없고 특별히 매력적인 얼굴색이 놀라울 정도라고 어머니는 단언하였다.

그는 우울하게 자기 붓으로 캔버스에 묘사한 것을 지우기 시작했다. 거의 눈에 띄지 않는 요소들이 많이 사라지고, 그와 함께 유사성도 부분부분 사라졌다. 그는 암기한 대로 일반적인 색조를 무심하게 그려 넣기 시작했다. 그런 색조는 실제 자연에서 취한 얼굴마저도 학습 과정에서 접하게 되는 차갑고 이상적인 얼굴로 변화시키기 마련이다.

반면에 귀부인은 모욕적인 색조를 완전히 몰아낸 것에 만족해했다. 그녀는 그저 작업이 그렇게 오래 걸리는 것에 놀랐다고 설명하고, 그가 두 번이면 초상화를 완전히 마무리하는 것으로 들었다고 덧붙였다. 예술가는 뭐라 대답해야 할지 몰랐다. 귀족 여인들은 일어나서 떠날 채비를 했다. 그는 붓을 내려놓고 그들을 문까지 배웅한 뒤 우울해하면서 자기 초상화 앞의 한자리에 오랫동안 서 있었다. 그가 그것을 멍하니 바라보는 사이 그의 뇌리에는 가녀린 여성의 형체, 그가 파악한 음영과 공기처럼 가벼운 색조들이 스쳐 지나갔다. 그런데 그의 붓이 그것을 무자비하게 지우고 만 것이다. 그 여운에 사로잡혀서 그는 초상화를 한쪽으로 치우고, 어딘가에 팽개쳐 둔 프시

29 "Lise."

케의 머리를 찾았다. 그가 오래전 언젠가 습작 식으로 캔버스에 그 머리의 밑그림을 그려 둔 것이다. 이것은 민첩하게 그린 작은 얼굴이 었으나, 일반적인 형태로만 구성되고 살아 있는 몸은 전혀 얻지 못한, 완전히 이상적이고 차가운 얼굴이었다. 하릴없이 그는 귀족 방문자의 얼굴에서 자신이 우연히 간파한 것을 모두 상기하면서 그 캔버스에 그것을 그려 넣기 시작했다. 그가 파악한 형태, 음영, 색조들이, 예술가가 자연을 충분히 관찰한 후 이제 그것에서 벗어나 그것과 동일한 작품을 창작할 때 나타나는 정화된 모습으로 여기에 그려졌다. 프시케가 소생하기 시작하고, 거의 보이지 않던 사고가 점차 몸을 입고 눈에 드러나기 시작했다. 어린 사교계 아가씨의 얼굴 유형이 뜻하지 않게 프시케에게 옮겨지고, 그걸 통해서 그녀는 진정 독창적인 작품이라고 불릴 만큼 특색있는 표정을 보이게 되었다. 그는 모델이 자신에게 보여 준 모습을 부분적으로나 전체적으로 활용하면서 자기 작업에 완전히 몰입한 것 같았다. 그는 며칠 동안 이 작업에만 몰두하였다. 그리고 그가 바로 이 작업을 하고 있을 때, 이미 익숙한 귀족 여인들이 그를 찾아왔다. 그가 이젤에서 이 그림을 치울 새도 없었는데, 두 여인이 놀라워하며 환호를 지르고 손뼉을 쳤다.

"리즈, 리즈![30] 아, 정말 닮았구나! 최고예요, 최고![31] 그 애에게 그리스 옷을 입힐 생각을 하다니 정말 잘하셨어요. 아, 정말 놀라워요!"

예술가는 이 여인들을 어떻게 유쾌하지만 엉뚱한 상상에서 벗

30 "Lise, Lise!"
31 "Superbe, superbe!"

어나게 할지 몰랐다. 부끄러워하고 머리를 떨구면서 그가 조용히 말했다.

"이건 프시케입니다."

"프시케의 모습으로라고요? 매력적이에요!"[32] 어머니가 미소를 지으며 말했고, 마찬가지로 딸도 미소를 지었다. "리즈야,[33] 네겐 프시케 모습으로 묘사되는 게 훨씬 더 잘 어울리지 않니? 얼마나 유쾌한 생각이니![34] 더욱이 얼마나 훌륭한 솜씨인지! 이건 코레조[35]야. 솔직히 전 당신에 대해 읽고 듣긴 했지만 이런 재능이 있는지 몰랐어요. 아니요, 당신은 저의 초상화도 꼭 그려 줘야 해요."

귀부인도 역시 프시케의 모습으로 그려지고 싶어 하는 것 같았다.

'이들을 어떻게 해야지?' 예술가가 생각했다. '그들이 그렇게 원한다면 프시케로 하지 뭐.' 그리고 소리를 내어 말했다.

"조금 더 앉아 계십시오. 제가 좀 더 손을 보겠습니다."

"아, 저는 겁이 나네요. 당신이 어떻게 조금……. 그녀는 지금 아주 비슷한데요."

그러나 예술가는 그녀가 노란 색조에 대해 염려하고 있다는 걸 이해하고, 그는 단지 빛을 추가하고 눈에 표정을 넣어 주기만 하겠다고 말했다. 솔직히 말하자면, 그는 너무 수치스러워서 조금이

---

32 "C'est charmant!"
33 "Lise."
34 "Quelle idée délicieuse!"
35 안토니오 코레조Antonio Corregio(1494~1534). 페르마 대성당의 프레스코화인 〈성모승천Assumption of the Virgin〉으로 유명하다.

라도 더 모델과 비슷하게 만들고 싶었다. 그래서 누구도 그의 분명한 파렴치한 행동에 대해 그를 나무라지 않게 하고 싶었다. 마침내 창백한 소녀의 형체가 프시케의 외모에 더욱 선명히 나타나기 시작했다.

"충분해요!" 유사성이 마침내 지나치게 실물과 가깝게 되는 것은 아닌지 염려하기 시작한 어머니가 말했다.

예술가는 미소, 돈, 찬사, 진정한 악수, 점심 초대 등 모든 것으로 보상받았다. 한마디로 많은 찬사를 받았다. 초상화로 인해 도시에 소동이 일어났다. 귀부인은 그것을 친구들에게 보여 주었다. 모두가 유사성을 유지하는 동시에 모델을 더 아름답게 그려 줄 수 있는 예술가의 솜씨에 깜짝 놀랐다. 마지막 찬사를 할 때는 물론 얼굴에 가벼운 질투의 기색이 없지 않았다.

예술가에게 갑자기 일이 쇄도했다. 온 도시가 그에게서 초상화를 그리고 싶어 하는 것 같았다. 문에 초인종이 쉴 새 없이 울렸다. 그러나 슬프게도 이들은 모두 다루기 어려운 사람들, 성급하고 바쁘거나 사교계에 속한 사람들이었다. 말하자면, 남들보다 바쁘고 그래서 참을성이 극도로 없는 사람들이었다. 사방에서 훌륭하되 빨리 해 주기를 요구했다. 예술가는 작업을 완전히 마무리하는 것은 불가능하고, 붓놀림이 민첩하고 재치 있기만 하면 된다는 것을 깨달았다. 하나의 총체적이고 일반적인 표정만 파악하고, 세밀한 세부 묘사에 몰입하지는 말아야 했다. 한마디로 자연을 완전히 따라가기란 확실히 불가능했다.

게다가 거의 모든 초상화 모델들이 다양한 요구를 늘어놓았다는 것도 덧붙여야 할 것이다. 귀부인들은 무엇보다 영혼과 성격만 초상화에 묘사하고, 그 외의 것은 전혀 남기지 않고, 모든 날카로운 각은 둥글게 하고, 모든 흠은 가볍게 처리하고, 심지어 가능하면 그것들을 아예 묘사하지 말아 달라고 부탁했다. 한마디로 얼굴에 완전히 매료되게 하지는 못해도, 얼굴을 쳐다볼 정도로는 만들어 줄 것을 요구했다. 그 결과 그들은 초상화를 위해 자리에 앉을 때 가끔 예술가가 경악할 표정들을 지었다. 어떤 귀부인은 얼굴에 멜랑콜리한 표정을 띠기 위해 노력했고, 다른 부인은 몽상을, 세 번째 부인은 어떻게 해서든 입을 작게 만들고 싶어서 머리핀보다도 작은 점이 될 정도로 오므렸다. 이 모든 요구 사항에도 불구하고, 사람들은 그에게 유사성과 꾸밈없는 자연스러움을 요구했다.

남성들 역시 귀부인들보다 나을 게 없었다. 한 명은 고개를 강하고 힘차게 돌린 자세로 묘사해 달라고 요구하고, 다른 남성은 영감에 가득 차서 눈을 위로 쳐든 자세로, 근위대 중위는 눈에 마르스[36]가 표현되게 해 달라고 강하게 요구했고, 고위 문관은 얼굴에 강직함과 숭고함이 더 많이 나타나고 "언제나 정의의 편에 섰노라"라는 글씨가 선명하게 적힌 책에 손을 얹은 자세로 그려지길 원했다. 처음에는 그런 요구들이 예술가를 진땀 나게 했다. 이 모든 것을 구상하고 곰곰이 생각해야 했으나, 그럼에도 시간은 아주 적게 주어졌다. 마침내 그는 문제가 어디에 있는지 파악하고서, 그만큼 힘을 들이지 않게 되었다. 심지어 두세 마디만 듣고도 누가 무엇으로 묘사되길 원하는지 벌써 간파했다. 마르스를 원하는 사람의 얼굴에는 마르스를 집어넣었다. 바이런[37]을 목표로 삼은 사람들에게는 바이

---

36 그리스·로마 신화에 나오는 전쟁의 신.

런의 이미지와 각도를 만들어 주었다.

귀부인들이 코린, 운디나, 아스파시아[38] 등이 되고자 하면, 아주 열성적으로 모든 것에 동의하고 각자에게 고상한 외양을 마음껏 덧붙여 주었다. 그 숭고한 외모는 익히 잘 알려져 있듯이 결코 손해를 입히지 않고, 그것에 대해 사람들은 가끔 닮은 데가 없어도 예술가를 용서하기 마련이다. 곧 그 자신이 자기 붓의 신기에 가까운 속도와 민첩함에 놀라게 되었다. 초상화의 모델들은, 익히 짐작하겠지만, 희열을 느끼고 그를 천재라고 선언하였다.

차르트코프는 모든 면에서 유행에 편승하는 화가가 되었다. 점심 식사를 하러 다니고 귀부인들을 모시고 화랑에, 심지어 축제에도 다니고 번지르르하게 옷을 입고 다녔다. 그리고 예술가는 사교계에 속해야 하고 자신의 명성을 높이고 유지할 수 있어야 하는데, 실제 예술가들은 제화공처럼 입고 예의 바르게 처신할 줄 모르고 고상한 어조를 유지하지 못하고 교양이 없다고 공공연히 선언하였다. 집도 화실도 그는 최상으로 정결하고 깔끔하게 꾸미고, 하루에도

37 조지 고든 바이런George Gordon Byron(1788~1824). 영국의 유명한 사교계의 총아이자 낭만주의 시인이며 그리스 독립전쟁에 참전하여 사망한 것으로 더욱 전설적인 영웅이 된다.

38 코린Corinne은 프랑스의 유명한 낭만주의 작가이자 비평가인 스타엘 부인Madame de Staël(1766~1817)이 쓴 동명의 소설 『코린Corinne ou l'Italie』(1805)의 여주인공. 운디나Ondina는 러시아 낭만주의 시인 바실리 주콥스키가 독일의 낭만주의 작가 프리드리히 드 라 모트-푸케 Friedrich de la Motte-Fouqué(1777~1843)의 환상소설 「운딘Undine」(1811)을 토대로 지은 동명의 시 「운다나Undina」(1837)의 여주인공. 아스파시아Aspasia(기원전 5세기)는 미모와 지성으로 유명한 아테네의 창녀이자 정치가 페리클레스의 연인.

몇 번씩 다양한 실내복으로 갈아입고, 파마를 하고, 방문자를 맞이하는 다양한 방식을 향상시키는 데 골몰하고, 귀부인들에게 유쾌한 인상을 불러일으키기 위해서 가능한 한 모든 수단을 동원해 외모를 꾸몄다. 한마디로 바실리옙스키 섬의 누추한 집에서 남모르게 작업하던 소박한 예술가를 그에게서 찾아보기란 거의 불가능했다.

예술가들에 대해서, 예술에 대해서 그는 이제 날카롭게 비평했다. 그는 과거의 예술가들이 지나치게 높은 평가를 받고 있다고 단언했다. 즉 라파엘로 이전에 그들은 모두 사람의 형상이 아니라 절인 청어를 그렸으며 마치 관객들에게만 신성함의 존재가 보이는 것처럼 그들의 상상 속에만 그림의 이념이 존재하였고, 라파엘로 자신도 모든 작품을 잘 그리지는 못하고 그의 많은 작품이 전설을 통해서만 영광을 얻었으며, 미켈란젤로[39]도 해부학에 대한 지식으로 칭찬받기만을 바란 허풍쟁이였고, 그에게는 어떤 우아함도 없으며, 진정한 광채, 붓의 힘, 색채는 오늘날 우리 시대에만 찾아볼 수 있다는 것이었다. 여기서 자연스럽게, 자기도 모르게 논점이 자신의 예술에까지 이르렀다.

"아뇨, 저는 이해할 수 없습니다." 그가 말했다. "앉아서 참을성 있게 애써서 작업하는 다른 이들을요. 몇 달에 걸쳐서 그림 하나를 붙들고 힘들게 작업하는 사람은 제가 보기에 일꾼이지 예술가가 아닙니다. 전 그에게 재능이 있다는 걸 믿을 수 없어요. 천재는 용기 있고 잽싸게 창조하니까요. 저를 보시면……." 그는 보통 방문자

---

39 미켈란젤로 부오나로티 시모니Michelangelo di Lodovico Buonarroti Simoni (1475~1564). 르네상스 시대 이탈리아 최고의 조각가, 건축가, 화가 중 한 명이며 시인이기도 하다.

들을 향해 이렇게 말했다. "저는 이 초상화를 이틀 만에 다 그렸습니다. 이 머리는 하루 만에, 이것은 몇 시간 만에, 이것은 한 시간도 안 돼서 그렸어요. 아뇨, 저는…… 저는, 솔직히 한 줄 한 줄 천천히 작업하는 것은 예술로 인정하지 않습니다. 그건 수공업이지 예술이 아닙니다."

그는 자기 방문자들에게 그렇게 말했고, 방문자들은 그의 붓의 힘과 날렵함에 놀랐다. 그것들이 얼마나 빠르게 제작되었는지 듣고는 탄성을 지르기도 하고 자기들끼리 "이게 재능이야. 진정한 재능이라고! 보세요. 그가 어떻게 말하는지, 그의 눈동자가 얼마나 빛나는지! 이 형상 안에는 뭔가 특별한 것이 있어요"[40]라고 말했다.

예술가는 자신에 대한 그런 소문을 듣고 기뻐했다. 인쇄된 잡지에 그에 대한 찬사가 실릴 때면, 자기 돈으로 이 찬사를 산 것임에도 불구하고, 그는 마치 어린아이처럼 기뻐했다. 그는 사방에 그런 인쇄지를 널리 퍼뜨리고, 우연인 듯 그것을 지인이나 친구들에게 보여 줬다. 이것이 아주 순진무구하게도 그를 만족시켰다. 그의 명성은 높아지고, 작품들과 주문받은 작품들이 늘어났다. 이미 그는 몸 동작과 얼굴을 돌린 자세를 수없이 반복해서 기계적으로 그린 천편일률적인 초상화들과 얼굴들에 싫증이 났다. 이미 그는 별 열정 없이 그림을 그렸고, 어떻게든 머리의 밑그림만 애써서 그리고 나머지는 제자들에게 마무리하라고 맡겼다. 예전에는 그럼에도 불구하고 어떤 새로운 자세를 시도하고 힘과 효과로 사람들을 놀라게 하려고 애썼다. 그러나 이제는 이 일도 따분해졌다. 이성적으로 생각하고

---

40 "Il y a quelque chose d'extraordinaire dans toute sa figure!"

궁리하는 데 피곤함을 느꼈다. 이것은 그의 능력 밖이었고, 그럴 시간도 없었다. 산만한 삶과 그가 사교계 인사 역할을 하려고 애쓰는 사이, 이 모든 것이 그를 노동과 사고로부터 멀어지게 했다. 그의 붓이 차가워지고 무뎌졌으며, 그는 무감각하게 단조로운 형상, 이미 결정된, 오래전에 닳고 닳은 형상들을 그렸다. 관리, 군인, 문관의 단조로운 형상이 지닌 차가운, 영원히 정돈되고, 말하자면 단추가 다 채워진 얼굴들은 새로운 붓놀림의 기회를 주지 않았다. 붓놀림은 화려한 주름 장식도, 강렬한 움직임도, 열정도 잊어버렸다. 그에겐 집단에 대해서, 예술 드라마에 대해서, 드라마의 숭고한 발단에 대해서 이야기할 것이 없었다. 그가 있는 곳에는 오직 제복, 그리고 코르셋, 그리고 연미복만 있었다. 그것들 앞에서 예술가는 냉담함을 느끼고 온갖 상상력은 사라지고 만다. 그의 작품에서는 아주 흔한 장점들조차 보이지 않았고, 진정한 명사들과 예술가들은 그의 최근 그림들을 보고서 어깨를 으쓱할 뿐이었는데 그럼에도 그는 여전히 명성을 누렸다. 이전의 차르트코프를 알던 어떤 이들은 처음에는 선명하게 드러났던 그의 재능이 어떻게 그렇게 사라질 수 있는지 이해할 수 없었고, 인간이 자신의 재능을 완전히 발현시키자마자 그것이 어떻게 그런 식으로 사그라들 수 있는지 아무리 애를 써 봐도 이해할 수 없었다.

그러나 자기도취에 빠진 예술가는 이런 논평을 듣지 못했다. 이미 그는 지성과 나이가 탄탄해지는 시기에 도달했다. 그의 몸이 불어나고 옆으로 넓어지기 시작했다. 신문과 잡지에서 그는 "우리의 훌륭한 안드레이 페트로비치," "위대한 공훈을 세운 우리의 안드레이 페트로비치"라는 찬사들을 읽었다. 이미 그에게 명예직을 제안하고 그를 시험과 위원회에 초청했다. 이미 그는, 명예로운 나이에 늘 그렇듯이, 라파엘로와 옛날 예술가들의 장점을 받아들였다. 이것은 그들의 높은 가치를 완전히 확신해서가 아니라, 그것으로 젊은 예술가들을 억누르기 위해서였다.

그 나이에 접어든 사람이면 누구나 그렇듯이, 이미 그는 젊은 층의 부도덕성과 그릇된 취향을 예외 없이 비난했다. 그는 세상 모든 일이 단순하게 흘러가며, 천상에서 위로부터 내려오는 영감은 존재하지 않고, 모든 것이 필연적으로 정확하고 단조로운 엄격한 질서에 복종해야 한다고 믿기 시작했다. 한마디로 이미 그의 삶은 격정적으로 숨 쉬던 모든 것이 오므라들고, 힘차게 당긴 현이 영혼에 이르는 동안 약해지면서 폐부를 찌르는 소리로 가슴을 뒤흔들지 못하고, 아름다움을 접해도 순수한 생명력이 분출되어 횃불처럼 타오르지 못하고, 다 타버린 감정들이 금화의 짤랑대는 소리에 더욱 민감하게 반응하고 금화의 매혹적인 음악을 더욱 귀 기울여 들으면서 점차 자기도 모르게 그 음악 소리에 완전히 잠들어 버리는 시기에 도달했다.

영광은 그걸 얻을 수 있는 자격이 없이 그것을 훔쳐낸 사람에게는 만족을 주지 못한다. 그것은 그걸 얻을 자격이 있는 사람에게만 지속적으로 전율을 일으킨다. 그의 모든 감정과 격정이 금화를 향하게 된 결과, 금화가 그의 욕망, 이상, 공포, 만족, 목적이 되었다. 지폐 다발이 궤짝에 쌓이고, 이 무서운 선물이 운명에 의해 주어진 사람이면 누구나 그렇듯이, 그는 지루해지고 금 외에는 어떤 것에도 반응하지 않게 되고, 아무 이유도 없이 구두쇠가 되고, 맹목적인 수집가가 되고, 우리의 비정한 세상에서 부닥치는 수많은 이상한 존재

중 한 명으로 변할 태세였다. 생명과 감정이 충만한 사람은 그런 이들을 볼 때 공포를 느낀다. 심장 대신 송장이 들어 있는 석관石棺이 걸어 다니는 것처럼 보이기 때문이다.

그런데 한 사건이 그의 삶 전체를 강하게 뒤흔들고, 그의 정신이 번쩍 들게 했다. 어느 날 그는 자기 집 탁자에서 예술 아카데미가 보낸 편지를 받았다. 편지에는 그에게 아카데미의 명예회원으로서 이탈리아에서 운송된 새 작품을 평가해 달라는 요청이 적혀 있었다. 그 그림은 그곳에서 완숙의 경지에 오른 한 러시아 화가의 작품이었다. 이 예술가는 그의 옛날 친구 중 한 명이었다. 그는 어린 시절부터 예술에 대한 열정을 가지고, 성실한 일꾼의 불타는 영혼으로 혼신의 힘을 다해 예술에 몰입했고, 친구, 친지, 그리고 친절을 베푸는 습관에서 멀어지고, 아름다운 하늘을 바라보며 위대한 예술이 노래를 부르는 곳, 이름만 들어도 예술가의 불꽃 같은 심장이 격렬하게 고동치는 그 신비로운 로마로 달려갔다. 그곳에서 그는 은자처럼 일에, 어떤 것에도 분산되지 않고 창작에 몰두했다. 그에게는 자기의 성격에 대해, 사람들과 교제할 줄 모르는 자신의 무능력에 대해, 사교계의 에티켓을 지키지 않는 것에 대해, 자신의 볼품없고 초라한 옷으로 인해 예술가라는 직함에 자신이 붙이게 된 치욕에 대해 의견을 나눌 여유가 없었다. 그는 자기 동료들이 자기에게 화를 내는지 안 내는지 살필 필요가 없었다.

그는 모든 걸 무시하고 예술에 헌신했다. 피곤도 잊은 채 화랑들을 방문하고, 몇 시간 동안 위대한 거장들의 작품들 앞에 서서 그 신비로운 붓놀림을 파악하고 쫓아갔다. 그는 이 위대한 스승들과 함께 자신을 점검하지 않고는, 그들의 작품에서 소리 없이 들려오는 아름다운 조언을 듣지 않고는 어떤 것도 끝내지 못했다.

그는 시끄러운 대화와 논쟁에 관여하지 않았다. 그는 청교도들 편을 들지도, 청교도들에게 반대하지도 않았다.[41] 그는 모든 것에서 아름다운 것만 추출하고 모든 것에 동일하게 공정한 평가를 내리고서, 마침내 경건한 라파엘로 한 명만 자기의 스승으로 남겼다. 이것은 마치 위대한 시인이자 예술가가 많은 매력과 웅장한 아름다움이 가득 담긴 온갖 작품을 읽고 난 후 자기 책상에 둘 책으로 호메로스의 『일리아스』한 권만 남기는 것과 같다. 그 책에 자신이 원하는 것은 뭐든 다 담겨 있고 매우 심오하고, 이 위대한 완성작에 반영되지 않은 것은 아무것도 없다는 것을 알았기 때문이다. 대신 그는 이 학습을 통해서 예술 작품의 원대한 이념, 사고의 강력한 아름다움, 신성한 붓놀림의 숭고한 매력을 배웠다.

홀에 들어섰을 때 차르트코프는 이미 엄청나게 많은 방문객이 한 그림 앞에 모여 있는 것을 발견했다. 많은 감정가들이 모여 있을 때는 흔히 보기 어려운, 깊은 정적이 감돌고 있었다. 그는 전문가

---

41 1820~1840년대에 이탈리아에서 활동하면서 중세 종교화의 전통을 회복하여 예술과 종교의 결합을 추구하였던 요한 프리드리히 오베르베크Johann Friedrich Overbeck(1789~1869), 페터 폰 코르넬리우스Peter von Cornelius(1783~1867) 등 독일 출신 낭만주의 종교화가들, 일명 '나자렛파Nazarenes' 화가들을 지칭한다. 이 운동에 자극을 받아서 '퓌리즈모Purismo 운동'을 벌인 이탈리아 예술가들을 지칭할 수도 있으나, 고골이 1837~1842년에 나자렛파 화가들과 교제한 것을 고려해 볼 때 나자렛파를 지칭하는 것으로 추정된다. 두 유파 모두 신고전주의와 당시 미술 아카데미의 획일적인 교육 방식을 거부하고 라파엘, 지오토Giotto di Bodone(1267~1337) 등의 작품을 모방하였으며, 나자렛파는 1860년까지 번창하였다.

다운 의미심장한 표정을 짓고서 그 그림에 다가갔다. 하지만 신이여, 그가 본 것은 무엇인가!

예술가의 순수하고, 흠 하나 없고, 약혼녀처럼 아름다운 작품이 그 앞에 서 있었다. 그것은 천재처럼 겸손하고 신성하고 순결하고 순박하게 모든 것 위로 비상하고 있었다. 천상의 형상들은 자기들에게 그토록 강렬하게 집중된 시선들에 당황하여 부끄러워하며 아름다운 속눈썹을 내려뜨린 것 같았다. 뜻밖의 충격을 받은 전문가들은 여태 본 적이 없는 새로운 붓놀림을 살펴보고 있었다. 여기에는 모든 것이 결합되어 있는 것 같았다. 숭고한 자세에는 라파엘로에 대한 연구가 반영되어 있고, 완전무결한 붓놀림에는 코레조에 대한 연구가 반영되어 있었다. 그러나 무엇보다도 압도적인 것은 예술가 자신의 영혼에 깃든 창조력이었다. 그림 속 가장 작은 대상에도 그것이 나타나 있었다. 모든 것에서 법칙과 내적인 힘이 발견되었다. 모든 것에서 자연에 깃든, 선들의 유영하는 듯한 곡선미가 나타나 있었다. 그 곡선미는 창조하는 예술가의 시선만이 포착할 수 있고, 모방하는 자에게는 거친 각으로 표현될 뿐이다.

외부 세계에서 추출된 모든 것을 예술가는 먼저 자신의 영혼에 담은 뒤에 거기에서, 영혼의 샘에서 하나의 조화롭고 의기양양한 노래를 뽑아낸 것 같았다. 창조와 자연의 단순한 모사 사이에 얼마나 가늠하기 어려운 심연이 놓여 있는지가 일반인들에게도 분명해졌다. 그림에 시선을 고정시킨 이들 모두는 자기도 모르게 사로잡힌 그 특별한 정적을 표현하기가 거의 불가능했다. 사각거리는 소리도, 말소리도 없었다. 그 사이에 그림은 매 순간 더 높이 올라가는 것 같았다. 더욱 밝아지고 더욱 신비로워지면서 모든 것에서 벗어나서, 마침내 한순간으로, 하늘에서 예술가에게 내려보낸 사고의 결실로, 인간의 삶 전체가 이를 위한 준비 과정이나 다름없는 한순간으로 변화되었다.

뜻하지 않게도 그림을 에워싼 방문객들의 얼굴에 눈물이 흘러내릴 것만 같았다. 모든 취향이, 그 취향의 온갖 거칠고 잘못된 변형들이 모여서 신성한 작품에 대한 소리 없는 찬미가로 변화된 듯했다. 차르트코프는 미동도 않고, 입을 벌린 채 그림 앞에 서 있다가, 마침내 방문객과 전문가들이 조금씩 웅성거리며 작품의 장점을 살펴보기 시작하자, 마침내 그들이 의견을 표명해 달라고 요청하기 위해 자신에게 몸을 돌리자 정신을 차렸다. 그는 무심하고 일상적인 표정을 짓고 싶었고, 딱딱하게 굳어 버린 예술가들의 일상적이고 비속한 판단을 다음과 같이 내리고 싶었다. "네, 물론, 정말, 예술가에게서 재능을 앗아가는 건 불가능하지요. 그는 뭔가를 표현하고 싶어 한 것 같아요. 하지만 중요한 주제로 말할 것 같으면……" 그에 이어서, 물론 어떤 예술가에게도 전혀 도움이 되지 않을 그런 찬사를 덧붙일 셈이었다. 그는 이렇게 할 요량이었으나, 그의 입에서 말이 얼어붙고, 대답으로 눈물과 탄식이 느닷없이 터져 나오고, 그는 광인처럼 홀에서 뛰쳐나갔다.

잠시 동안 그는 움직이지 않고 무감각하게 자기의 멋진 화실 한가운데 서 있었다. 그의 존재 전체, 삶 전체가 한순간 깨어났다. 마치 젊음이 그에게 돌아온 것 같았고, 꺼져 버린 재능의 불꽃이 다시 활활 타오르는 것 같았다. 그의 눈에서 갑자기 안대가 떨어져 나간 것 같았다. 신이여! 어린 시절 최고의 시간을 그토록 무참히 죽여 버리다니. 삶을 망치고, 아마도 가슴에서 약하게 타고 있었을, 지금쯤이면 위대하고 아름다워졌을, 그것과 마찬가지로 놀라움과 감사의 눈물을 자아냈을 불꽃을 꺼 버리다니! 이 모든 걸 죽여 버렸구나. 아무 미련 없이 죽여 버렸구나!

마치 이 순간 한 번에, 언젠가 그에게 익숙했던 긴장과 격정이 그의 영혼에서 갑자기 소생한 것 같았다. 그는 붓을 들고 캔버스에 다가갔다. 안간힘을 쓰자 얼굴에 땀이 배었고, 그의 모든 것이 하나의 갈망으로 결합되고 하나의 생각으로 타올랐다. 그는 타락한 천사를 그리고 싶었다. 이 생각은 무엇보다도 그의 영혼의 상태와 일치했다.

그러나 슬프다! 그의 인물, 자세, 군상, 생각은 억지로 쥐어 짜낸 것이고 서로 연결되지 않았다. 그의 붓놀림과 상상력은 이미 완전히 하나의 양식으로 고정되고, 그가 자신에게 그어 놓은 한계와 구속을 뛰어넘고자 하는 격정은 무기력하고 이미 뭔가 잘못되어 있었다. 그는 점진적인 지식 그리고 위대한 미래를 향한 근본적인 원칙의 사다리를 타고 올라가야 하는 피곤하고 기나긴 과정을 지나친 것이다. 당혹감이 그를 엄습했다. 그는 자기 화실에서 최근의 작품들, 유행을 따른 생명 없는 그림, 창기병, 귀부인, 5등관 초상화들을 모두 내버리라고 명령했다. 그는 혼자 방문을 걸어 잠그고 누구도 안에 들이지 말라고 명령하고서 작업에 몰두했다. 참을성 있는 어린아이처럼, 학생처럼 그는 앉아서 작업했다. 하지만 그의 붓에서 나온 것은 모두 얼마나 무자비하고 불만스러웠는지! 매 단계마다 그는 태초의 자연의 질서를 몰라서 멈춰야 했다. 단순하고 무의미한 메커니즘이 모든 격정을 차갑게 만들고, 상상력으로는 뛰어넘을 수 없는 장벽이 되었다. 붓질이 그동안 반복해서 암기한 형태들로 자기도 모르게 돌아갔고, 손은 훈련받은 한 가지 방식에 최적화되었으며, 두 뇌는 특별한 전환을 할 수 없었고, 심지어 옷 주름조차 암기한 양식대로만 나오고 익숙하지 않은 자세도 그려지지 않았다. 그도 이것을 느꼈다. 그는 이것을 스스로 느끼고 보았다!

"그런데 내게 정말 재능이 있었던 걸까?" 그가 마침내 말했다. "내가 스스로를 속인 건 아닐까?" 이 말을 하고 나서 그는 언젠가 멀리 떨어진 바실리옙스키 섬의 누추한 집에서 사람들, 사치, 온갖 변덕에서 멀리 떨어져서 작업할 때 그토록 순수하게 사심 없이 그렸던 자기의 옛날 그림들에 다가갔다. 그는 이제 그것들에 다가가서 모두 주의 깊게 살펴보았다. 그것들과 함께 그의 예전의 가난했던 삶 전체가 뇌리에 떠올랐다. "그래." 그는 절망적으로 말했다. "내겐 재능이 있었어. 어디서건, 모든 것에서 재능의 표시와 흔적이 보여……."

그가 걸음을 멈추고 갑자기 온몸이 전율하였다. 그의 눈이, 움직이지 않고 자기를 쳐다보고 있는 눈과 마주쳤다. 그가 슈킨 시장에서 산 바로 그 범상치 않은 초상화였다. 그것은 내내 덮여 있었고 다른 그림들에 가려져서 전혀 그의 뇌리에 떠오르지 않았었다. 그런데 이제, 일부러인 것처럼, 화실을 가득 메운 유행하는 초상화와 스케치들을 모두 내다 버리자, 그것이 그의 젊은 날의 작품들과 함께 위로 모습을 드러낸 것이다.

그가 그것의 이상한 이야기를 기억하게 되자, 그것, 이 이상한 초상화가 어떤 이상한 방식으로 그의 변화의 원인이 된 것과, 그가 그토록 기이한 방식으로 얻은 돈 꾸러미가 그의 재능을 죽인 모든 헛된 충동을 불러일으킨 것을 기억하게 되자, 그의 영혼은 광분에 휩싸일 것만 같았다. 그 순간 그는 이 혐오스러운 초상화를 멀리 치우라고 지시했다. 그러나 그것으로는 영적인 흥분이 가라앉지 않았다. 모든 감정과 몸 전체가 밑바닥까지 뒤흔들렸다. 그는 미약한 재능이 자기의 한계를 뛰어넘기 위해 안간힘을 쓰지만 아무리 해도 그렇게 되지 않을 때, 당혹스럽게도 그리고 예외적으로 우리 삶에 나타나는 무서운 고통을 알게 되었다. 이 고통은 어린 시절에는 위대한 업적을 이루게 하지만, 공상의 나래를 더 이상 펼치지 못하게 된 시기에는 헛된 갈망으로 변한다. 이 무서운 고통은 인간이 어떤 끔찍한 악행이라도 저지를 수 있게 한다.

끔찍한 질투, 광분에 가까운 질투가 그를 사로잡았다. 재능이 드러나는 작품을 볼 때면, 그의 얼굴에 황달기가 나타났다. 그는 이를 부드득 갈고 바실리스크[42]의 눈초리로 그것을 잡아먹을 듯이 바라보았다. 그의 영혼에서는 인간이 생각할 수 있는 가장 악랄한 계획이 세워지고, 그는 광적인 힘으로 그것을 행동으로 옮기기 시작했다. 그는 최고의 예술 작품을 모두 사들이기 시작했다. 비싼 값을 주고 그림을 산 다음 조심스럽게 자기 방으로 가지고 와서는 호랑이처럼 광폭하게 그것에 달려들어서 뜯고 찢고 조각을 내고 만족의 웃음을 지으며 발로 짓밟았다.

그가 모은 수없이 많은 재산 덕분에 그는 이 악랄한 지옥 같은 갈망을 충족시킬 수 있었다. 그는 자기의 금화 자루를 모두 풀고 궤짝을 열었다. 어떤 무지한 괴물도 이 포악한 복수의 화신이 파괴한 것만큼, 그토록 아름다운 작품들을 파괴하지는 못했다. 그가 나타

---

42 구약의 시편, 이사야서, 예레미야서에 묘사된 독사에서 유래하고, 중세의 민간설화에서 수탉의 달걀을 두꺼비가 품어 부화되어 나온 전설 속의 괴물. 그것을 보기만 해도 죽는다고 한다.

나는 경매장에서는 누구나 예술품 매입을 지레 포기하고 절망했다. 마치 분노에 가득 찬 하늘이 일부러 지상에 이 끔찍한 칼을 보내서 세상의 모든 조화를 파괴하려고 하는 것 같았다. 이 끔찍한 욕망이 그에게 어떤 무서운 색조를 입혀서, 그의 얼굴에 영원한 황달기가 나타났다. 세상에 대한 모독과 거부가 그의 형체에 저절로 반영되었다. 그의 내면에 푸시킨이 이상적으로 묘사했던 무서운 악마가 구현된 것 같았다.[43] 그는 거리에 하피[44] 같은 모습으로 나타났고, 그의 지인들조차 멀리서 그를 보기만 하면, 그를 만나는 것만으로도 하루를 망치게 된다면서 그와의 만남을 피하고 도망가려고 했다.

세상과 예술에는 천만다행히도, 그렇게 긴장되고 폭력적인 생활은 오래 지속될 수 없었다. 삶의 약한 힘에 비해서 욕망이 지나치게 강하고 거대했다. 광분과 광기의 발작이 더 자주 일어나기 시작했고, 마침내 이 모든 것이 가장 끔찍한 병으로 전환되었다. 급성 폐렴과 결합된 잔인한 열병이 너무나 광포하게 그를 사로잡아서 사흘 만에 그의 그림자만 남았다. 이것에 절망적인 광란의 모든 징후가 결합되었다. 가끔 몇 사람으로도 그를 붙들 수가 없었다. 범상치 않은 초상화의 오랫동안 잊혀졌던 살아 있는 눈이 그에게 보이기 시작했고, 그때 그의 광분은 끔찍했다. 그의 침대를 에워싼 사람들이 그에게는 모두 끔찍한 초상화들로 보였다.

그의 눈에 그것은 두 배, 네 배가 되었다. 미동도 않는 살아 있

---

43 푸시킨의 시 「악마The Demon」(1824).
44 '하피harpy'는 고대 그리스·로마 신화에 나오는, 여자의 머리와 날카로운 발톱을 달고 있는 반인반조의 요괴. 에게 해의 섬들에서 아이들과 인간의 영혼을 잡아먹고 사는 것으로 알려졌다.

는 눈으로 그를 쳐다보는 초상화가 온 벽에 걸려 있는 것처럼 느껴졌다. 무서운 초상화들이 천장에서도, 마루에서도 보이고, 이 움직이지 않는 눈들을 더 많이 수용하기 위해 방이 넓어지고 끝없이 이어졌다. 그를 치료하는 임무를 맡고 이미 그의 이상한 이야기를 조금은 들은 의사가 전력을 다해서 그가 상상하는 환영들과 그의 삶의 사건들 사이의 내밀한 연관성을 탐색하기 위해 노력했다. 그러나 아무것도 알아낼 수 없었다. 환자는 아무것도 이해하지 못하고 자신을 괴롭히는 고통 외에는 아무것도 느끼지 못했으며, 끔찍한 절규와 이해할 수 없는 말만 내뱉었다. 마침내 그의 삶이 마지막 고통의 소리 없는 격정 속에서 툭 끊어졌다. 그의 시체는 보기만 해도 무서웠다. 그의 엄청난 재산에서 아무것도 찾을 수 없었다. 그러나 가격이 수백만 루블 이상인 수준 높은 예술 작품들이 갈기갈기 찢어진 것을 보고서야 사람들은 그의 재산이 끔찍한 목적을 위해 활용되었음을 알게 되었다.

제2부

수많은 카레타, 드로시키, 칼랴스카들이 부유한 예술 애호가들 중 한 명의 소장품 경매가 이루어지는 집 입구에 서 있었다. 이들은 평생 제피르와 아무르[45]에 잠겨 달콤하게 졸고, 순수한 후원자로 알려지고 이를 위해 경제력이 탄탄한 아버지들에 의해 가끔은 심지어 자신의 노동으로 축적된 수백만 루블을 순박하게 기꺼이 썼다. 익히 알다시피 그런 후원자들이 이제 없어지고, 우리 19세기는 종이에 적힌 숫자의 형태로만 수백만 루블을 즐기는 은행가의 따분한 모습으로 변화된 지 이미 오래다. 긴 홀은 매장되지 않은 시체를 향해 달려드는 육식 조류처럼 급하게 달려온 다채로운 구경꾼들로 가득 차 있었다. 여기에는 고스치니 시장에서, 심지어 벼룩시장에서 온,

---

45 그리스·로마 신화에 나오는 서풍의 신(zephyr)과 활과 화살을 들고 다니는 사랑의 신 큐피드. "제피르와 아무르에 잠겨"는 그리보예도프의 「지혜의 슬픔Woe from Wit」에 나오는 영락한 지주이자 발레 애호가인 인물에 대한 구절을 다른 식으로 표현한 것이다.

푸른 독일식 프록코트를 입은 러시아 상인들이 완전히 함대를 이루고 있었다. 그들의 모습과 얼굴 표정은 어쩐지 더 확고하고 더 자유로우며, 러시아 상인이 자기 상점의 고객 앞에서 보이는 느끼하게 굽실거리는 태도가 느껴지지 않았다. 여기에서 그들은, 이 홀에도 많은 귀족이 있었음에도 불구하고, 그들 앞에서 굽신거리지 않았다. 반면 다른 장소에서는 자기 장화가 일으킨 먼지를 말끔히 없앨 정도로 그들 앞에서 기꺼이 굽신거렸을 것이다. 여기에서 그들은 완전히 자기 마음대로 행동하고, 격식을 차리지 않고 책과 물건의 상태를 알아보기 위해 그것들을 만져 보고, 유명한 백작이 가격을 부를 때 용감하게 끼어들었다. 여기에는 매일 아침 식사를 하는 대신에 여기에 들르는, 경매장이면 반드시 있어야 할 구경꾼이 많았고, 자기 수집품을 늘릴 기회를 놓치지 않는 것을 의무로 여기고 12시에서 1시까지는 다른 업무를 절대로 하지 않는 유명한 귀족들, 마지막으로 옷과 호주머니 사정은 아주 안 좋지만 어떤 탐욕스러운 목적 없이, 다만 그저 경매가 어떻게 끝나고 누가 더 많이 내고 누가 더 적게 내고 누가 누구를 이기고 일이 누구에게 유리하게 끝나는지 알고 싶어서 매일 나타나는 숭고한 신사들이 있었다. 많은 그림이 어떤 논리도 없이 완전히 널려져 있었다. 그와 함께 가구도, 모노그램[46]이 그려진 책들도 뒤섞여 있었다. 이 책들에 대해서는 이전 소유주도 그것을 눈여겨볼 만큼의 애착어린 호기심이 전혀 없었을 것이다. 중국 꽃병, 탁자용 대리석 판자, 곡선으로 처리되어 있고 그리핀,[47] 스핑크스, 사자 앞발이 있고 도금을 한 것과 안 한 것이 있는

---

46 두 개 이상의 글자를 한 글자 모양으로 도안한 글자.

새 가구와 헌 가구, 샹들리에, 옛날식 램프 등이 모두 쌓여 있었고, 가게에서와는 달리 전혀 질서가 없었다.

모든 것이 예술의 혼돈스런 상태를 보여 주었다. 대체로 경매장을 볼 때 우리가 느끼는 감정은 무섭다는 것이다. 그곳은 모든 면에서 장례 행렬과 비슷한 느낌을 준다. 그것이 거행되는 홀은 언제나 약간 음침하다. 가구와 그림들로 가로막힌 창문들이 은은하게 빛을 비추고, 얼굴에 침묵이 감돌고, 그리고 너무나 이상하게도 여기에서 마주친 불운한 예술품들에 추모의 노래를 부르며 망치를 두드리는 경매자의 장례식 목소리가 들린다. 이 모든 것이 이상하고도 불쾌한 인상을 훨씬 더 강화시키는 느낌이다.

경매가 한창 진행 중인 것 같았다. 품위 있는 사람들이 모두 함께 모여서 뭔가를 앞다투어 차지하기 위해 애쓰고 있었다. 사방에서 "루블, 루블, 루블"이 울려 퍼지고, 덧붙여진 금액을 반복할 여유도 경매인에게 주지 않았다. 그 가격은 이미 처음 불린 가격에서 네 배 오른 것이었다. 회화에 대해 조금이라도 아는 사람이면 누구나 발걸음을 멈추지 않을 수 없는 한 초상화를 에워싸고 군중이 웅성대고 있었다. 예술가의 수준 높은 붓 솜씨가 선명히 드러나 있었다. 초상화는 아마도 이미 몇 번 복원되고 새로워진 것 같았고, 품이 넓은 옷에 비범하고 이상한 표정을 지은 어떤 아시아인의 거무스름한 형체를 보여 주고 있었다. 그러나 무엇보다도 그걸 에워싼 사람들을 놀라게 한 것은 눈의 범상치 않은 생기였다. 더 깊이 들여다보면

---

47 그리스·로마 신화에 나오는 독수리의 머리와 날개에 사자 몸을 한 괴수.

볼수록, 그 눈이 각 사람의 내면을 더 깊이 들여다보는 것 같았다. 이 기이함, 예술가의 이 흔치 않은 초점이 거의 모든 사람의 주의를 끌었다. 이 그림을 두고 경쟁한 많은 이들이 이미 뒤로 물러났다. 가격이 믿을 수 없을 만큼 뛰었기 때문이다. 그런 작품의 구입을 결코 마다하지 않고자 하는 유명한 귀족이자 예술 애호가, 두 명만 남았다. 그들은 격앙되었고, 그 그림을 보던 사람 중 한 명이 갑자기 이렇게 말하지 않았다면 상상할 수조차 없는 가격을 불렀을 것이다.

"죄송하지만 제가 잠깐 여러분의 경쟁을 중단시켜도 될지요. 아마도 제가 다른 누구보다도 이 초상화에 대한 권리를 갖고 있는 것 같습니다."

이 말에 한순간 모든 이의 관심이 그에게 쏠렸다. 이 사람은 균형 잡힌 몸에 서른다섯 살쯤 되고 길고 검은 고수머리를 하고 있었다. 어떤 빛나는 평온함이 가득 한 유쾌한 얼굴에서, 사람을 피곤하게 하는 세상의 소용돌이와는 거리가 먼 영혼을 볼 수 있었다. 그의 복장에는 유행을 따른 것이 전혀 없었다. 모든 면에서 그가 예술가임을 알 수 있었다. 이 사람은 그 자리에 있는 많은 사람이 개인적으로 알고 있는 바로 예술가 B 씨였다.

"제 말이 여러분에게 아무리 이상하게 들린다 해도……." 그는 자신에게 쏠린 모든 이의 관심을 보고서 말을 이었다. "여러분이 저의 작은 이야기를 들어 주신다면, 제게 그 말을 할 권리가 있다는 걸 아시게 될 겁니다. 모든 정황으로 보건대 이 초상화가 바로 제가 찾고 있던 것이 분명하니까요."

진정으로 자연스러운 호기심이 거의 모든 사람의 얼굴에서 불일 듯 일어났고, 경매인 자신도 입을 벌리고 손에 망치를 든 채 멈춰서 그의 이야기를 들어 볼 기색이었다. 이야기 초반에는 많은 이들이 자기도 모르게 시선을 초상화에 돌렸으나, 이윽고 그의 이야기가 흥미진진해짐에 따라서 모두 이 이야기꾼을 뚫어지게 바라보게 되었다.

"여러분은 콜롬나라고 불리는 도시 구역을 잘 아시죠." 그렇게 그는 시작했다. "이곳은 모든 면에서 페테르부르크의 다른 지역과는 다르죠. 여기는 수도도 아니고 지방도 아니에요. 콜로멘스카야 거리로 이주하면 젊은 날의 온갖 욕망과 격정이 어떻게 우리를 떠나는지 들으셨겠죠. 여기에는 미래가 없고, 여기는 모두 적막하고 낙후되고 수도의 활기찬 움직임에서 멀리 떨어져 있지요. 여기로 거처를 옮기는 사람은 퇴역한 관리, 미망인, 원로원 의원[48]과도 친분이 있었기 때문에 이곳에 온 것에 대해 거의 평생 내내 자신을 저주하는 가난한 사람들, 하루 종일 시장을 하릴없이 쏘다니고 작은 가게에서 농민과 수다 떨고 매일 5코페이카의 커피와 4코페이카의 설탕을 먹는 은퇴한 요리사들이죠. 결국 이 부류는 한마디로 말하면 모두 '잿빛' 인간들인 거죠. 하늘에 뇌우도, 태양도 없고 날씨가 이도 저도 아니고, 한낮에 안개가 뒤덮여서 사물이 온갖 선명한 윤곽을 잃은 때처럼, 이 사람들은 옷, 얼굴, 머리, 눈에 어떤 우울한 잿빛을 띠죠. 여기에 은퇴한 극장표 안내인, 은퇴한 9등관, 혹은 시선이 찌를 듯하고 입을 벌린, 마르스가 양육하던 퇴역 군인[49]도 덧붙일 수 있지요. 이

---

48 19세기 페테르부르크에서 원로원은 입법부 업무와 함께 사법부 업무도 수행하였다.

49 원문의 표현인 '마르스의 피양육인'은 군인을 의미한다. 마르스는 전쟁의 신이다.

사람들에게는 전혀 열정이 없어요. 걸을 때는 어떤 것에도 눈길을 돌리지 않고, 아무 생각도 안 하고 침묵을 지키죠. 그들 방에는 세간살이가 거의 없고, 일시에 잔뜩 들이켜서 머리로 일시에 흘려보내는 것이 아니라 하루 내내 같은 방식으로 쪽쪽 빨아 마시는 순수한 러시아 보드카 병만 가끔 있지요. 반면 젊은 독일인 장인인 메샨스카야 거리의 용감한 사나이는 보통 일요일마다 보드카를 들이켜기를 엄청 좋아해서 밤 12시가 지나면 보도를 혼자 다 차지할 정도죠.

콜롬나의 삶은 무지 외로워요. 천둥소리, 뎅그렁 소리, 달그락 소리로 정적을 뒤흔들며 배우들이 타고 다니는 마차 외에 고급 카레 타는 보기 드물죠. 여기에선 모두 걸어 다녀요. 그래서 마부가 승객 없이, 자기의 털복숭이 말을 위해 건초를 끌며 터벅터벅 걷는 것을 흔히 볼 수 있지요. 아파트도 한 달에 5루블이면 구할 수 있지요. 심지어 아침에 커피가 나오는 집으로요. 연금을 받는 미망인들은 여기에서 가장 높은 귀족 축에 들어요. 그들은 몸가짐이 단정하고 집을 자주 청소하고 친구들과 쇠고기와 양배추 가격의 인상에 대해 이야기를 나누지요. 그들이 있는 곳엔 어린 딸, 역겨운 강아지, 시계추가 구슬피 움직이는 벽시계가 있고, 어린 딸들은 말없이 소리 없이 앉아 있고 그중 가끔 예쁘장한 애도 있지요.

그다음 콜롬나를 떠나는 게 수입 때문에 허락되지 않는 배우들도 있어요. 이들은 쾌락을 위해 사는 배우들처럼 자유로운 부류지요. 이들은 실내복을 입고 권총을 수리하고, 마분지에 풀을 붙여 집안일에 필요한 온갖 잡동사니를 만들고, 찾아온 친구와 체스와 카드놀이를 하고, 그렇게 아침을 보내고, 저녁도 가끔 펀치를 곁들일 뿐 거의 똑같이 보내지요.

이 알짜 그룹과 콜롬나의 귀족 다음으로 흔치 않은 어중이떠중이가 있지요. 그들에게 어떤 이름을 붙여 줘야 할지는, 오래된 식초에 생기는 온갖 곤충을 나열하는 것만큼 어렵지요. 여기엔 기도하는 노파, 술독에 빠진 노파, 기도도 하고 술독에도 빠진 노파, 칼린킨 다리에서 벼룩시장으로 낡은 옷가지와 속옷을 끌고 가서 15코페이카에 팔려고 하고, 말도 안 되게 적은 수단으로 생계를 꾸려 가는 노파들이 있어요. 한마디로 종종 어떤 선량한 정치경제학자도 그들의 처지를 개선할 방도를 찾을 수 없는 불행한 인간들이지요.

　제가 여러분에게 이 부류를 언급한 이유는, 단 한 번 갑자기 일시적인 도움을 받기 위해 대출을 받으러 가야 할 상황이 이들에게 얼마나 자주 생기는지를 보여 주기 위해서예요. 그때도 주민들 가운데 특별한 부류의 고리대금업자들이 살았는데, 이들은 물건을 저당 잡고 높은 이자로 적은 금액을 빌려주지요. 이 영세한 고리대금업자들이 부유한 고리대금업자들보다 몇 배나 더 무감각한 경우도 있어요. 이들은 가난과 거지들의 눈에 확 띄는 넝마와 같은 옷을 겪어 본 사람들이죠. 카레타를 타고 오는 손님들만 상대하는 부유한 고리대금업자는 이런 거지 넝마 같은 건 쳐다보지도 않아요. 그래서 영세한 고리대금업자들의 온갖 인간적인 감정은 너무 일찍 사라지는 겁니다.

　그런 고리대금업자 중 한 명이……. 다만 여러분께 말씀드리고 싶은 건 제가 지금 이야기할 사건은 지난 18세기, 즉 이미 고인이 되신 에카테리나 2세[50] 시대에 일어났다는 겁니다. 여러분도 잘 아시겠지만, 콜롬나의 모습과 그 안에서의 생활은 틀림없이 상당히 변했죠.

그런 식으로 살아가는 고리대금업자 중 한 명이 있었는데요. 그는 모든 면에서 범상치 않은 존재였고, 이 지역에 아주 오래전에 정착했지요. 그는 넓은 아시아풍 옷을 입고 다니고, 검은 얼굴색은 그가 남방 출신임을 말해 줬어요. 하지만 그가 정확히 어느 민족에 속하는지, 인도인인지 그리스인인지 페르시아인인지 아무도 몰랐어요. 드물게 큰 키, 거무스레하고, 빼빼 마르고, 햇볕에 탄 얼굴과 왠지 모르게 무서운 얼굴색, 범상치 않은 불길이 이글거리는 큰 눈, 처진 진한 눈썹으로 그는 수도의 모든 잿빛 주민과 확연하게 구별됐지요. 그의 거처 자체가 여느 작은 목조주택들과는 달랐어요. 이것은 언젠가 제노바[51] 상인들이 엄청나게 많이 지은 것과 같은 석조건물로, 불규칙하고 크기가 제각각인 창문, 쇠로 만든 덧창, 빗장이 있었죠.

이 고리대금업자는 가난한 노파에서부터 방탕하고 고명한 궁정 대신까지 누구에게든지 그가 원하는 만큼 돈을 빌려줄 수 있다는 점에서 여느 고리대금업자들과 달랐어요. 자주 그의 집 앞에 엄청나게 번쩍이는 마차들이 서 있는 게 보이고, 마차 창문으로 화려한 사교계의 귀부인 머리가 종종 보이기도 했지요. 그의 철제 궤짝에는 셀 수 없이 많은 돈, 귀금속, 다이아몬드, 온갖 저당물이 가득하지만, 그는 다른 고리대금업자들과는 달리 탐욕을 부리지 않는다는 소문이 널리 퍼져 있었어요. 그는 기꺼이, 언뜻 보기에는 채무자

---

50 에카테리나 2세Catherine II(1729~1796). 계몽 군주를 자처하였으나 유럽의 자유주의 혁명이 러시아에 전파되는 것은 철저히 금지하였다.

51 이탈리아 북부의 항구도시로 조선업과 그 외 기계, 철강, 철도 등의 공업이 발달하였다.

에게 아주 유리하게 납입 기한을 분할해서 돈을 꾸어 주었어요. 하지만 그는 어떤 이상한 계산법을 사용해서 이자가 어마어마하게 불어나게 했어요. 적어도 그런 소문이 있었지요. 하지만 무엇보다도 이상하고 많은 이들이 경악하지 않을 수 없었던 것은, 그에게서 돈을 빌린 사람들의 하나같이 기이한 운명이었어요. 이들 모두가 삶을 불행하게 마친 겁니다. 이게 그저 사람들이 하는 말인지, 어리석은 미신과 같은 억측 혹은 의도적으로 유포된 소문인지는 여전히 알 수 없어요. 하지만 얼마 안 되는 기간에 모두의 눈앞에서 벌어진 몇 가지 예는 정말 생생하고 충격적이었지요.

당시 귀족 중 훌륭한 집안의 한 청년이 곧 사람들의 주목을 받았습니다. 젊은 나이에 공무에서 탁월한 성과를 거두고, 진실되고 숭고한 것이라면 그것이 무엇이건 열정적인 보호자가 되고, 예술과 인간의 지성이 창조한 모든 것을 열렬히 옹호해서 그는 메세나[52]의 운명을 타고난 것 같았죠. 곧 그는 당연히 여제의 주목을 받아서 자신의 조건에 완전히 합당한, 매우 높은 자리에 앉게 되었어요. 그 자리에서 그는 학문과 일반적인 선을 위해 많은 것을 할 수 있었지요. 젊은 고관은 주위에 예술가, 시인, 학자 들을 불러 모았어요. 그는 모두에게 일자리를 주고 모두를 후원하고 싶어 했어요. 그는 자기 돈을 들여서 유용한 출판물을 많이 발간하고 많은 작품을 주문하고 격려하기 위해서 포상하고, 이 모든 활동을 위해 엄청난 돈을 지출해서 마침내 파산하고 말았어요. 그러나 그는 자비로운 충동에 이

---

52 고대 로마의 정치가이자 예술의 보호자였던 마에케나스Maecenas(기원전 70?-8). 그의 이름은 후대에 자비로운 예술 후원자의 대명사가 되었다.

끌려서 사방에서 돈을 빌리다가 급기야 이 유명한 고리대금업자에게 가게 되고, 그에게서 상당한 돈을 빌렸는데, 곧이어 사람이 완전히 돌변하고 말았지요. 발전하는 이성과 재능의 적이자 박해자가 된 겁니다. 모든 작품에서 그는 나쁜 면을 보게 되고, 모든 말을 왜곡해서 해석했습니다. 그때 불행히도 프랑스 혁명[53]이 일어났지요. 갑자기 이것이 그에게는 가능한 한 모든 추악한 일을 할 수 있게 하는 수단이 되었어요. 그는 모든 것에서 어떤 혁명의 기운을 감지하고 모든 것에서 암시를 느꼈습니다. 그는 마침내 자기 자신까지 의심할 정도로 의심이 많아져서 끔찍하고 부당한 고소장을 작성하고, 많은 이를 불행하게 했습니다. 그런 행동이 마침내 여제에게까지 전해지지 않을 수 없었다는 건 충분히 짐작하시겠죠. 자비로운 여제는 공포에 질리고, 왕들에게 부여되는 숭고한 영혼에 가득 차서 자신의 견해를 표명했습니다. 그 말이 완전히 정확하게 전해지지는 않지만, 그 심오한 의미는 많은 이의 가슴을 깊이 울렸지요. 여제의 견해를 정리해 보면, 군주의 통치 아래서는 숭고하고 고상한 영혼의 활동이 전혀 억압받지 않고 이성, 시, 예술의 창조물은 경멸당하고 박해받지 않습니다. 오히려 군주만이 그것들의 보호자가 되어 주었습니다. 셰익스피어, 몰리에르[54]는 군주들의 관대한 후원하에서 재능의 꽃을 피운 반면, 단테는 조국의 공화정에서 자신의 자리를 찾을 수 없

---

53 프랑스 혁명은 에카테리나 2세 시대(1762~1796) 중인 1789년에 발생하였다.
54 윌리엄 셰익스피어William Shakespeare(1564~1616). 영국 최고의 극작가이자 시인. 몰리에르Molière(1622~1673). 원래 이름은 장 바티스트 포클랭Jean-Baptiste Poquelin이며, 17세기 프랑스의 대표적인 희극작가.

었습니다. 진정한 천재는 추악한 정치적 현상과 공화정의 테러 시기가 아니라 빛나고 강력한 군주의 왕국에서 나타났으며, 테러 시대는 여태껏 단 한 명의 시인도 배출하지 못했습니다. 시인이자 예술가인 사람의 영혼은 흥분이나 불평이 아니라 평화와 아름다운 정적을 하늘로부터 부여받기 때문에 이들은 특별히 고귀한 존재로 구별될 필요가 있습니다. 학자, 시인, 그리고 모든 예술 창조자는 제국의 왕관에 박힌 진주이자 다이아몬드입니다. 그들에 의해 대제의 시대는 장식되고 더 큰 광채로 빛나게 됩니다. 한마디로 여제는 이 말씀을 하실 때 신성하시고 아름다우셨습니다. 저는 노인들이 눈물 없이는 이 말을 전할 수 없었던 것을 기억합니다. 모두 이 일에 적극 참여했지요.

저희의 민족적 자긍심을 더욱 높여 주는 일로서, 러시아인의 가슴에는 항상 박해받는 자의 편에 서고자 하는 아름다운 감정이 있음을 인정해야 합니다. 그래서 군주의 신뢰를 배신한 그는 공정하게 처벌되고 해임되었지요. 하지만 그에게 가해질 가장 끔찍한 벌은 같은 러시아인들의 얼굴에 적혀 있었습니다. 바로 그들의 단호하고 전면적인 경멸이었지요. 허영심에 가득 찬 그의 영혼이 얼마나 큰 고통을 당했는지 이루 말로 표현할 수 없어요. 교만, 기만당한 명예심, 파괴된 희망, 이 모든 게 뒤얽혀서, 그는 무서운 광기와 분노의 발작 속에서 생을 마감했지요.

다른 인상적인 예 역시 만인이 보는 앞에서 일어났습니다. 당시 저희 북방의 수도에 수없이 많았던 미인들 중 한 명이 단연 최고의 미인 자리를 차지했지요. 이 여인은 신비롭게도 우리 북방의 미와 남방 지중해[55]의 미를 동시에 타고난, 세상에서 보기 드문 다이

아몬드였지요. 저의 아버지는 그렇게 출중한 미인은 평생 본 적이 없다고 인정하셨지요. 엄청나게 많은 구혼자가 몰려들고, 그중 누구보다 더 눈길을 끈 구혼자는 R 공작이었습니다. 그는 매우 고귀하고, 젊은이 중 젊은이이고, 외모에서도 기사도적인 관대한 열정에 있어서도 가장 아름답고, 소설과 여인들의 최고의 이상이고, 모든 면에서 그랜디슨이었지요.[56] R 공작은 열정적이고 광적으로 사랑에 빠졌어요. 그녀도 똑같이 불같은 사랑으로 반응했어요. 하지만 친척들이 보기에 이 연인들의 신분이 달랐어요. 공작 집안의 세습재산은 이미 오래전에 사라지고, 가문은 황제의 총애를 잃고, 그의 여의치 않은 상황이 모두에게 알려졌지요. 갑자기 공작은 자신의 처지를 좋게 하기 위해서인 듯 잠시 수도를 떠났는데, 얼마 지나지 않아 믿을 수 없을 만큼 호화롭고 빛이 번쩍거리는 복장을 하고 나타난 거예요. 빛나는 무도회와 연회로 그는 궁정에도 알려졌어요. 미인의 아버지가 갑자기 호의적으로 변해서 온 도시에서 가장 관심을 끄는 결혼식이 거행되었어요. 약혼자의 그런 변화와 들어 본 적도 없을 만큼 많은 재산이 어디에서 난 것일까. 누구도 이걸 설명할 수 없었어요. 하지만 사람들은 그가 그 이해하기 어려운 고리대금업자와 어떤 계약을 맺고 그에게서 돈을 빌린 것이라고 뒤에서 숙덕거렸지요. 어

---

55 직역하면 '한낮Полудень'. 러시아 낭만주의에서 러시아는 어두운 밤과 차가운 죽음의 북방으로, 반면에 지중해 주변의 이탈리아와 그리스는 태양이 빛나는 대낮과 생명이 약동하는 남방으로 인식됨.

56 새뮤얼 리처드슨Samuel Richardson(1689~1761)의 소설 「찰스 그랜디슨 경의 역사The History of Sir Charles Grandison」(1753~1754)의 주인공. 용모, 성품, 예의, 재산, 사회적 위치 등 모든 면에서 완벽한 청년으로서 유럽과 러시아 여성 독자들의 이상형이 되었다.

쨌건 결혼식으로 온 도시가 들썩이고, 신랑과 신부는 시샘의 대상이 되었지요. 그들의 뜨겁고 신실한 사랑, 양쪽 모두 이겨 낸 지루했던 오랜 기다림, 양쪽의 숭고한 자질들이 모두에게 알려졌어요. 불같은 성격의 여인들은 젊은 부부가 누릴 천상의 행복을 미리 그려보았지요.

그런데 모든 것이 전혀 다른 식으로 되었어요. 1년 만에 남편에게 무서운 변화가 나타난 겁니다. 전에는 숭고하고 아름다웠던 성격이 아내를 의심하는 질투, 성급함, 지칠 줄 모르는 변덕으로 돌변했어요. 그는 아내를 고통스럽게 하는 폭군 같은 존재가 되었고, 어느 누구도 예상하지 못한 가장 비인간적인 행동, 심지어 구타까지 서슴지 않게 되었어요. 얼마 전까지만 해도 기꺼이 순종하겠다는 추종자들을 불러 모았던 그 빛나는 여인이 1년 만에 어느 누구도 알아볼 수 없게 변해 버렸어요. 마침내 더 이상 자신의 불행한 운명을 참을 수 없게 된 그녀가 먼저 이혼 이야기를 꺼내자, 남편은 그 생각만으로도 광분했어요. 그가 분노해서 맨 처음 한 행동은 당장 칼을 들고 그녀 방으로 뛰어드는 것이었고, 그를 붙잡아 저지하지 않았다면 그는 틀림없이 그녀를 찔렀을 거예요. 광란과 절망의 충동에 못이겨서 그는 칼을 자기 쪽으로 돌리고, 가장 끔찍한 고통 속에 생을 마쳤지요.

만인이 지켜보는 가운데 일어난 이 두 사건 외에 하층계급에서 일어난 사건들 역시 부지기수였지요. 이야기인즉슨, 거의 모두 끔찍한 결과를 가져왔어요. 정직하고 건실했던 사람은 주정뱅이가 되기도 하고, 가게 점원은 자기 주인을 도둑질하기도 하고, 몇 년 동안 정직하게 마차를 몰던 마부가 돈 몇 푼에 승객을 찔렀다고도 해요.

초상화

종종 사건을 전할 때는 뭔가 덧붙여지기 마련이지만, 그런 사건들이 콜롬나의 소박한 주민들에게 무의식적인 공포심을 불러일으키지 않을 턱이 없지요. 이 사람에겐 악한 힘이 있다는 것을 누구도 믿어 의심치 않았어요. 그는 듣기만 해도 머리털이 곤두서고 이후 불행에 빠진 사람이 다른 사람에게는 결코 전하지 못할 그런 조건을 제시하고, 그의 돈은 불에 타는 속성이 있어서 저절로 뜨거워지고 이상한 표식이 되어 있다고들 했어요······.

한마디로 온갖 말도 안 되는 소문들이 많이 돌았지요. 모든 콜롬나 주민, 가난한 노파, 비천한 관리, 비천한 예술가, 한마디로 우리가 지금까지 언급한 온갖 비천한 사람들로 가득 찬 이 사회 전체가, 이 무서운 고리대금업자에게 가느니 차라리 최후의 극단적인 상황을 견디고 이겨 내는 게 낫다는 데 의견이 일치했어요. 심지어 영혼을 죽이느니 몸을 죽이는 게 낫다는 데 동의하고 굶주려 죽은 노파도 발견됐지요. 길에서 그와 마주칠 때면 사람들은 자기도 모르게 공포에 떨었어요. 행인은 옆으로 길을 비키고, 그가 지나간 뒤에는 오랫동안 뒤돌아보며, 멀찍이 사라지는 엄청나게 거대한 형상을 눈으로 좇았지요. 그 형상에는 너무나 범상치 않은 뭔가가 있어서 저마다 자기도 모르게 그를 초자연적인 존재로 간주하게 되었어요. 인간에게서는 찾아보기 어려울 정도로 매우 깊이 각인된 이 강렬한 형체들, 즉 이 뜨거운 청동색 얼굴, 이 엄청나게 무성한 눈썹, 참을 수 없을 만큼 무서운 눈, 심지어 그의 아시아풍 옷의 엄청나게 넓은 주름까지, 이 모든 것이 이 몸 안에 요동치는 욕망 앞에서 다른 이들의 욕망은 모두 무색해질 거라고 말하는 듯했어요. 저의 아버지는 그를 만날 때면 언제나 제자리에 서서 꼼짝 않고, '악마, 완전히 악마야!'라고 말하지 않을 수 없었어요. 그런데 빨리 여러분에게 제 아버지를 소개해 드려야겠군요. 사실 이 이야기의 진짜 주인공이니까요.

저의 아버지는 모든 면에서 탁월한 분이셨어요. 아주 보기 드문 예술가로서, 루시만이 자신의 광활한 품 안에서 낳을 수 있는 그런 기적 중 하나였지요. 그는 어떤 스승과 학교도 없이 독학으로 마음 깊이 스스로 규칙과 법을 탐색하고, 오직 완성에 대한 열망에 가득 차고, 자기도 알 수 없는 이유로 영혼이 가리키는 한 길로만 걸어가는 예술가였어요. 그는 동시대인들이 자주 '무식한 놈'이라며 모욕하고 무시하지만, 그런 비방과 자신의 실패에도 불구하고 열정이 식지 않고 오직 새로운 열정과 힘을 얻으며, 자신이 무식한 놈이라고 불리게 만든 자기 작품들로부터 이미 마음에서는 멀리 떠나 있는, 자연의 기적 중 하나였습니다.

그는 숭고한 내적 충동을 통해 각 대상에 사상이 담겨 있음을 깨달았습니다. 그 스스로 '역사화'[57]라는 단어의 진정한 의미를 파악하고, 왜 라파엘로, 레오나르도 다빈치, 티치아노, 코레조가 그린 단순한 머리, 단순한 초상화를 역사화라고 부를 수 있는지, 왜 역사적인 내용의 거대한 그림이, 예술가가 그것은 역사화라고 주장한다 해도, 세태화가 되는지를 파악했어요. 내면의 감정도 자기 확신도 모두 그의 붓을 기독교적인 소재로, 숭고함의 가장 높은 경지로 이끌었지요. 그에게는 명예욕이나, 모든 예술가의 성격에서 떼려야 뗄 수

---

57 성경과 신화의 주제를 포함하여 기념비적인 역사 장면들을 그린 회화. 17세기 플라망드 유파의 루벤스, 반 다이크 등의 역사화가 유명하다.

없는 성급하고 예민한 성격이 없었어요. 이 사람은 강인한 성격에 정직하고 의로웠는데, 여기에 무뚝뚝하고, 겉은 약간 딱딱한 껍질로 싸여 있고, 마음이 약간 교만하고, 사람들을 약간 내려다보고 날카롭게 대하는 면도 있었지요.

'내가 왜 그들을 의식해야 해?' 그는 종종 말했어요. '나는 그들을 위해 일하는 게 아니야. 사람들은 내 그림을 자기 응접실로 가져가지 않고 교회에 둘 거야. 나를 이해하는 자는 내게 감사할 것이고, 설사 이해하지 못한다 해도 신에게 기도할 거야. 세상 사람이 그림을 이해하지 못해도 그를 비난할 게 없어. 대신에 그는 카드놀이를 이해하고, 훌륭한 와인에서, 말들에서 의미를 찾을 거야. 신사가 왜 그 이상 알아야 해? 게다가 이것저것 시도하고 똑똑해지려고 하다 보면 집도 사라질 거야! 저마다 자기 길이 있고, 저마다 자기 일에 종사하게 해야지. 내 생각에는 위선자가 되어서 자기가 알지도 못하는 걸 아는 척해서 해를 입히고 일을 망치기보다는 자기가 잘 모른다는 것을 직접 말하는 게 더 나아.'

그는 적은 보수를 받고 일했습니다. 즉 그가 가족을 부양하고 일하는 데 필요한 만큼의 보수만 받았어요. 그 외에 그는 어떤 경우에는 다른 사람을 돕고 가난한 예술가에게 도움의 손길을 내미는 걸 마다하지 않았지요. 그는 조상들의 단순하고 독실한 신앙을 믿었고, 그로 인해 그가 묘사하는 그림들에는 빛나는 천재들도 도달할 수 없는 숭고한 표정이 저절로 나타났습니다.

마침내 지속적인 노동과 스스로 정한 길을 꾸준히 걸어간 것에 대해서, 그는 자기를 무식한 놈이자 세상 물정 모르는 독학자라며 비방했던 사람들에게서 존경을 받기 시작했어요. 교회에서 계속

해서 그에게 주문하고, 그의 작업은 끊이지 않았지요.

그가 맡은 일 중 하나가 그를 강하게 사로잡았습니다. 소재가 정확히 뭐였는지는 기억이 가물가물하지만, 그 그림에 어둠의 영을 그려 넣어야 했던 것은 분명해요. 그는 그것에 어떤 형상을 부여할지 오랫동안 고심했습니다. 그는 그 얼굴에 인간을 무겁게 짓누르는 것을 모두 묘사하고 싶었어요. 그런 구상을 하던 중 비밀에 싸인 고리대금업자의 형상이 가끔 그의 뇌리를 스치고, 그는 자기도 모르게 '바로 저자 안에 있는 사탄을 그려야 할 텐데'라고 생각했지요.

그런데 어느 날 자기 화실에서 작업을 하고 있는데 문에 노크 소리가 들리고 뒤이어 바로 그 끔찍한 고리대금업자가 들어오는 것이었어요. 그 순간 그가 얼마나 놀랐는지 상상해 보세요. 그는 자기도 모르게 제 몸을 훑고 지나가는 마음의 전율을 느끼지 않을 수 없었어요.

'네가 화가야?' 그는 전혀 예의를 차리지 않고 제 아버지에게 말했지요.

'화가요.' 아버지가 당황하며 말하고, 그다음 무슨 일이 일어날지 기다렸어요.

'좋아. 내 초상화를 그려 줘. 난 곧 죽을 건데 자식이 없어. 난 전혀 죽고 싶지 않고, 살고 싶어. 내가 완전히 살아 있는 것처럼 초상화를 그릴 수 있을까?'

저의 아버지는 생각했죠. '뭐가 더 좋을까? 그가 직접 내게 사탄을 그려 달라고 부탁하는데.' 그는 약속했어요. 그들은 시간과 가격에 합의하고, 그다음 날 제 아버지가 팔레트와 붓을 들고 그의 집에 갔어요.

높은 저택, 개, 철문, 빗장, 아치형 창문, 옛날식 양탄자로 덮인 궤짝들, 그리고 마지막으로 미동도 하지 않고 그 앞에 앉아 있는 이 범상치 않은 주인, 이 모든 것이 그에게 이상한 인상을 불러일으켰어요. 창문은 일부러인 듯 가려지고 밑에서부터 물건이 잔뜩 쌓여서 빛이 위로부터만 비치고 있었어요. '제기랄, 그의 얼굴에 이렇게 조명이 잘 되다니!' 그는 혼자 중얼거리고서 행운과도 같은 조명이 사라질까 봐 조바심이 난 듯이 열정적으로 그림을 그리기 시작했어요. '엄청난 힘이야!' 그는 혼자 되뇌었어요. '그를 지금 있는 그대로의 모습에서 절반만 묘사해도, 그는 내가 그린 모든 성인과 천사들을 죽여 버릴 거야. 그들은 그 앞에서 창백해질 거야. 얼마나 악마적인 힘인가! 조금이라도 자연에 충실하게 그리면, 그는 내 캔버스에서 뛰쳐나올 거 같아. 얼마나 범상치 않은 형상인가!' 그는 열의를 다지며 끊임없이 되뇌고, 일부 형태가 어떻게 캔버스에 옮겨지는지 스스로 보았지요. 그러나 그가 그것들에 다가가면 갈수록, 자신도 이해할 수 없는, 고통스럽게 짓누르는 불안감이 더 많이 느껴졌어요. 그럼에도 불구하고, 그는 말 그대로 정확하게, 눈에 잘 안 띄는 형태와 표정까지 모두 묘사하기 시작했어요. 무엇보다 먼저 그는 눈을 묘사하는 데 몰두했어요. 이 눈에는 도저히 정확히 옮길 수 없을 것 같은 힘이 있었어요. 그러나 그것이 무엇이건 그는 눈에서 아주 작은 형체와 음영까지도 묘사하기로 결심하고서 그 비밀을 추적하기 시작했어요……. 그러나 그가 붓으로 그것들을 더 깊이 묘사해 들어가면 갈수록, 그의 내면에서 너무나 이상한 혐오감, 너무나 이해할 수 없는 짓누르는 중압감이 느껴져서, 얼마간 붓을 놓았다가 다시 들어야 할 정도였어요. 마침내 그는 더 이상 참을 수가 없었어요. 이 눈이 자기 영혼에 파고들어서 자기도 이해할 수 없는 불안감을 불러일으키는 것을 느꼈지요.

그다음 날, 세 번째 날에는 이 감정이 훨씬 심해졌어요. 그는 무서워졌어요. 붓을 던지고 더 이상 못 그리겠다고 단호하게 말했지요. 이 말에 이상한 고리대금업자가 어떻게 변했는지 여러분도 봤어야 해요. 그자가 그의 발에 몸을 던지고서 말하기를, 자신의 운명과 이 세상에서의 삶이 이것에 달려 있고, 이미 화가가 그의 붓으로 자신의 살아 있는 형체를 건드렸으며, 만일 그가 그것을 충실하게 옮기기만 하면 자기 생명은 초자연적인 힘에 의해 초상화에 유지될 것이고, 자기는 그것을 통해 영원히 죽지 않을 것이며, 자기는 이 세상에 존재할 필요가 있다는 것이었어요. 제 아버지는 그 말을 듣고 공포에 질렸어요. 그 말이 그에겐 너무나 이상하고 무섭게 느껴져서, 그는 붓도 팔레트도 버리고 그 집에서 바로 황급히 뛰쳐나갔어요.

이 생각이 밤낮으로 그를 불안에 떨게 했는데, 아침에 그는 고리대금업자로부터 초상화를 받았어요. 고리대금업자의 집에서 일하는 유일한 존재인 어떤 여자가 그에게 그것을 들고 와서는, 주인은 이 초상화를 원치 않으니 그것에 대해 아무 대가도 주지 않고 반송하는 거라고 선언하는 것이었어요. 그날 저녁 무렵 그는 고리대금업자가 사망했고, 이미 그의 종교 관례에 따라서 그를 매장할 준비를 하고 있다는 걸 알게 되었어요.

이 모든 것이 그에게는 뭐라 말로 설명할 수 없이 이상하게 들렸어요. 그런데 이때부터 그의 성격에 눈에 띄는 변화가 나타나기 시작했어요. 그는 자기가 이유를 알 수 없는 불안과 걱정 근심에 가득 차는 걸 느끼고, 곧이어 아무도 그에게서 기대하지 못한 그런 행동을 하기 시작한 겁니다. 얼마 안 가서 그의 제자 중 한 명의 작업이 소규모 전문가들과 애호가들의 주목을 받기 시작했어요. 제 아버지는 그에게 재능이 있다고 생각하고 언제나 그에게 특별한 관심을 기울여 왔어요. 그런데 갑자기 그에게 질투를 느끼기 시작하신 겁니다. 그에 대한 만인의 관심과 평가를 참을 수 없게 되신 거지요.

마침내 그의 제자에게 새로 건축된 부유한 교회에 걸 그림이 제안된 것을 알게 되자 그는 당혹스러웠어요. 이 제안에 그는 폭발했어요. '아냐, 젖먹이 어린아이가 의기양양해지게 내버려 둬서는 안 되지!' 그가 말했어요. '이봐, 노인들을 진흙탕에 처넣을 생각이군! 아직, 다행히, 내게는 힘이 있어. 누가 누구를 진흙탕에 처박는지 한번 보자고.'

이 솔직담백하고 정직한 사람이 이전에 늘 경멸해 온 음모와 계략을 꾸미기 시작했어요. 마침내 그는 그림 콩쿠르가 공표되고 다른 예술가들도 자기 작품을 가지고 참여할 수 있게 하는 데 성공했어요. 이후 그는 자기 방에 들어가 문을 걸어 잠그고 열정적으로 붓을 움직이기 시작했어요. 그의 모든 힘, 자신의 모든 것을 여기에 끌어모으고 싶어 하는 것 같았어요. 정말로 그의 가장 훌륭한 작품들 가운데 한 편이 세상에 나왔어요. 어느 누구도 일등상이 그에게 갈 것을 의심하지 않았지요. 그림들이 진열되었는데, 다른 그림은 모두 그의 그림 앞에서 마치 한낮 앞의 밤처럼 보였지요.

그런데 갑자기 그 자리에 있던 일원 중, 제가 착각한 게 아니라면 성직자 한 명이 모두 깜짝 놀랄 만한 지적을 했어요. '이 예술가의 그림에는 물론 재능이 많습니다.' 그가 말했어요. '하지만 그 얼굴에 거룩함이 없습니다. 오히려 악마적인 감정이 예술가의 손을 움직인 것처럼 눈에 악마적인 뭔가가 배어 있기까지 합니다.' 모두 그림을 바라보고서 이 말이 사실임을 인정하지 않을 수 없었어요. 제 아버지는 그런 모욕적인 지적을 확인하기 위해서 자기 그림을 향해 앞으로 튀어나왔지요. 그리고 끔찍하게도 자신이 거의 모든 형상에 고리대금업자의 눈을 그려 넣었다는 것을 알게 된 거예요. 그 눈들이 너무나 악마적이고 파괴적이어서 그 자신도 자기도 모르게 몸서리를 쳤어요. 그림은 거부되고, 그는 자기 제자가 일등상을 받게 되었다는 말을 듣고 말할 수 없이 당혹했어요.

그가 집에 돌아올 때의 광적인 상태는 말로 표현할 수 없을 정도였어요. 그는 거의 어머니와 자녀들을 때릴 뻔하고, 벽에서 고리대금업자의 초상화를 떼어 내고 칼을 달라고 하고는 난로에 불을 지피도록 지시했어요. 그것을 갈기갈기 찢어서 불에 태울 작정이었던 거지요.

그런데 이걸 실행하려는 순간 친구가 방에 들어왔어요. 그도 예술가이고 항상 자신에 만족하고 어떤 원대한 갈망도 감당하지 못하고 부닥치는 대로 즐겁게, 그리고 식사와 연회 이후에는 더욱 기쁘게 작업하는 사람이었죠.

'뭐 하는 건가, 태우려는 건가?' 그가 말하고 초상화에 다가갔어요.

'그만둬. 이건 자네 작품 중 가장 훌륭한 것 중 하나야. 이건 얼마 전에 죽은 고리대금업자로군. 이건 아주 완성도 높은 작품이야. 자넨 그의 눈썹이 아니라 바로 그의 눈에 들어갔다 나온 것 같군. 어떤 눈도 자네 작품의 눈처럼 그렇게 생기 있게 그린 적은 없을 거야.'

'이제 그것들이 불 속에서 어떻게 바라보는지 한번 보고 싶군.'

아버지가 그것을 난로에 던질 기세로 말했지요.

'그만둬, 제발!' 친구가 그를 붙들고 만류했어요. '그게 그렇게 자네 눈엣가시 같으면, 차라리 내게 줘.'

아버지는 처음엔 고집을 부렸으나, 마침내 동의하고 말았어요. 그리고 활달한 친구는 자기의 수확에 완전히 만족해서 초상화를 끌어서 가져갔지요.

그런데 그가 떠나자마자 제 아버지는 갑자기 더 평온해지는 걸 느꼈어요. 정말 그 초상화와 함께 그의 영혼에서 무거운 짐이 떨어져 나간 것 같았어요. 자기도 자신의 악한 감정, 자신의 질투와 자기감정의 선명한 변화에 깜짝 놀라고 말았어요. 자기 행동을 곰곰이 생각해 보고서 그는 영혼에 슬픔을 느끼고 비애를 느끼며 말했지요.

'아냐, 이건 신이 나를 벌하신 거야. 내 그림이 수치를 당한 건 당연해. 그것은 형제를 파멸시킬 목적으로 구상된 거야. 질투라는 악마적인 감정이 내 붓을 움직이고, 그 감정이 그것에 반영될 수밖에 없었던 거야.'

그는 지체 없이 이전의 제자를 찾아가서, 그를 꽉 껴안고 그에게 사과를 구하고 그 앞에서 자신의 죄를 씻을 수 있는 한 씻으려고 노력했어요. 그의 그림들은 이전처럼 평온하게 그려졌고요. 그러나 그의 얼굴에 더 자주 깊은 상념의 흔적이 나타나게 되었어요. 그는 더욱 기도하고, 더욱 자주 말이 없어지고, 사람들에 대해 그렇게 날카롭게 표현하지 않게 되었지요. 그의 성격의 가장 무례한 면도 좀더 부드러워지고요.

그런데 곧 어떤 상황이 그를 더욱 소름 끼치게 했어요. 그는 초상화를 가져간 친구를 이미 오랫동안 보지 못했지요. 그래서 그를 만나러 갈 참이었는데, 갑자기 그가 직접 예기치 않게 그의 방에 들어왔어요. 몇 마디 말과 양쪽 질문이 오고 간 뒤에 친구가 말했지요.

'그런데 이봐, 자네가 그 초상화를 태우려고 한 건 괜한 게 아니었어. 제기랄, 그것엔 뭔가 이상한 게 있어……. 난 마녀의 말을 믿지는 않아. 하지만 자네가 믿건 말건 자유지만, 그 그림엔 악마의 힘이 있어…….'

'어떻게?' 제 아버지가 말했지요.

'내가 그것을 방에 걸어 놓은 순간부터 어떤 우수를 느끼게 됐어……. 누군가를 칼로 찌르고 싶은 기분이 들고. 내 평생 그런 불면증은 처음 겪었어. 그런데 이제 불면증뿐 아니라 이상한 꿈까지 체험했어……. 나 자신도 이게 꿈인지 아닌지 알 수가 없어. 집귀신이 날 질식시키려고 한 것 같고, 망할 놈의 노인이 어른거렸어. 한마디로 자네에게 내 상태를 말로 전할 수가 없어. 내게 그런 일은 결코 없었어. 나는 요즘 실성한 것처럼 돌아다녔어. 어떤 두려움과 뭔가에 대한 불쾌한 예감에 사로잡혀서. 누구에게도 즐겁고 진실한 말을 할 수 없는 걸 느꼈어. 정확히 내 옆에 어떤 스파이가 앉아 있는 것 같더라고. 그런데 초상화를 졸라 댄 조카에게 그걸 건네준 순간 갑자기 돌이 어깨에서 굴러떨어진 것 같았어. 보다시피 갑자기 즐거워지는 걸 느꼈지. 이봐, 자네는 악마를 만들어 낸 거야!'

이 이야기를 하는 동안 저의 아버지는 그의 말을 주의 깊게 집중해서 듣고는 마침내 물었어요.

'초상화가 아직 자네 조카에게 있나?'

'조카에게 있냐고? 그도 참질 못했어.' 활달한 친구가 말했지요. '고리대금업자의 영혼이 그림 속으로 들어간 것을 안 거지. 그자가 액자에서 튀어나와서 방을 돌아다니더라는 거야. 조카가 말하는 게 이성적으로는 이해가 안 돼. 내가 직접 경험하지 않았다면 그를 미친 사람 취급했을 거야. 그는 그것을 어떤 그림 수집가에게 팔았고, 그도 그것을 못 견디고 누군가에게 넘겼대.'

이 이야기는 제 아버지에게 강한 인상을 남겼어요. 그는 진지한 상념에 잠기고 우울증에 빠지고, 그의 붓이 악마의 무기로 사용된 것을 마침내 완전히 확신하게 되었지요. 고리대금업자의 생명의 일부가 실제로 어떤 식으로든 초상화에 들어가서, 이제 사람들을 불안하게 하고 악한 충동을 불러일으키고 예술가를 옆길로 새게 하고 무서운 질투의 고통을 불러일으키고 있다는 걸.

그 후 일어난 세 가지 불행, 세 사람의 갑작스러운 죽음, 즉 자기 아내, 딸, 어린 아들의 죽음을 그는 자신에 대한 하늘의 형벌로 여기고, 바로 속세를 버리기로 결정했습니다. 제가 아홉 살이 되었을 때 그는 저를 예술 아카데미에 입학시키고, 모든 채무자에게 돈을 갚은 뒤 한 외진 수도원에 들어가서, 곧 수도사가 되었지요. 그곳에서 그는 엄격한 삶, 모든 수도원 규칙을 철저히 준수하는 것으로 모든 형제를 놀라게 했어요. 수도원장은 그의 그림 솜씨를 알고서 그에게 교회의 중요한 형상을 그려 주기를 요청했어요. 그러나 겸손해진 형제는 자기는 붓을 들 자격이 없고, 자기 붓은 더러워졌으며, 그 일에 착수할 자격을 얻기 위해서는 노동과 위대한 희생을 통해서 먼저 자기 영혼을 정화시켜야 한다며 단번에 거절했어요. 사람들은 그에게 강요하고 싶지 않았고요.

그는 스스로 가능한 한 수도원 생활의 엄격한 규율을 강화시켰습니다. 마침내 그에게는 그것도 충분히 엄격하지 않은 것이 되었지요. 그는 완전히 혼자가 되기 위해서 수도원장의 축복을 받으며 멀리 광야로 갔어요. 그곳에서 나뭇가지로 오두막을 짓고 생뿌리로만 연명하고 이 장소에서 저 장소로 돌들을 끌어 옮기고 아침놀에서 저녁놀 때까지 하늘을 향해 손을 들어 올리고 끝없이 기도문을 외우며 한 장소에 서 있었어요. 한마디로, 가능한 한 최고의 인내와 도달하기 어려운 자기 부인의 경지를 추구하는 것 같았습니다. 그런 식으로 그는 오랫동안 몇 년에 걸쳐서 자기 몸을 쇠약하게 하는 동시에 기도의 생명력으로 몸을 단련했습니다.

마침내 어느 날 그가 수도원에 들어와서 수도원장에게 단호하게 말했습니다. '이제 저는 준비 됐습니다. 하느님께서 원하신다면 제 임무를 완수하겠습니다.' 그가 선택한 소재는 예수의 탄생이었어요. 1년 내내 그는 자기 오두막에서 나가지 않고 아주 소박한 식사만 하고 끊임없이 기도하면서 그 작업을 했습니다. 1년이 되어서 그림이 완성되었지요. 이것은 완전히 붓의 기적이었습니다. 형제들도, 수도원장도 그림에 별로 조예가 없었다는 것을 아셔야 해요. 하지만 모두가 형상들의 범상치 않은 거룩함에 깜짝 놀랐지요.

아기 예수에게 몸을 굽히고 있는 지극히 성결한 어머니의 얼굴에 깃든 경건한 겸손과 온화함, 마치 먼 곳의 무언가를 꿰뚫어 보는 듯한, 거룩한 아기의 눈에 깃들인 심오한 지혜, 신성한 기적에 감탄하며 그의 발치에 몸을 굽힌 황제들의 의기양양한 침묵, 그리고 마지막으로 그림 전체를 감싸는 말로 표현할 길 없는 거룩한 정적, 이 모든 것이 그토록 조화로운 힘과 미의 위력을 발휘해서 거의 마술과 같은 인상을 불러일으켰지요. 모든 형제가 새로운 형상 앞에 무릎을 꿇었고, 온화해진 수도원장이 말했어요. '아니요. 사람이 단지 인간적인 예술의 도움으로는 그런 그림을 그릴 수 없지요. 거룩하고 숭고한 힘이 당신의 붓을 인도하고, 하늘의 축복이 당신의 작품에 내린 것입니다.'

그 무렵 저는 아카데미 수업을 마치고 금메달을 받고 그와 함께 20세 예술가의 최고의 꿈인 이탈리아 여행의 기회를 얻고서 기쁨과 희망에 가득 차게 되었어요.[58] 제겐 이미 20년 동안 떨어져 지낸 아버지와 작별 인사를 나누는 일만 남았지요.

솔직히 아버지의 모습 자체가 제 기억에서 사라진 지 오래였어요. 저는 이미 여러 번 그의 엄격하고 경건한 삶에 대해 들었고, 자기 오두막과 기도 외에는 세상 모든 것과 담을 쌓고 지속적인 금식과 고행으로 허약해지고 노쇠해진 은둔자의 냉담한 모습을 보게 될 거라고 상상했지요.

그런데 제 앞에 아름답고 거의 신성에 가까운 노인이 나타났을 때 얼마나 놀랐는지요! 그의 얼굴에서 노쇠의 기색은 전혀 찾아볼 수 없고, 그는 빛나는 천국의 기쁨으로 빛나고 있었어요. 눈처럼 하얀 수염과 같은 은빛에 거의 공기처럼 가벼운 머리카락이 그림처럼 멋지게 그의 가슴과 검은 수도복의 주름에 흩어지고, 초라한 수도복에 매인 허리끈까지 내려왔어요. 하지만 제게 무엇보다도 놀라웠던 것은 그의 입술에서 예술에 대한 말과 생각을 들은 것이었어요. 솔직히 저는 예술을 제 영혼에 오래도록 간직할 것이고, 저의 모

---

58 당시 상트페테르부르크 미술 아카데미는 정기적으로 콩쿠르를 개최하고 금메달 수상자에게 이탈리아 국비유학의 특전을 주었다.

든 동포가 저와 같은 일을 하기를 바랍니다.

'나는 너를 기다렸단다, 아들아.' 제가 그의 축복을 받기 위해 다가가자 그가 말했습니다. '네게는 지금까지 네 삶이 흘러온 길이 놓여 있다. 네 길은 순수하니, 그것에서 벗어나지 말아라. 네겐 재능이 있어. 재능은 신이 주신 가장 귀중한 선물이니, 그것을 죽이지 말아라. 보이는 건 뭐든지 연구하고 공부하거라. 붓의 모든 것을 습득하거라. 하지만 모든 것에서 내적인 이념을 발견하고 더 자주 창조의 숭고한 비밀을 파악하기 위해 노력하거라. 그 비밀을 지닌 선택받은 자는 행복하다. 그의 시각에서 자연에는 비천한 대상이 없단다. 예술가라는 창조자는 위대한 것에서 위대한 만큼, 보잘것없는 것에서도 위대하단다. 경멸할 만한 것에도 그에게는 이미 경멸할 것이 없단다. 창조자의 아름다운 영혼이 보이지 않는 가운데 그 대상 속으로 들어가기 때문이다. 경멸할 만한 것도 영혼의 정화소를 통과했기 때문에 숭고한 표현을 얻게 된단다. 인간에게 신성한 천상의 낙원을 암시하는 것이 예술이고, 바로 그래서 예술은 그 어느 것보다 높단다. 의기양양한 평안이 세상의 온갖 흥분보다 높은 만큼, 창조가 파괴보다 높은 만큼, 순결과 순수함으로 빛나는 영혼을 지닌 천사가 사탄의 셀 수 없을 정도로 많은 힘과 교만한 욕망보다 높은 만큼, 그만큼 숭고한 예술 작품은 세상에 있는 그 어느 것보다 높단다.

모든 것을 예술의 희생양으로 바치고 그것을 온 열정을 다해 사랑하거라. 지상의 탐욕으로 숨 쉬는 욕망이 아니라 고요한 천국의 욕망으로 말이다. 그 욕망이 없이는 인간이 지상으로부터 비상할 힘이 없고, 평안의 신비로운 소리를 낼 수 없단다. 모든 이들의 평안과 화해를 위해서는 숭고한 예술 작품이 세상에 내려와야 하기 때문이

초상화

다. 그것은 마음에 불만을 일으키지 않고, 낭랑한 기도로 영원히 신을 향해 나아갈 것이다. 그러나 어두운 때, 그런 때도 있단다……'

그가 말을 멈추었고, 저는 그의 밝은 얼굴이 갑자기 어두워진 것을 보았지요. 마치 어떤 한순간의 구름이 그를 엄습한 것 같았어요.

'내 삶에는 한 가지 숙제가 있단다.' 그가 말했어요. '지금까지도 내가 묘사한 그 이상한 형상이 무엇이었는지 이해할 수가 없구나. 이것은 분명히 악마적인 현상이었다. 난 세상이 악마의 존재를 부정하는 걸 안다. 그래서 그것에 대해서는 말하지 않겠다. 하지만 난 그를 묘사할 때 혐오감을 느꼈고, 그 순간 내 일에 어떤 애정도 느끼지 못했다는 것만은 말해 두고 싶구나. 억지로 냉담하게 자신을 복종시키고 모든 것을 잠재우고 자연에 충실하길 바랐지.

이것은 예술 작품이 아니었다. 그것을 보는 순간 모든 이를 사로잡은 감정은 격정적인 감정, 불안한 감정이지 예술가의 감정이 아니었기 때문이지. 예술가는 불안 속에서도 평안하게 숨 쉬는 법이거든. 이 초상화가 사람들 손에서 손으로 전해지고, 피곤하게 하는 인상을 자아내고 예술가에게 질투의 감정, 형제에 대한 음울한 증오, 박해와 억압을 자행하고 싶은 악한 충동을 불러일으키고 있다고 하더구나.

하느님이 너를 이 모든 욕망으로부터 지켜 주시길! 그보다 더 무서운 것은 없단다. 누군가에게 핍박의 고통을 주느니, 가능한 한 핍박의 고통을 견디는 편이 낫다. 영혼의 순결을 추구하거라. 재능을 지닌 자는 그 누구보다도 영혼이 순결해야 한다. 다른 사람에게는 많은 것이 용서되지만, 그에게는 용서가 안 되는 법이야. 밝은 명절옷을 입고 집에서 나온 사람에게는, 마차 바퀴에서 진흙 얼룩 하나만 튀어도, 온 세상 사람이 그를 에워싸고 손가락질하며 그의 불결함에 대해 수군거릴 것이다. 반면 바로 그 세상 사람은 평상복을 입은 다른 행인들의 수많은 얼룩은 발견하지 못할 것이다. 평상복에서는 얼룩들이 눈에 띠지 않기 때문이야.'

그는 저를 축복하고 안아 줬어요. 삶에서 그처럼 숭고한 감동을 받은 적은 결코 없었어요. 아들로서의 감정보다는 경외의 마음으로 저는 그의 가슴에 달라붙어서 그의 흐트러진 은발에 키스했습니다. 눈물이 그의 눈에서 반짝였어요.

'내 아들아, 내 청을 하나 들어 주려무나.' 그가 헤어지는 순간에 제게 말했습니다. '어쩌면 너는 어디서든 내가 말한 그 초상화를 보게 될 거다. 너는 그 범상치 않은 눈과 눈의 부자연스러운 표정으로 바로 그걸 알아볼 수 있을 거야. 무슨 일이 있어도 그것을 파괴하거라……'

제가 그 청을 이행하겠다는 서약을 하지 않을 수 없었다는 걸 여러분도 짐작하실 수 있겠죠. 그러고 나서 15년간 저는 어디서도 아버지가 묘사한 것과 조금이라도 비슷한 것을 찾을 수 없었어요. 그런데 지금, 바로 경매장에서……"

여기에서 예술가는 아직 말을 끝마치기 전에, 초상화를 다시 한 번 보기 위해 그 벽으로 시선을 옮겼다. 이야기를 듣던 군중도 바로 그 순간 이 보기 드문 초상화를 눈으로 찾으면서 같은 동작을 했다. 그런데 대단히 놀랍게도 벽에 이미 그것이 없었다. 군중들 사이에서 알아듣기 어려운 웅성거림과 소란이 일어났고, 그다음 "훔쳐 간 거야"라는 말이 선명하게 들렸다. 이야기에 매료된 청중이 시선을 돌린 사이 누군가가 그것을 떼어 간 것이다. 그리고 그곳에 있던

초상화

사람들은 정말로 그들이 이 범상치 않은 눈을 본 것인지, 아니면 옛날 그림들을 오랫동안 관찰하느라 지친 그들 눈에 한순간 그렇게 보인 것뿐인지 몰라서, 모두 어안이 벙벙해진 채 오랫동안 그 자리에 서 있었다.

외투

어떤 관청 부서[1]에…… 하지만 어떤 부서인지는 말하지 않는 편이 낫다. 온갖 종류의 부서, 연대, 사무실에 있는 한마디로 온갖 부류의 관리보다 화를 더 잘 내는 사람은 없는 것이다. 요즘은 누구나 자기가 모욕받으면 자기가 속한 사회가 모욕받은 것으로 생각한다. 아주 최근, 어느 도시인지는 생각이 잘 안 나지만, 그 도시의 한 경찰서장이 국가 기강이 흔들리고 그의 신성한 이름이 함부로 불리고 있다고 명확하게 서술하는 탄원서를 제출했다고 한다. 그는 증거 자료로 엄청난 분량의 어떤 낭만주의 작품 한 권을 탄원서에 첨부했는데, 그 작품에는 10페이지에 한 번꼴로 경찰서장이 나오고, 그것도 군데군데 완전히 만취된 상태로 나온다. 그래서 우리도 온갖 불쾌한 일을 피하기 위해서, 이 부서를 그냥 한 부서라고 부르는 편

I 19세기와 20세기 초 제정 러시아의 국무회의, 원로원 혹은 행정기관들을 포괄하는 정부기관들 중 한 부서.

이 낫다.

그래서 한 부서에 한 관리가 근무하고 있었다. 이 관리는 아주 탁월하다고 하기는 어렵고, 작은 키에, 약간 곰보이고, 약간 불그스름하고, 약간 근시기가 있고, 이마가 약간 벗겨지고, 양 볼에 주름살이 지고, 낯빛에 소위 치질기가 있고……. 어쩌겠는가! 페테르부르크의 기후가 그런 것을.

관직에 대해 말하자면(우리나라에서는 무엇보다 먼저 관직을 밝혀야 하기 때문이다), 그는 이른바 만년 9등관이었다. 9등관에 대해서는 이미 알다시피, 남에게 해를 입히지 못할 사람만 공격하는 칭찬받아 마땅한 습성이 있는 온갖 부류의 작가들이 마음껏 조롱하고 날카롭게 풍자해 왔다.

관리의 성은 바시마치킨이었다. 이름을 보건대 그 성이 '바시마크'[2]에서 유래한 것을 알 수 있다. 하지만 언제, 어느 때, 어떤 방식으로 이 성이 바시마크에서 유래했는지는 전혀 알 수 없다. 아버지도 아저씨도 심지어 처남까지, 모든 바시마치킨이 긴 장화를 신고 다니고 1년에 세 번 정도만 밑창을 바꾸었기 때문이다. 그의 이름은 아카키 아카키예비치였다.[3] 독자들에게는 그 이름이 약간 낯설고 일부러 애써 찾아낸 것으로 보이겠지만, 일부러 찾아낸 게 아니라, 다

---

2   '단화'라는 뜻의 러시아어 단어.

3   러시아인의 공식적인 이름은 '이름-부칭-성'으로 구성되며, 보통 어린 아이, 그리고 성인인 경우에도 친한 친구나 일가친척, 혹은 그냥 서로 아는 사람은 이름으로만 부른다. 반면 성인이나 사회적 위상이 높은 사람을 공식적으로 정중하게 대할 때는 이름과 부칭으로 호칭한다. '아카키 아카키예비치' 역시 '아버지 아카키의 아들 아카키'라는 의미로서 액면상으로는 화자가 그를 정중하게 대하고 있음을 의미한다.

른 이름은 도저히 붙일 수 없는 상황이 있었다는 것을 확인시켜 주겠다. 그 상황은 바로 다음과 같다.

아카키 아카키예비치는 내 기억이 정확하다면, 3월 23일 밤에 태어났다. 고인이 된 어머니는 관리 부인으로서 매우 훌륭한 여성이었고 응당 그렇듯이 아기가 세례를 받기를 원했다. 어머니는 문 맞은편에 있는 침대에 눕고, 오른쪽에는 매우 훌륭한 사람이자 원로원에서 계장으로 근무한 대부 이반 이바노비치 예로시킨과 파출소장의 아내이고 보기 드문 덕목들을 지닌 대모 아리나 세묘노브나 벨로브류시코바가 서 있었다. 산모에게 모키야, 소시야, 혹은 아기에게 순교자 이름을 붙일 양으로 호즈다자트, 세 이름을 제시하고 그중 아무 이름이나 선택하라고 했다. '아냐.' 지금은 고인이 된 어머니는 생각했다. '무슨 이름이 다 그래?' 그녀를 도와주기 위해 달력[4]의 다른 곳을 펼치자, 다시 트로필리, 둘라, 바라하시라는 세 이름이 나왔다. '이건 벌이야.' 늙은 어머니가 혼자 중얼거렸다. '이름이 왜 하나같이 다 그 모양이야? 정말 그런 이름은 들어 본 적도 없어. 트로필리와 바라하시보다는 차라리 바라다트나 바루흐가 낫겠어.' 페이지를 다시 넘기자 팝시카히와 바흐티시가 나왔다. "어휴, 이제 보니⋯⋯." 늙은 어머니가 말했다. "이게 그의 운명인 것 같아요. 그렇다면, 아버지와 똑같이 부르는 편이 낫겠어요. 아버지가 아카키였으니, 아들도 아카키라고 할게요." 그런 식으로 아카키 아카키예비치가 된 것이다. 세례를 주려 하자 아기는 울기 시작했고, 자기가 9등관이 될 것을 예감이나 한 듯이 얼굴을 몹시 찡그렸다. 바로 그런 식으로 이 모

---

4 성인의 날과 축일이 표시된 러시아 정교 달력.

든 것이 결정된 것이다. 나는 이것이 완전히 불가피한 상황에서 일어났고, 다른 이름은 어떤 식으로도 지을 수 없었다는 것을 독자가 직접 알 수 있도록 상황을 설명한 것이다.

그가 언제 그리고 어느 때에 부서에 들어왔는지, 누가 그를 임명했는지, 아무도 몰랐다. 국장과 온갖 과장이[5] 아무리 바뀌어도 그는 언제나 같은 자리, 같은 상태, 서류를 정서하는 관리로서 같은 관직에 있었고, 그런고로 이 세상에 태어날 때부터 그는 제복을 입고 약간 머리카락이 빠지고 완전히 준비되어 나왔을 것이라고 모두 믿게 되었다. 부서에서는 그에게 어떤 존경심도 표하지 않았다. 수위는 그가 지나갈 때 자리에서 일어나지 않았을 뿐만 아니라 마치 파리 한 마리가 접견실을 지나가는 양 그를 쳐다보지도 않았다. 과장들은 냉정하고 잔인한 폭군 같은 태도로 그를 대했다. 어떤 부계장은 심지어 "정서해 주십시오" 혹은 "이건 흥미롭고 멋진 일입니다" 혹은 교양 있는 직장에서 사용하는 어떤 유쾌한 말도 하지 않고, 바로 그의 코앞에 종이를 들이밀었다. 그러면 그도 종이만 쳐다보고, 누가 그에게 갖다 놓았는지, 그럴 권리가 있는지 살펴보지도 않고 서류를 받았다. 젊은 관리들은 관청식 기지를 최대한 발휘해서 그를 놀려 대고 그에게 장난을 쳤으며, 그 앞에서 그에 대한 온갖 유언비어를 늘어놓았다. 그가 사는 집의 여주인인 일흔 살 노파에 대해서는 그녀가 그를 구타한다고 말하고, 그들 결혼식은 언제냐고 물었으며, 그의 머리에 종잇조각을 뿌리면서 눈이라고 했다. 그러나 아

---

5 제정 러시아에서 기관, 연공, 근무지에 따라서 국장은 4~5등관, 과장은 4~10등관, 계장은 7~9등관, 부계장은 9~14등관에 해당하였다.

카키 아카키예비치는, 마치 자기 앞에 아무도 없는 것처럼 한마디도 대꾸하지 않았다. 이것은 심지어 그의 일에도 영향을 미치지 않았다. 이 모든 성가신 상황에서도 그는 정서하는 데 단 한 번의 실수도 하지 않았다. 다만 농담을 도저히 참을 수 없게 되거나, 그의 손을 툭 치면서 그가 일하는 것을 방해할 때면, 이렇게 말했다. "저를 내버려 두세요. 왜 저를 못살게 구는 겁니까?"

그 말과 목소리에는 뭔가 이상한 것이 담겨 있었다. 목소리에는 뭔가 연민을 느끼게 하는 것이 있어서, 최근에 부임하여 다른 이들과 마찬가지로 그를 놀리려고 했던 한 젊은이는 갑자기 뭔가에 찔린 듯이 주춤했다. 이후 모든 게 변하고 다르게 보이는 것 같았다. 어떤 초자연적인 힘이 그 젊은이를 그가 사귄 동료들로부터 떼어내고, 그들을 처세술이 능한 세속적인 사람들로 여기게 했다. 이후 오랫동안 가장 유쾌한 순간에도, 이마의 머리카락이 약간 빠진 키 작은 관리가 "저를 내버려 두세요. 왜 저를 못살게 구는 겁니까?"라고 폐부를 찌르는 말을 하며 그에게 나타나곤 했다. 듣는 이의 가슴을 찌르는 이 말에서 "전 당신의 형제입니다"라는 다른 말도 울렸다. 그래서 불쌍한 젊은이는 손으로 얼굴을 가렸고, 이후 인간에게는 비인간적인 면이 얼마나 많은지, 세련되고 교양 있는 세속문화에 난폭하고 무례한 면이 얼마나 많이 감추어져 있는지, 그것도 하느님! 세상에서 고상하고 정직하다고 인정받는 사람들에게서도 마찬가지인 것을 보고서, 평생 수없이 몸서리를 쳤다⋯⋯.

자기 직무에 그렇게 매달려 사는 사람은 거의 찾아보기 어려울 것이다. 열정적으로 근무했다고 말하는 것으로는 부족하다. 아니다. 그는 애정을 가지고 근무했다. 정서 작업을 할 때면, 그에게 다양하고 유쾌한 세계가 펼쳐졌다. 그의 얼굴에 만족의 빛이 떠올랐다. 어떤 글자들은 특별히 그의 마음에 들어서, 그것들을 쓸 때면 그는 기뻐서 어쩔 줄 몰랐다. 그는 웃기도 하고 실눈을 뜨기도 하고 속삭이듯이 입술을 움직이기도 해서, 그의 얼굴만 보고도 그의 펜이 쓰고 있는 각 문자를 알아맞출 수 있을 것 같았다. 그의 열정에 상응하는 상을 주기로 하면, 그 자신도 믿어지지 않겠지만, 5등관도 될 수 있었을 것이다. 하지만 그가 근무로 번 거라고는, 그의 신랄한 동료들이 말하듯이, 단춧구멍에 걸 배지와 치질뿐이었다. 그렇다고 그에게 아무도 주의를 돌리지 않았다고 할 수는 없다. 한 국장은 선량한 사람이어서 그의 오랜 근무에 대해 포상하고 싶어서 그에게 평소의 정서 일보다 뭔가 더 중요한 일을 맡기라고 지시했다. 그래서 이미 준비된 문서를 다른 관청에 보내는 서류로 바꾸는 일이 맡겨졌다. 제목을 바꾸고 몇 개의 동사를 일인칭에서 삼인칭으로 바꾸기만 하면 되는 일이었다. 그런데 이것이 그에게는 너무나 버거운 일이어서, 그는 진땀을 흘리고 이마를 문지르더니 마침내 "아닙니다. 저는 뭐든 정서하는 편이 좋습니다"라는 것이었다. 이후로 그에게는 영원히 정서 일만 맡겨졌다. 그에게는 이 정서 외에 아무것도 존재하지 않는 것 같았다.

그는 자기 옷에 전혀 신경 쓰지 않았다. 그의 제복은 녹색이 아니라 불그스름한 밀가루 색이었다. 제복의 깃은 좁고 낮았다. 그래서, 그의 목이 전혀 길지 않음에도, 목이 깃에서 많이 삐져나와서, 마치 러시아에 사는 외국인들이 수십 개씩 머리에 얹고 다니며 파는, 석고로 만든 새끼고양이들의 흔들리는 목처럼 유난히 길어 보였다.[6] 그리고 그의 제복에는 항상 지푸라기나 실 같은 것이 붙어 있었다. 게다가 그에게는 거리를 다닐 때, 창문에서 온갖 쓰레기를 내버리는 바로 그 순간, 창문 아래를 지나가는 독특한 재주가 있었다. 그래서 그는 항상 모자에 수박과 참외 껍질, 또한 그런 유의 쓰레기를 얹고 다녔다.

그는 평생 단 한 번도, 날마다 거리에서 무엇이 행해지고 무슨 일이 일어나고 있는지 주의를 돌리지 않았다. 반면에 그의 동료인 젊은 관리는 익히 알다시피, 언제나 거리를 바라보며, 반대편 보도에서 바지 밑으로 바지를 팽팽하게 당기기 위해 매단 끈이 뜯어진 사람이 누구인지를 알아낼 정도로 매서운 시선을 던지고, 그것을 발견하면 그의 얼굴은 항상 교활한 미소를 짓곤 했다.

설사 아카키 아카키예비치가 뭔가를 바라본다 해도, 그에게는 어느 것에서건 자기의 깨끗하고 고른 필체로 쓰인 행들만 보였다. 다만 어디에서 튀어나왔는지 모르게 갑자기 말이 낯짝을 그의 어깨에 대고 그의 볼에 콧바람을 내뿜을 때면, 그제야 자기가 글의 행들 한가운데가 아니라 거리 한가운데 있다는 것을 깨달았다. 집에 오면 그는 즉시 탁자에 앉아 무슨 맛인지도 모른 채 수프를 떠먹고 쇠고기 조각을 양파와 함께 먹었는데, 이 모든 걸 파리와 그 순간 신이 보내주신 것은 무엇이건 같이 먹었다. 위가 차오르기 시작한 것을 느끼면, 그는 탁자에서 일어나 잉크병을 꺼내고 집에 들고 온 문서들을 정서했다. 만일 그런 문서가 없으면, 그는 일부러 자기만족을 위하여, 특히 글자가 아름다워서가 아니라 그게 누구든지 새 인

---

6 당시 시장에서는 주로 외국인 노점상들이 섞고 새끼고양이 인형들이 담긴 쟁반을 머리에 얹고 돌아다니면서 이 인형을 팔았다.

물이나 중요한 인물에게 발신되기 때문에 서류가 더욱 의미 있다고 느낄 때면 자기 자신을 위하여 정서했다.

심지어 페테르부르크의 잿빛 하늘이 어둑어둑해지고 모든 관리가 월급과 자신의 변덕스런 취향에 따라 충분히 먹고 식사를 마친 시간에도, 모두들 관청에서 깃털 펜을 긁적거리고 뛰어다니고 자기가 꼭 해야 할 일과 타인의 일, 그리고 피곤을 모르는 이들이 자기가 꼭 해야 할 일 외에 스스로 기꺼이 떠맡은 일을 전부 마치고서 휴식을 취할 때도, 관리들이 남은 시간을 만족스럽게 보내려고 서두를 때, 즉 보다 활달한 사람은 극장으로 달려가고, 누구는 여인들의 모자 밑을 들여다보러 거리로 달려가고, 누구는 소규모 관료 모임의 꽃인 예쁜 아가씨에게 찬사를 쏟으며 저녁을 때우기 위해 파티에 가고, 누구는 — 이게 가장 흔한 경우인데 — 4층이나 3층에 있는 작은 방 두 개에 현관이나 부엌, 그리고 점심과 휴식 시간을 거르는 등 많은 희생을 치르고 얻은 유행하는 램프나 다른 소품이 딸린 자기 형제 집으로 갈 때, 한마디로 모든 관리가 전투적으로 휘스트 게임을 하기 위해 친구의 작은 아파트로 흩어져서 1코페이카짜리 러스크 빵과 함께 컵으로 차를 홀짝이고, 긴 파이프에서 연기를 내뿜고, 카드 패를 돌리는 동안, 언제 어떤 경우에도 거부하기 어려운 러시아인의 습성에 따라 상류사회에서 흘러 들어온 각종 유언비어를 얘기할 때도, 심지어 다른 할 말이 없으면 팔코네 기념비의[7] 말꼬리가

---

7 에티엔 모리스 팔코네Étienne Maurice Falconet(1716~1791). 에카테리나 2세의 주문에 따라서 표트르 대제 기념비를 제작한 프랑스 조각가. 그의 조각상은 푸시킨의 서사시 「청동기마상The Bronze Horseman」의 제목을 따라서 '청동기마상'이라고도 불린다.

잘린 이야기를 들은 사령관에 대한 같은 일화를 재탕할 때조차도, 한마디로 모두가 유쾌하게 시간을 보내려고 할 때조차도, 아카키 아카키예비치는 어떤 소일거리에도 마음을 쏟지 않았다. 그를 언제건 어떤 저녁 파티에서건 보았다는 사람이 없었다. 그는 마음껏 정서를 하고 난 뒤 자리에 누울 때면 '하느님이 내일은 무엇을 정서하게 하실까?'라고 다음 날 생각을 하며 미소를 지었다. 그렇게 400루블의 연봉을 받으며 자기 운명에 만족할 줄 아는 사람의 삶이 평화롭게 흘러갔고, 만일 인생길에서 9등관뿐 아니라 3등관, 4등관, 7등관, 기타 관리들에게도, 심지어 누구에게도 조언을 주지 않고 누구에게서도 조언을 받지 않는 사람에게까지[8] 닥치는 각종 재앙이 없었다면 노년까지 그렇게 흘러갔을 것이다.

페테르부르크에는 1년에 400루블 정도의 연봉을 받는 모든 이에게 강력한 적이 있다. 이 적은 다름 아닌 우리 북방의 한파이다. 비록 그것이 매우 건강에 좋다고도 하지만. 아침 9시경, 즉 거리가 관청에 가는 사람들로 뒤덮이는 시간이면, 한파가 이것저것 가리지 않고 모든 이의 코를 너무나 심하게 찔러 대는 통에 가난한 관리들은 코를 어디에 둬야 할지 도무지 알 수가 없다. 심지어 더 높은 관직에 있는 사람들의 이마도 한파로 얼얼해지고, 눈에서 눈물이 나오는 이때, 가난한 9등관들은 자주 무방비 상태에 놓이곤 한다. 유일한 구원의 방도는 얇은 외투를 입은 상태에서 가능한 한 빨리 5~6거

---

8 고골은 당시 14등급 관료체계에서 1등관에서 9등관의 직책에 '조언자 советник'라는 단어가 포함되는 것에 착안하여, 10~14등급 관리들과 관리가 아닌 주민들을 '조언совет'을 주지도 받지도 않는 사람들로 익살스럽게 표현한 것으로 추정된다.

리를 달리고 그다음 수위실에서 발로 멋지게 스텝을 밟아서 도중에 얼어붙은 업무 능력과 재능을 녹이는 일뿐이다. 아카키 아카키예비치는 가야 할 길을 가능한 한 빨리 달리려고 노력했음에도 불구하고, 얼마 전부터 그의 등과 어깨가 특히 심하게 얼얼해지는 것을 느끼기 시작했다. 그는 마침내 그의 외투에 어떤 문제가 있지는 않은지 의문을 갖게 되었다. 집에서 그것을 잘 살펴본 결과 그는 외투의 두세 군데, 바로 등과 어깨 부위가 완전히 올이 굵은 삼베가 돼 버린 것을 알았다.

옷감 사이로 틈이 보일 정도로 옷감이 너덜너덜해져 있었고, 덧단의 실밥도 풀려 있었다. 아카키 아카키예비치의 외투 역시 관리들의 조소의 대상이었다는 것을 알아둘 필요가 있다. 그들은 심지어 그것에서 외투라는 고상한 이름을 떼어 내고 그것을 여성용 가운이라고 불렀다. 사실 그것은 약간 이상한 구조로 되어 있었다. 깃은 매년 외투의 다른 부위에 댈 덧단으로 쓰이면서 점점 작아졌다. 덧단도 재봉사의 멋진 솜씨로 대지 않아서 정말 자루처럼 보기 싫게 되었다. 문제가 어디에 있는지 보고서, 아카키 아카키예비치는 4층 어딘가에 사는 재봉사, 페트로비치에게 검은 계단을 따라 올라가서 외투를 보여 주기로 마음먹었다. 그는 애꾸눈이고 이마 전체가 곰보투성인데도 불구하고, 관리들과 다른 이들의 바지와 연미복을 아주 솜씨 있게 수선하였다. 이건 물론 그가 정신이 말짱한 상태에 있고 머리에 어떤 다른 계획이 없을 때 그렇다는 것이다. 이 재봉사에 대해 물론 말을 많이 해서는 안 될 것이다.[9] 하지만 이제 작품에서 각 인물의 성격을 완전히 설명해 주는 것이 관례가 되었으므로, 어쩔 수 없이 우리도 페트로비치를 이리 데리고 와 보자.

처음에 그는 그저 그리고리라고 불렸고,[10] 어떤 귀족의 농노였다. 그러나 그가 해방되어서[11] 축일 때마다 처음에는 대축일에, 그러나 다음에는 전혀 구분 없이, 달력에 십자가 표시가 되어 있는 교회 축일이면 항상, 매우 과하게 술을 마시게 된 때부터, 페트로비치라고 불리기 시작했다.[12] 술 마시는 데 있어서 그는 조상들의 관례에 충실했고, 아내와 싸울 때는 그녀를 속물이자 독일 여자라고 불렀다.[13] 이미 아내에 대해 말을 꺼냈으므로 그녀에 대해서도 두어 마디 할 필요가 있다. 그러나 애석하게도 그녀에 대해서는 알려진 게 많지 않다. 그저 페트로비치에게 아내가 있고, 그녀는 큰 머릿수건이 아니라 부인모를 쓰고 다닌다는 것 정도이다.[14] 그러나 용모 면에서 그녀는 아름다움을 자랑할 정도는 아니었다. 다만 최소한 근위대 병

9 매력적인 주인공이 아닌 평범한 주변 인물을 자세히 묘사하는 것은 일반 독자의 취향에 어긋나기 때문에 작가가 함부로 그렇게 하기 어렵다는 의미.
10 '그리고리'는 러시아인의 정식 명칭인 '이름-부칭-성'에서 이름에 해당한다. 제정 러시아에서 농노는 지주의 소유물로서 사회적 위상이 낮았기 때문에 나이에 상관없이 이름으로만 불렸다.
11 농노 신분에서 해방된 것을 의미한다.
12 '페트로비치'는 부칭으로서 아버지의 이름이 '표트르'였음을 의미한다. 제정 러시아에서 농노는 이름으로만 불리다가 해방이 되면 가문을 나타내는 성이나 부칭으로 불렸다. 해방 농노를 이름과 부칭의 정식 명칭으로 부르지 않은 것은 신분제 사회의 수직적 위계질서에 따른 사회적 관례였다.
13 아내가 정교 축일에 술을 마시는 조상의 관례를 충실히 따르지 않는 점에서 세속적이고, 술을 금하거나 절제하는 독일 루터파 교인에 가깝다고 본 것이다.
14 제정 러시아에서 농노 여인은 머릿수건을 쓰는 반면, 사회적 지위가 있는 부인들은 부인모를 썼다.

사들만은 그녀와 마주치면 부인모 밑으로 그녀를 쳐다보고서, 콧수염을 말며 특이한 소리를 내곤 했다.

페트로비치에게 가기 위해 올라가야 하는 계단은, 공정하게 묘사하면 완전히 물, 구정물로 발라져 있고, 익히 알다시피 페테르부르크 건물의 4층 계단이면 어디에나 있는, 코를 찌를 듯한 술 냄새가 배어 있었다. 그 계단을 따라 올라가면서 아카키 아카키예비치는 페트로비치가 얼마를 요구할지 미리 생각해 보고, 2루블 이상은 주지 않기로 마음먹었다. 문이 열려 있었다. 안주인이 부엌에서 생선요리를 하면서 바퀴벌레조차 안 보일 정도로 자욱한 연기가 났기 때문이다. 아카키 아카키예비치는 안주인에게도 들키지 않고 부엌을 지나쳐서 마침내 방에 들어갔다. 거기에서 그는 페트로비치가 칠이 안 된 넓은 나무 탁자에 앉아서 파샤[15]처럼 양반다리를 하고 있는 것을 발견했다. 앉아서 일을 하는 재봉사들의 관례대로 그는 맨발이었다. 무엇보다 먼저 거북이 등껍질처럼 두껍고 단단하며 손톱이 일그러진, 아카키 아카키예비치에게는 이미 익숙한 커다란 손가락이 눈에 들어왔다. 페트로비치의 목에는 비단 실타래가 걸려 있고 무릎에는 누더기옷이 놓여 있었다. 그는 이미 3분 정도 바늘귀에 실을 끼우려고 애를 썼으나 제대로 안 되자, 낮은 목소리로 "왜 이렇게 안 들어가는 거야, 야만인 같으니! 날 갖고 노는구나, 이 악당아!"라며 어둠에 대해 심지어 실을 두고서도 엄청 화를 내고 있었다. 아카키 아카키예비치는 페트로비치가 화를 내는 바로 그 순간에 들어가게 된 것이 불쾌했다. 그는 무엇이든 페트로비치가 약간 허세를

15 오스만 제국의 고위 관료이자 군인.

부릴 때 혹은 그의 아내가 "싸구려 술에 빠졌구나, 애꾸눈 악마가"라고 말하는 상태가 되었을 때 주문하기를 좋아했다. 페트로비치가 그런 상태에서는 아주 기꺼이 양보하고 동의하고 매번 꾸벅 인사하고 심지어 감사해하기까지 했다. 물론 그다음에는 아내가 들어와서 남편이 취해서 일을 싸게 맡았다고 울며불며 애걸복걸했다. 그러나 10코페이카만 얹어주면 만사형통이었다. 지금은 페트로비치가 정신이 말짱해 보였고, 이럴 때 그는 엄격하고 고집불통이고, 아무 가격이나 불러 대길 좋아했다. 아카키 아카키예비치는 상황을 파악하고서 흔히 말하듯 뒤로 물러나고 싶었다. 하지만 이미 일은 벌어졌다. 페트로비치가 외눈을 가늘게 뜨고서 그를 뚫어지게 바라보았다. 아카키 아카키예비치가 자기도 모르게 말했다.

"안녕한가, 페트로비치!"

"안녕하시길 바랍니다, 나리." 페트로비치는 이렇게 말하고서, 아카키 아카키예비치가 어떤 전리품을 가져왔는지 보고 싶어서 실눈을 뜨고 그의 손을 보았다.

"자네에게 저, 페트로비치, 이건……."

아카키 아카키예비치는 대체로 전치사, 부사, 그리고 전혀 어떤 의미도 없는 소사들로 설명한다는 걸 알아둘 필요가 있다. 상황이 아주 어려워지면, 그는 보통 아예 문장을 끝내지도 않았다. 그래서 아주 자주 "이건 정말 완전히 저……"라는 말로 시작한 뒤 아무 말도 안 하고서, 이미 다 말했다고 생각하고 자기가 잊어버리곤 했다.

"그게 뭔가요?" 페트로비치가 말하면서, 동시에 외눈으로 그의 제복 전체를 깃에서 시작해서 소매, 뒤쪽 소맷자락, 단춧구멍까지 살펴보았다. 모두 그에겐 아주 익숙한 것이었다. 바로 자기 손으로 지은 것이기 때문이다. 재봉사들이 흔히 그렇듯이, 이것이 그가 사람을 만났을 때 하는 첫 반응이다.

"아 저기, 페트로비치…… 외투가 저, 옷감이…… 여기 봐. 다른 곳은 전부 아주 튼튼해. 그건 약간 때가 낀 거고, 보기엔 오래돼 보이지만 새거야. 한 곳만 약간 저…… 등하고 여기 어깨 한 곳만 약간 닳았어. 봐 봐. 이게 전부야. 일도 얼마 안 되고……."

페트로비치는 여성용 가운을 집어서 처음엔 탁자에 펴 놓고 오랫동안 살펴보더니 고개를 젓고는 창문에 있는 동그란 담뱃갑을 향해 손을 내밀었다. 담뱃갑에는 장군 초상화가 그려져 있는데, 어떤 장군인지는 알려진 바 없다. 얼굴이 있던 자리를 손가락으로 많이 문질러서 얼굴이 지워지자, 그 자리에 사각형의 종잇조각을 풀로 붙여 놓았기 때문이다. 담배 연기를 들이마신 후 페트로비치는 손에 여성용 가운을 펼치고서 다시 고개를 저었다. 그리고 안감을 뒤집어 보고는 다시 고개를 젓더니 종이를 붙인 장군 얼굴이 있는 담뱃갑 뚜껑을 열고 담배를 코에 한껏 넣은 다음 담뱃갑을 닫아 숨기고서 마침내 말했다.

"아뇨, 수선은 불가능해요. 옷이 너무 안 좋아요!"

"어째서 안 된다는 거야, 페트로비치?" 그가 거의 아이처럼 애원하는 소리로 말했다. "기껏 해 봤자 어깨만 닳은 건데. 자네에겐 헝겊 조각이 있잖아……."

"네, 헝겊 조각이야 찾을 수 있죠. 헝겊 조각은 있을 거예요." 페트로비치가 말했다. "그런데 바느질할 수가 없어요. 완전히 삭은 거예요. 바늘을 대면 옷이 흐트러지고 말 거예요."

"흐트러져도 돼. 자네가 즉시 작은 천 조각을 대면 되지."

"그런데 작은 천 조각을 댈 곳이 없어요. 그것을 받쳐 줄 곳이 없어요. 너무 심하게 낡았어요. 이름만 모직이지, 바람만 불면 다 풀려서 날아갈 거라고요."

"뭐, 그럼 서로 조이면 되지. 정말 그렇게 하면 되겠네……!"

"아니요." 페트로비가 단호하게 말했다. "할 수 있는 게 아무것도 없어요. 아주 안 좋아요. 한겨울이 올 때 그것으로 각반을 만들어서 대고 다니는 게 나아요. 양말로는 안 따뜻하니까요. 이건 독일 놈들이 돈을 더 긁어모으려고 생각해 낸 거예요(페트로비치는 기회만 있으면 독일인을 비난하길 좋아했다). 외투는, 새 외투를 지으셔야겠어요."

"새"라는 말에 아카키 아카키예비치의 눈앞이 캄캄해졌다. 방에 있는 모든 것이 그 앞에서 뒤죽박죽되었다. 그에게는 페트로비치의 담뱃갑 뚜껑에 있는, 얼굴에 종이를 붙인 장군만이 선명하게 보였다.

"새것이라고?" 그가 마치 꿈을 꾸는 듯이 말했다. "정말 내겐 그만한 돈이 없어."

"네, 새것이요." 눈도 깜짝하지 않고 페트로비치가 말했다.

"저, 만일 새것을 사야 한다면, 그게 얼마나……."

"즉 얼마 드냐고요?"

"그래."

"50루블짜리 지폐 세 장 이상 들 겁니다." 페트로비치가 말했고 이때 입술을 의미심장하게 오므렸다. 그는 강렬한 효과를 아주 좋아해서, 갑자기 완전히 사람을 어리둥절하게 만들고, 그다음 그 말에 어리둥절해진 사람 표정이 어떻게 되는지 실눈으로 쳐다보기를 좋아했다.

"외투 하나에 50루블 세 장이라고?" 불쌍한 아카키 아카키예비치가 소리를 질렀다. 아마도 태어나서 처음으로 소리를 지른 걸 것이다. 그의 목소리는 언제나 유달리 조용했기 때문이다.

"네 그래요." 페트로비치가 말했다. "그것도 어떤 외투냐에 달렸어요. 깃에 담비를 대고 실크 안감에 두건을 대면 200루블까지 될 거예요."

"제발 페트로비치." 아카키 아카키예비치는 페트로비치가 한 말과 그 말의 효과를 듣지 않고, 들으려 하지도 않고, 애원하는 목소리로 말했다. "조금이라도 더 입게 어떻게든 수선해 봐."

"아뇨. 그렇게 되면 옷도 망가지고 공연히 돈만 축낼 거예요." 페트로비치가 말했고, 아카키 아카키예비치는 이 말에 완전히 낙심해서 나왔다.

페트로비치는 그가 나간 뒤에도, 입술을 의미심장하게 오므리고 일을 시작하지도 않고 오랫동안 서 있었다. 그는 자기의 품위도 떨어뜨리지 않고 재봉사의 솜씨도 헐값에 팔지 않은 것이 만족스러웠다.

거리에 나섰을 때 아카키 아카키예비치는 정말 꿈을 꾸는 것만 같았다. "일이 이렇게 됐구나." 그는 혼자 중얼거렸다. "정말 그게 그렇게 될 줄은 생각도 못 했어."

그리고 다시 오랫동안 침묵이 이어지고, 그다음 그가 말했다. "그렇군! 아…… 생각도 못 했어……. 이런 일이…… 이런 상황이군!"

이렇게 말하고서 그는 집으로 가는 대신, 따져보지도 않고, 완전히 반대 방향으로 갔다. 도중에 굴뚝 청소부가 더러운 옆구리로 그와 부딪쳐서 그의 어깨가 완전히 더러워졌다. 건설 중인 집의 천장에서 석회가 뿌려져서 그의 머리가 완전히 석회 모자를 쓴 것처럼 되었다. 그는 이 모든 걸 전혀 의식도 못 하다가, 도끼창을 자기 옆에 세워두고 작은 병에서 굳은살 박힌 주먹으로 담배를 덜고 있는 순경과 부딪쳤을 때야 겨우 조금 정신을 차렸다. 그것도 순경이 "낯짝을 어디에 들이대는 거야. 네겐 보도가 안 보여?"라고 말했기 때문이다.

　　이 말에 그는 주위를 둘러보고서 집으로 돌아섰다. 그제야 그는 정신을 차리고 자기 상황을 똑똑히 있는 그대로 보기 시작했다. 그는 이미 말을 뚝뚝 끊지 않고, 마음에 가장 깊이 남는 일에 대해 사려 깊은 친구와 나누듯이 자기 자신과 합리적이고 솔직하게 대화하게 되었다. "아냐." 아카키 아카키예비치가 말했다. "지금은 페트로비치와 대화가 안 돼. 그는 지금…… 아마도 아내가 그를 두들겨 팼을 거야. 그에겐 일요일 아침에 가는 편이 나아. 토요일 직후에는 실눈을 뜨고, 잠에 취해 있을 거야. 해장술을 해야 하는데 아내가 돈을 주지 않을 거고, 이때 10코페이카를 손에 쥐여 주면 더 고분고분해지고 외투는 그때……." 아카키 아카키예비치는 혼자 그렇게 판단하고 스스로를 격려하며 첫 일요일을 기다렸고, 멀리서 페트로비치의 아내가 집에서 나와 어딘가로 떠나는 것을 보고 곧장 그에게 갔다.

　　페트로비치는 정말로 토요일 이후 완전히 실눈을 뜨고 머리를 마루에 쥐어박고 완전히 잠들어 있었다. 그러나 용건이 뭔지를 알자마자 마치 악마가 그를 충동질한 것 같았다. "안 돼요." 그가 말했다. "새것을 주문하세요." 아카키 아카키예비치가 즉시 그에게 10코페이카를 주었다. "감사합니다. 당신의 건강을 위해 조금 마시지요." 페트로비치가 말했다. "그리고 외투에 대해서는 걱정하지 마세요. 그건 아무짝에도 쓸모없어요. 새 외투를 근사하게 지어 드릴게요. 장담해요."

아카키 아카키예비치가 다시 수선에 대해 말하려 했으나 페트로비치는 다 듣지도 않고 말했다. "제가 반드시 새 외투를 지어 드릴 테니, 제게 맡기세요. 최선을 다하겠어요. 그것도 유행에 따라서, 깃은 아플리케 모양의 작은 은 후크로 채우겠어요."

여기에서 아카키 아카키예비치는 결코 새 외투를 피할 수 없음을 알게 되었고, 완전히 낙담하였다. 사실 어떻게, 무엇으로, 무슨 돈으로 그걸 짓는단 말인가? 물론 얼마 정도는 앞으로 받을 명절 상여금에 기댈 수 있을지 모른다. 하지만 이 돈은 이미 오래전에 미리 배분되고 용도가 정해졌다. 새 바지를 짓고, 옛 승마 구두에 새 등받이를 한 것에 대해 구두공에게 빚을 갚는 데 써야 했다. 여자 재봉사에게 셔츠 세 벌과, 지면에서 언급하는 건 예의가 아닌 속옷 두 벌도 주문해야 했다. 한마디로 돈을 전부 나눠서 사방으로 보내야 했던 것이다. 국장이 아주 관대해져서 상여금을 40루블 대신 45루블이나 50루블로 높인다 해도, 아주 적은 금액만 남을 것이고, 그것은 외투 자금으로는 바닷속의 물 한 방울 격일 것이다. 물론 그는 페트로비치가 갑자기 귀신 씻나락 까먹을 정도로 턱없이 비싼 가격을 불러서 아내가 참지 못하고 "정신이 나갔어, 얼간이! 언제는 헐값에 일을 맡더니, 이제는 귀신에 홀려서 제 몸을 팔아도 못 받을 값을 부르네"라고 소리치는 걸 알고 있었다. 물론 그는 페트로비치가 80루블이면 일을 맡을 것을 알고 있었다. 하지만 어디서 이 80루블을 구한

단 말인가? 절반 정도는 구할 수도 있을 것이다. 어쩌면 조금 더 많이. 하지만 다른 절반은 어디서 구한단 말인가……?

그러나 첫 번째 절반을 어디에서 구했는지, 독자는 먼저 알 필요가 있다. 아카키 아카키예비치는 평소에 어떤 용도로건 1루블씩 쓸 때마다 조금씩, 열쇠로 채운 작은 통에 돈을 모아두었다. 통의 뚜껑에 돈을 넣을 수 있는 작은 구멍이 나 있었다. 6개월이 지날 때마다 그는 그동안 모은 금액을 저축했고, 그런 식으로 몇 년 사이 40루블 이상이 모였다. 그래서 절반은 수중에 있었다. 그러나 다른 절반은 어디에서 구한단 말인가? 아카키 아카키예비치는 고민하고 또 고민한 끝에, 적어도 1년 정도는 생활비를 줄여야겠다고 결심했다. 저녁마다 차 마시는 것을 그만두고, 촛불을 켜지 않고, 일을 해야 되면 여주인 방으로 가서 그녀의 촛불을 이용해서 일했다. 거리를 다닐 때는 가능한 한 자갈길과 포장도로로 더 가볍고 보다 주의 깊게, 거의 까치발로 다녔다. 그런 식으로 밑창이 일찍 닳는 것을 막기 위해서였다. 세탁부에게는 속옷 빨래를 가능한 한 적게 맡기고, 그것이 해질까 봐 집에 오면 매번 그것을 벗고, 아주 오래돼도 별로 해어지지 않은 반목면 실내복만 입었다. 사실 처음에는 그가 그런 절제에 적응하기가 약간 힘들었음을 인정해야 할 것이다. 그러나 이후 그럭저럭 적응이 되고 나아졌다. 그는 심지어 저녁마다 굶는 법도 완전히 터득했다. 대신 그는 미래의 외투에 대한 한결같은 생각 속에서 영혼의 양식을 얻었다.

이때부터 마치 그의 존재 자체가 더 충만해진 것 같고, 그가 마치 결혼한 것 같고, 마치 어떤 다른 사람이 그와 함께하는 것만 같고, 마치 혼자가 아니라 삶의 어떤 유쾌한 여자친구가 그와 함께 인생길을 걸어가는 데 동의한 것만 같았다. 이 여자친구는 바로 다름 아닌, 두꺼운 솜을 넣고 튼튼한 안감을 대고 낡은 데가 전혀 없는 외투였다. 그는 어딘지 모르게 좀 더 활기차지고, 심지어 자기 삶의 목표를 정한 사람처럼 성격이 더 강해졌다. 얼굴에서, 그의 행동에서 의심, 우유부단함이, 한마디로 불안정하고 애매모호했던 것들이 모두 저절로 사라졌다. 때로는 그의 눈에서 불길이 이글거리고, 심지어 가장 무모하고 대담한 생각들이 뇌리를 스치기도 했다. 깃에 정말로 담비 가죽을 대면 어떨까? 그 생각만으로도 그의 마음은 거의 산란해졌다. 한번은 종이를 정서하다가 하마터면 실수할 뻔했고, 그 순간 그는 거의 큰 소리로 "에고!"라고 외치고서 성호를 그었다.

매달 그는 적어도 한 번은 페트로비치를 방문해서 외투에 대해, 어디에서 나사천을 사는 것이 좋을지, 어떤 색이 좋을지, 가격은 얼마가 좋을지, 그와 이야기를 나누었다. 비록 약간 걱정은 되었지만, 결국 이 모든 게 장만되고 외투가 다 지어질 때가 오리라는 생각에 그는 언제나 만족해하며 집에 돌아왔다. 일은 심지어 그가 기대했던 것보다 더 일찍 끝났다. 예상 밖으로 국장이 아카키 아카키예비치에게 40이나 45루블이 아니라 총 60루블을 책정한 것이다. 아카키 아카키예비치에게 외투가 필요하다는 것을 그가 예감한 것일까, 아니면 그저 일이 저절로 그렇게 된 걸까? 어쨌건 이로 인해서 그에게 여분의 20루블이 생겼다. 이것이 일의 진행을 가속화시켰다. 두세 달을 조금 더 굶은 뒤에 아카키 아카키예비치는 정말로 약 80루블을 모았다. 항상 평온하던 그의 가슴이 고동치기 시작했다.

첫날 그는 페트로비치와 함께 가게에 갔다. 그들은 매우 좋은 나사천을 샀다. 이미 반년 전부터 이것에 대해 생각하고, 가격을 물어보지 않고 지나간 달이 거의 없었기 때문에, 이건 당연한 것이었다. 페트로비치 자신도 이보다 더 좋은 나사천은 없다고 말했다. 안감으로는 옥양목을 골랐으나, 아주 질이 좋고 튼튼한 것이어서 페트로비치의 말에 따르면 비단보다 훨씬 낫고, 심지어 보기에 따라서는 더 아름답고 광택이 났다. 담비는 사지 못했다. 그건 정말 비쌌기 때문이다. 그러나 대신 가게에 있는 것 중 가장 좋은 고양이 가죽을 골라서, 멀리서 보면 담비로 착각할 정도였다.

페트로비치는 외투를 총 2주일간 지었다. 누비는 작업이 많았기 때문이다. 그렇지 않았다면 더 일찍 완성되었을 것이다. 재봉일에 대해서 페트로비치는 12루블을 받았고, 그 이하로는 절대로 불가능했다. 모두 다 비단실로 짓고, 작은 땀으로 두 솔기를 내고, 매 솔기마다 페트로비치가 이빨로 박아서 다양한 패턴이 생겼다.

이건…… 정확히 날짜를 말하기는 어렵지만, 페트로비치가 마침내 외투를 가지고 온 날은 아마도 아카키 아카키예비치의 삶에서 가장 위대한 승리의 날이었을 것이다. 그는 그것을 아침에, 부서에 가야 하는 바로 그 시간 전에 가지고 왔다. 외투가 그보다 더 때맞춰 올 수는 없었을 것이다. 아주 강한 한파가 이미 시작되었고 훨씬 더 매서워질 거라고 위협하는 듯했기 때문이다. 페트로비치는 훌륭한 재봉사에 걸맞는 방식으로 외투를 들고 나타났다. 그의 얼굴은 아카키 아카키예비치가 여태 한 번도 본 적이 없을 만큼 의미심장한 표정을 짓고 있었다. 그는 작지 않은 일을 해냈고, 갑자기 안감만 덧붙이고 수선만 하는 재봉사와 새 옷을 짓는 재봉사 간의 엄청난 차이를 보여 주었다고 완전히 확신하는 듯했다. 그가 외투를 싸 온 큰 보자기에서 그것을 꺼냈다. 그 보자기는 세탁부에게서 얻은 것으로,

그는 다음에 또 쓰기 위해 그것을 접어서 곧 호주머니에 넣었다. 그는 외투를 꺼내서 매우 거만하게 바라본 뒤 양손에 쥐고 아주 민첩하게 아카키 아카키예비치의 어깨에 걸쳐 주었다. 그리고 그것을 잡아당기고, 뒤쪽에서 손으로 밑에까지 쫙 폈다. 그다음 단추를 채우지 않고 아카키 아카키예비치를 그것으로 감쌌다. 아카키 아카키예비치는 나이가 지긋이 든 사람으로서 소매를 껴 보고 싶었다. 페트로비치는 소매를 끼는 것도 도와주었다. 소매도 잘 맞는 것으로 드러났다. 한 마디로 외투가 완전히 몸에 딱 맞았다.

페트로비치는 이 기회를 놓치지 않고, 자기가 좁은 거리에서 간판 없이 살고 게다가 아카키 아카키예비치를 오랫동안 알고 지냈기 때문에 그렇게 적게 받은 것이지, 넵스키 거리에서라면 재봉일에 대해서만 75루블은 받을 거라고 말했다. 아카키 아카키예비치는 이것에 대해 페트로비치와 옥신각신하고 싶지 않았고, 페트로비치가 입이 딱 벌어질 만큼 높게 부르는 가격들을 두려워했다. 그는 그에게 셈을 치르고 감사를 표하고서 바로 새 외투를 입고 부서로 향했다. 페트로비치는 그의 뒤를 따라 나오고 거리에 서서 오랫동안 멀찍이서 외투를 바라보다가, 구불구불한 골목을 돌아 다시 거리로 나가서 다른 편에서, 즉 정면에서 한 번 더 자기가 지은 외투를 바라보기 위해서 일부러 반대편으로 갔다. 그 사이 아카키 아카키예비치는 완전히 축제를 즐기는 기분으로 걸어갔다. 그는 매 순간 자기 어깨에 새 외투가 있음을 느끼고 몇 번이나 만족감을 느끼며 미소를 지었다. 사실 두 가지 이점이 있다. 하나는 따뜻하다는 것이고, 다른 하나는 좋다는 것이다.

그는 길을 전혀 의식하지 못했고, 어느새 자기가 부서에 와 있는 것을 알았다. 수위실에서 그는 외투를 벗어서 잘 살펴보고, 수위에게 특별히 잘 간수해 달라고 요청했다. 아카키 아카키예비치에게 새 외투가 생기고 여성용 가운은 더 이상 없다는 것을 부서 전체가 어떻게 갑자기 알게 되었는지는 알려진 바 없다. 바로 그 순간 모두 아카키 아카키예비치의 새 외투를 보기 위해 수위실로 달려갔다. 그를 축하하고 환호하기 시작했고, 그는 처음엔 웃기만 하다가 다음엔 부끄러워지기까지 했다. 모두 그에게 몰려와서 새 외투를 기념하는 축하주를 마셔야 하고, 적어도 그가 그들 모두에게 저녁 파티를 열어 줘야 한다고 말하기 시작했을 때, 아카키 아카키예비치는 정신을 차릴 수가 없었고 어떻게 해야 할지, 어떻게 대답하고 어떻게 발뺌을 해야 할지 알 수가 없었다. 그는 몇 분간 얼굴이 새빨개져서 바보같이 이건 전혀 새 외투가 아니고 이건 사실 헌 외투라고 납득시키려고 했다. 마침내 관리 중 한 명, 그것도 부계장인가 하는 관리가 자기는 전혀 거만한 사람이 아니고 자기보다 낮은 직급에 있는 사람들과도 친하게 지낸다는 것을 과시하려는 듯 말했다. "그러면 제가 아카키 아카키예비치를 대신해서 저녁 파티를 열 테니, 오늘 밤 저희 집에 차 마시러 오세요. 마침 오늘이 제 명명일이거든요."

물론 관리들은 바로 부계장을 축하하고 기꺼이 제안을 받아들였다. 아카키 아카키예비치는 거절하려고 했으나, 모두들 그건 무례한 거고, 수치이고 치욕이며, 그는 절대로 거절해선 안 된다고 말하기 시작했다. 그리고 보니 이걸 구실로 저녁에도 새 외투를 입고 나갈 수 있게 되어서 그는 유쾌해졌다. 이날은 아카키 아카키예비치에게 정말로 가장 의기양양한 축제의 날이었다. 그는 하늘을 날 듯이 기쁜 마음으로 집에 돌아와서 외투를 벗고 그것을 조심스럽게 벽에 걸었다. 그는 나사천과 안감을 다시 한 번 넋을 잃고 실컷 감상하고는, 일부러 완전히 누더기가 된 옛날 여성용 가운을 꺼내서 비교해보았다. 그는 그것을 바라보고서 자신도 웃음을 지었다. 이렇게 다르다니! 그리고 그는 오랫동안 식사를 하면서, 여성용 가운이 머리에 떠오를 때마다 계속 웃었다. 그는 즐겁게 식사하고 식사 후에도 아무것도, 아무 서류도 쓰지 않고 어둑어둑해질 때까지 침대에서 시바리아인처럼 여유롭게 시간을 보냈다.[16]

그다음 그는 서둘러 옷을 입고 어깨에 외투를 걸치고 거리로 나섰다. 그를 초대한 관리가 정확히 어디에 사는지는 유감스럽게도 알 수가 없다. 기억력이 우리를 너무 심하게 배반하기 때문이다. 페테르부르크에 있는 모든 것, 모든 거리와 집이 머릿속에서 완전히 뒤죽박죽되어서, 그것에서 무엇이든 정연한 모습을 그리기란 정말 어려운 일이다. 하지만 어쨌든, 적어도 이 관리가 도시의 더 그럴듯한 지역에 살고, 그곳이 아카키 아카키예비치의 집에서 아주 가깝지 않았던 것은 확실하다. 아카키 아카키예비치가 처음에는 조명이 흐릿한 어떤 텅 빈 거리를 지나가야 했으나, 관리의 아파트에 가까워지면 가까워질수록 거리에 더욱 활기가 넘치고 사람이 많아지고 조명이 더 강해졌다. 행인들도 더 자주 나타나고, 아름답게 차려입은 귀부인들도 마주치기 시작하고, 남성들에게서 담비 깃도 보이고, 도금한 못이 박힌 격자무늬의 목재 썰매를 끄는 짐마차꾼들도 점점 줄어들었다. 반대로 산딸기색 비로드 모자를 쓰고서, 래커칠을 하고

---

16 이탈리아 남부에 있던 고대 그리스 도시 시바리스Sybaris의 주민들인 시바리아인들Sibarites은 쾌락과 사치를 즐긴 것으로 유명하다.

곰털 담요를 두른 썰매 마차를 모는 마부들만 보였다. 그리고 마부석이 장식된 카레타가 눈 위로 날카로운 바퀴 소리를 내며 거리를 내달렸다. 아카키 아카키예비치는 이 모든 것을 마치 처음 보는 것인 양 바라보았다. 그는 이미 몇 년 동안 저녁에는 거리에 나가지 않았던 것이다. 그는 호기심에 가득 차서 가게의 불 켜진 작은 창문 앞에 걸음을 멈추고는, 어떤 아름다운 여인이 단화를 벗으면서 아주 아름다운 다리를 다 드러내고, 그녀의 등 뒤에서 다른 방의 문틈으로 구레나룻과 입술 밑에 아름다운 염소수염[17]이 있는 남자가 고개를 빼꼼히 내밀고 있는 그림을 바라보았다. 아카키 아카키예비치는 고개를 저으며 웃고서 가던 길을 재촉했다. 그는 왜 웃은 것일까. 전혀 낯설지만 그럼에도 누구에게나 남아 있는 어떤 감각을 자극하는 작품을 보았기 때문일까. 아니면 다른 많은 관리들처럼 '이런, 프랑스 놈들! 그들이 원하는 게 정말 그런 거라면, 뭐 할 말이 있겠는가……'라고 생각했기 때문일까? 어쩌면 이런 생각조차 안 했는지도 모른다. 인간의 영혼으로 숨어 들어가서 그가 생각하는 것을 뭐든 알아내기란 불가능한 것이다.

마침내 그는 부계장의 아파트가 있는 집에 도착했다. 부계장은 호화롭게 살고 있었다. 계단에는 랜턴이 켜져 있고, 아파트는 2층에 있었다. 현관에 들어가서 아카키 아카키예비치는 마루에 일렬로 놓인 실내화를 보았다. 그것들 사이로, 방 한가운데에 소용돌이 모양으로 시끄럽게 김을 내뿜는 사모바르가 있었다. 벽에는 온갖 외투와 망토가 걸려 있었는데, 그중에는 담비 깃이나 비로드 옷깃이 달린

---

17 볼이 아니라 턱에만 난 작고, 보통 끝이 뾰족한 수염.

것도 있었다. 벽 뒤에서 소음과 대화 소리가 들렸고, 문이 열리고 빈 찻잔, 크림, 말린 빵 광주리가 놓인 쟁반을 든 하인이 나오자 갑자기 그 소음과 대화 소리는 선명하고 낭랑해졌다. 관리들은 일찌감치 모여서 차를 한 잔씩 마신 것 같았다. 아카키 아카키예비치가 자기 외투를 직접 걸고 방에 들어가자, 그 앞에 촛불, 관리, 파이프, 카드용 탁자들이 일시에 어른거리고, 사방에서 웅성거리는 소리와 의자 끄는 소리에 그의 귀가 먹먹해졌다. 그는 방 한가운데 아주 어정쩡하게 서서, 사방을 둘러보며 무얼 해야 할지 생각해 내려고 애썼다. 그러나 모두들 이미 그를 알아보고 환호하며 맞이하고, 곧 현관으로 가서 다시 그의 외투를 바라보았다. 아카키 아카키예비치는 약간 당황하기도 했으나, 모두들 외투를 칭찬하는 것을 보자 마음이 순수한 사람답게 기뻐하지 않을 수 없었다. 물론 이들은 곧 외투도 잊고, 평소처럼 휘스트 게임을 위해 마련된 탁자들로 향했다. 소음, 대화, 사람들 무리, 이 모든 것이 아카키 아카키예비치에게 왠지 이상해 보였다. 그는 어디에 있어야 할지, 손, 발 그리고 몸 전체를 어디에 두어야 할지 갈피를 잡을 수 없었다. 마침내 그는 카드 놀이하는 사람들 곁에 앉아서 카드를 바라보며 이 사람 저 사람의 얼굴을 바라보다가 얼마간 시간이 지나자 하품을 하고 지루함을 느꼈다. 게다가 그가 평소에 잠자리에 드는 시간이 지난 지 한참 되었다. 그는 주인과 작별 인사를 하고 싶었으나, 주인은 새 외투를 장만한 기념으로 샴페인을 한 잔씩 마셔야 한다며 그를 놓아주지 않았다. 한 시간이 지난 뒤 러시아식 샐러드, 찬 송아지 고기, 고기만두, 파이, 샴페인으로 차려진 식사가 나왔다. 아카키 아카키예비치에게는 두 잔을 마시게 했다. 그러자 그는 방 안에 있는 것이 더욱 즐거워지는 걸 느껐다. 그러나 이미 12시가 되었고 집에 갈 시간이 한참 지났다는 것을 한시도 잊을 수 없었다. 어떻게든 주인이 만류할 생각을 하지 못하도록, 그는 조용히 방에서 빠져나와 현관에 있는 외투를 찾았다. 그런데 안타깝게도 그것이 마루에 떨어져 있었다. 그는 그것을 흔들어 털고 온갖 털을 떼 내고 어깨에 걸친 후에 계단을 내려가서 거리로 나왔다. 거리 전체가 여전히 밝았다. 작은 가게들과 하인들, 온갖 부류의 사람들이 모여 있는 여느 클럽들이 열려 있었다. 하지만 닫힌 곳들에서도 문틈으로 긴 빛줄기가 흘러나오는 것을 통해, 그곳들에서도 사교 활동이 이루어지고 있다는 걸 알 수 있었다. 아마도 하녀들이나 하인들이 자기들끼리 잡담하고 이야기 나누는 것을 마칠 때쯤이면, 주인들은 하인들이 어디 있는지 몰라서 매우 당황할 것이다.

아카키 아카키예비치는 즐거운 기분으로 걸어갔고, 심지어 번개처럼 곁을 스쳐 지나간, 몸의 각 부위가 유달리 매력적으로 움직이는 어떤 귀부인을 갑자기 이유도 없이 쫓아갈 뻔하기까지 했다. 하지만 바로 걸음을 멈추고서, 어디서 이런 민첩한 동작이 나왔는지 스스로 놀라면서 다시 이전처럼 아주 조용히 걸어갔다. 곧 그 앞에 텅 빈 거리들이 길게 늘어섰다. 그곳들은 낮에도 활기차지 않았지만, 저녁에는 특히 더 그랬다. 이제 거리들이 더 황량해지고 더 한적해졌다. 환한 가로등이 드물어졌다. 기름을 덜 부었기 때문일 것이다. 목재 건물과 울타리들을 지나가고, 어디에도 사람이 보이지 않았다. 거리에 쌓인 눈만 반짝거리고, 잠이 든 낮은 가게들은 겉창을 내린 채 슬픈 듯이 흐릿한 빛을 내고 있었다. 그는 맞은편의 집들이 거의 보이지 않을 정도로 끝없이 넓은 광장이 있어 거리가 끊어진 곳에 다다랐다. 광장이 무서운 광야처럼 보였다.

어디선가 멀리, 세상 끝에 있는 것처럼 보이는 어떤 초소에서 불빛이 어른거렸다. 아카키 아카키예비치의 즐거움이 여기에서 왠지 눈에 띄게 확 줄어들었다. 그는 예기치 않은 두려움을 느끼며 광장에 들어섰다. 마음에서 뭔가 불길한 것을 예감한 듯했다. 그는 뒤편과 사방을 둘러보았다. 주위는 완전히 바다 같았다. '아냐. 둘러보지 않는 편이 낫겠어.' 그는 이렇게 생각하고서 눈을 감고 걸어갔다. 광장 끝이 가까워졌는지 보기 위해 눈을 떴을 때 그는 갑자기 자기 앞, 거의 코앞에 콧수염을 기른 사람들이 서 있는 것을 보았다. 이들이 누구인지 그는 거의 분간할 수가 없었다. 그는 눈앞이 캄캄해지고 심장이 고동치기 시작했다. "이 외투는 내 거야!" 그중 한 명이 큰 목소리로 말하더니 그의 옷깃을 잡았다. 아카키 아카키예비치가 "보초!"라고 소리치고 싶었으나 다른 사람이 관리 머리만 한 크기의 주먹을 그의 입에 갖다 대고서 "자 소리쳐 봐!"라고 말했다. 아카키 아카키예비치는 그들이 자기에게서 외투를 벗기고 자기 무릎에 발길질을 했다는 것만 어렴풋이 느낄 수 있었다. 그는 눈 위에 자빠지고 더 이상 아무것도 느끼지 못했다. 몇 분 후 그는 정신을 차리고 발을 딛고 일어섰다. 하지만 이미 아무도 없었다. 그는 벌판이 춥고 외투가 없다는 걸 깨닫고서 소리치기 시작했다. 그러나 그의 목소리는 광장 끝까지 닿을 생각이 없는 것 같았다. 절망에 빠져서 쉴 새 없이 고함치며 그는 광장을 가로질러 곧장 초소로 뛰어갔다. 초소 옆에 당직 순경이 서서, 자기의 도끼창에 몸을 기대고, 어떤 녀석이 멀리서 자기에게 달려오며 소리를 지르는 건지 알고 싶어서 호기심을 갖고 바라보는 것 같았다. 아카키 아카키예비치는 그에게 달려와서 숨 가쁜 목소리로, 그가 잠을 자느라 지켜보지도 않고 사람에게서 물건을 강탈해도 알아채지 못했다고 고함치기 시작했다. 순경은 자기는 아무것도 못 봤고 다만 광장 가운데서 어떤 두 사람이 그를 멈춰 세우는 것만 보았으며, 그들이 그의 친구들일 거라고만 생각했다고 말했다. 그러고는 쓸데없이 욕하지 말고 내일 파출소장에게 가 보라고, 그러면 파출소장이 누가 외투를 가져갔는지 알아낼 거라고 말했다. 아카키 아카키예비치는 완전히 정신이 나간 상태에서 집으로 뛰어갔다. 관자놀이와 뒤통수에 얼마 남지 않은 머리카락이 완전히 흐트러졌다. 옆구리와 가슴과 바지 전체가 눈에 범벅이 되었다. 그의 아파트 여주인인 노파가 문 두드리는 소리에 황급히 침대에서 나와 한쪽 발에만 장화를 신고, 부끄러운 마음에 한 손으로 셔츠의 가슴께를 여미면서 문을 열려고 뛰어왔다. 그러나 문을 열고 아카키 아카키예비치의 행색을 보고서 그녀는 뒷걸음쳤다. 그가 상황을 이야기하자 그녀는 손을 마주치며 바로 경찰서장에게 가 보라고 했다. 파출소장은 그를 속이고 약속을 한 뒤 골탕 먹일 것이므로 바로 경찰서장에게 가는 편이 낫다는 것이다. 또한 그녀는 전에 자기 집에서 요리사로 일했던 핀란드 여인 안나가 지금 경찰서장 집에 유모로 있기 때문에 자기가 그를 잘 안다고도 했다. 더불어 그가 자기 집을 지나칠 때 직접 그를 자주 보았고, 그가 일요일마다 교회에 가서 기도하고 동시에 모든 사람을 너그럽게 바라보던 것을 고려해 볼 때, 모든 면에서 그가 선량한 사람임에 틀림없다는 것이다. 그녀 의견을 듣고서 아카키 아카키예비치는 자기 방으로 허둥지둥 들어갔다. 그가 그날 밤을 어떻게 보냈는지, 다른 사람의 입장을 조금이라도 생각해 볼 수 있는 사람은 충분히 짐작할 수 있을 것이다.

이른 아침 그는 경찰서장에게 갔다. 그러나 그는 자고 있다고 했다. 그가 10시에 왔을 때도 자고 있다고 했다. 그가 11시에 갔을 때 경찰서장은 집에 없다고 했다. 그가 점심시간에 왔을 때, 서기들은 문간방에서 그를 들여보내지 않으려고 하면서 무슨 일인지, 어떤 필요가 있는지, 무슨 일이 일어났는지 확실히 알고 싶어 했다. 그러자 마침내 아카키 아카키예비치는 평생 처음으로 자기의 성격을 드러내고 싶어졌다. 그는 단호하게 경찰서장을 개인적으로 만날 필요가 있고, 그들이 그를 들여보내지 않을 수 없으며 그는 부서에서 공무로 왔고, 자기가 그들에 대해 불평하면 그땐 어떻게 되는지 보게 될 것이라고 말했다. 서기들은 이 말에 아무 대꾸도 못 하고, 그 중 한 명이 경찰서장을 부르러 갔다. 경찰서장은 외투 강탈에 대한 이야기를 아주 이상하게 받아들였다. 그는 사안의 핵심에는 관심을 돌리지 않고, 대신 아카키 아카키예비치가 왜 그렇게 늦게 귀가했는지, 그가 어떤 떳떳하지 못한 곳에 간 것은 아닌지 캐묻기 시작했다. 아카키 아카키예비치는 완전히 당황해서, 외투 사건이 적합한 방식으로 처리될 수 있는 건지 아닌지도 모른 채 그의 집에서 나왔다. 이날 종일 그는 관청에 가지 않았다(그에게는 생전 처음 있는 일이다). 다음 날 그는 자기의 낡은 여성용 가운을 입고 완전히 가련한 모습으로 나타났고, 그 외투는 이전보다 더 애처로워 보였다. 이번에도 아카키 아카키예비치를 놀릴 기회를 놓치지 않는 관리들이 있었으나, 외투 강탈에 대한 이야기가 많은 이의 마음을 움직였다. 그들은 그를 위해서 돈을 모으기로 결정했다. 하지만 모인 금액은 아주 적었다. 관리들에게는 이 일이 아니어도 돈을 지출할 곳이 이미 많았기 때문이다. 그들은 국장 초상화도, 어떤 책 저자의 친구인 부서 과장의 제안에 따라서 그 책도 주문해야 했다. 그래서 모인 액수는 아주 변변치 않았다.

누군가 한 명이 동정심에 이끌려서 아카키를 좋은 조언으로나마 돕기로 마음먹고는 그에게 파출소장에게 가지 말라고 했다. 파출소장은 상관의 인정을 받고 싶어 해서, 외투를 어떻게 찾는다 해도 아카키가 그것이 자기 것이라는 법적인 증거를 제출하지 못하면 외투가 경찰서에 남게 될 수도 있으니, 차라리 유력인사[18]를 찾아가면 유력인사가 명령을 내리고 적당한 사람과 합의해서 일이 더 성공적으로 처리되게 할 것이라는 것이다. 다른 방도가 없어서 아카키는 유력인사에게 가기로 결심했다. 유력인사의 직책이 정확히 무엇이고 어떤 일을 하는 것이었는지, 이것은 지금까지 알려진 바가 없다. 한 유력인사가 최근에 유력인사가 되었고 이전까지는 유력하지 않은 인사였다는 것만 알아 둘 필요가 있다.

사실 그의 자리는 지금도 다른 훨씬 더 유력한 자리들에 비교하면 유력한 것이 아니었다. 그러나 다른 사람의 눈에는 유력하지 않은 것이 이미 유력한 것으로 보이는 그런 부류의 사람은 늘 있는 법이다.

그리고 그는 자신의 유력함을 다른 수단들을 동원하여 강화하려고 노력했다. 즉 그가 사무실에 들어설 때면 더 낮은 직급의 관리들이 이미 계단에서부터 그를 맞이하도록 배치했다. 그에게 누구도 바로 다가오지 못하게 하고, 모든 것이 가장 엄격한 질서에 따라

18 같은 문단에서 '유력한'이란 의미의 '즈나치쩰니значительный'와 '유력하지 않은'이란 의미의 '니즈나치쩰니незначительный'가 수차례 반복되면서 강한 대조와 언어유희 효과를 거둔다.

추진되게 했다. 14등관은 12등관에게 보고하고 12등관은 11등관이나 다른 누군가에게 보고해야 하는 식으로 그에게 안건이 보고되도록 한 것이다. 성스러운 루시에서는 바로 그렇게 모두가 모방 욕망에 감염되어서, 누구나 자기 상관을 모방하고 흉내 내는 것이다.

일설에 의하면, 한 9등관은 어떤 작은 관청의 장으로 임명되자, 즉시 자기 방에 칸막이를 쳐서 자기를 위한 별도의 방을 만들고 이것을 '접견실'이라고 불렀다. 그리고 붉은 옷깃과 금몰을 단 경비들을 문 옆에 세우고, 그들이 문의 손잡이를 잡고 방문객이 올 때마다 문을 열어 주도록 했다는 것이다. 그런데 '접견실'에는 일반적인 사무용 책상이 겨우 들어갈 정도의 공간밖에 없었다. 유력인사의 접대 방식과 관례는 확고하고 장엄했으나 복잡하지는 않았다. "엄격, 엄격, 또 엄격." 그는 늘 이렇게 말하고, 특히 마지막 단어를 말할 때는 상대방 얼굴을 매우 엄격하게 바라보았다.

사실 그렇게 할 이유는 전혀 없었다. 관청의 일반적인 통치 시스템에 동화된 수십 명의 관리들은 그러지 않아도 으레 느껴야 할 공포를 느끼고 있었기 때문이다. 이들은 멀리서 유력인사가 보이기만 해도 일을 멈추고 몸을 곧게 펴고 서서 상관이 방을 지나가기를 기다렸던 것이다. 그가 낮은 직급의 관리들과 나누는 일상적인 대화에도 엄격함이 배어 있었고, 거의 이 세 가지 의미가 내포되어 있었다. "어떻게 자네들은 웃을 수 있는가? 자네들은 누구와 이야기하고 있는지 알기나 하는가? 누가 자네들 앞에 서 있는지 이해하기나 하는가?" 사실 그는 선량한 성품의 사람이었고, 친구들과도 잘 지내고, 친절하였으나, 장군이라는 직책이 그를 완전히 본 궤도에서 벗어나게 만들었다. 장군의 직책을 받고 나자 그는 어쩐지 당혹스러워지고 본 궤도에서 벗어나 어떻게 해야 할지 감을 잡을 수 없게 되었다. 자신과 동등한 직급의 사람들과 있을 때면, 그는 아직 제대로 된 사람, 매우 품위 있는 사람, 모든 면에서 아직 어리석지 않은 사람이었다. 그러나 그보다 한 직급만 낮은 사람들과 교제해도 그는 완전히 무례하게 행동했다. 그는 침묵했고, 그의 상태를 보면 그가 안쓰러워졌으며, 심지어 자기 자신도 그 시간을 더할 나위 없이 잘 보낼 수 있었을 거라고 느꼈다. 그의 눈에서 가끔 어떤 흥미로운 대화와 모임에 참여하고 싶은 강한 갈망이 내비쳤다. 그러나 그렇게 하는 것이 그의 편에서 너무 많이 나가는 건 아닐까, 지나치게 친근한 건 아닐까, 그가 이것으로 자신의 위신을 떨어뜨리는 건 아닐까, 이런 생각이 그를 멈추게 했다. 그 결과 그는 내내 말없이 있다가 가끔 어떤 외마디 소리를 내었고, 그래서 가장 따분한 사람이라는 별명을 얻게 되었다.

그런 유력인사에게 우리의 아카키 아카키예비치가 나타난 것이고, 그것도 그 자신에게는 정말로 좋지 않은 때에, 반면 유력인사에게는 때마침 그가 나타난 것이다. 유력인사는 자기 사무실에 앉아서, 오래도록 알고 지냈으나 몇 년간 보지 못하다가 최근에 수도로 올라온 어린 시절 친구와 아주아주 즐겁게 대화를 나누고 있었다. 이때 그에게 바시마치킨이라는 사람이 찾아왔다고 보고되었다. 그가 툭툭 끊듯이 물었다. "그가 누군가?" 그에게 대답했다. "어떤 관리입니다." "아! 기다리라고 해. 지금은 때가 아니니까." 유력인사가 말했다. 여기에서 유력인사가 완전히 거짓말을 했다는 것을 말해 둘 필요가 있다. 그에겐 시간이 있었다. 그들은 이미 오랫동안 모든 것을 이야기했고, 서로 가볍게 정강이를 치고 "그렇군, 이반 아브

라모비치!""그래, 스테판 바를라모비치!"라고 말하면서 대화가 중간 중간 긴 시간 끊어진 지도 오래되었다. 그러나 이런 상태에서 그는 친구에게, 즉 오랫동안 근무를 하지 않고 시골집에서 지내 온 사람에게, 그의 문지방에서 관리들이 얼마나 오래 기다리는지를 보여 주기 위해 기다리라고 명령한 것이다. 마침내 충분히 다 말하고 그보다 훨씬 더 충분히 침묵을 지키고 너무나 편안한 안락의자에서 등받이를 뒤로 젖히고 담배를 다 피우고 나서, 그는 마침내 갑자기 생각났다는 듯이 보고를 위해 서류를 들고 문에 서 있는 사람에게 말했다. "자, 저기 관리가 서 있는 것 같은데. 그에게 들어오라고 하게." 아카키 아카키예비치의 겸손한 표정과 그의 아주 낡은 제복을 보고서 그는 갑자기 그에게 몸을 돌리고는, 현재의 자리와 장군 직책을 얻기 일주일 전 자기 방에 혼자 있을 때 거울 앞에서 미리 익힌 대로 툭툭 끊어지는 강경한 목소리로 "필요한 게 무엇이오?"라고 말했다. 아카키 아카키예비치는 미리 위축되어 약간 당혹스러워졌다. 그리고, 그의 혀가 허락하는 한 다른 때보다 더 자주 소사小詞 "그런"을 덧붙이면서, 완전히 새 외투가 있었는데 비인간적인 방식으로 강탈당했고, 유력인사가 어떻게든 주선을 하고 경시총감이나 다른 누군가와 서신을 교환해서 외투를 찾아 주시길 바라는 마음으로 그를 찾아오게 되었노라고 설명했다. 장군에게는 왠지 모르게 그런 태도가 지나치게 허물없는 것으로 느껴졌다.

　"이보시오." 그가 툭툭 끊으며 말을 이었다. "절차를 모르는 거요? 당신은 어디로 들어온 거요? 일이 어떻게 처리되는지 모르냔 말이오? 당신은 이것에 대해 먼저 관청에 청원서를 내야 했소. 그러면 그것은 계장에게, 부서 과장에게, 그다음 서기에게 넘어갈 것이고,

서기가 그것을 내게 가져오게 되어 있소……."

"하지만 각하." 아카키 아카키예비치는 조금이나마 남아 있는 기력을 최대한 모으려고 애쓰면서, 동시에 끔찍하게 식은땀이 나는 것을 느끼며 말했다. "서기란…… 믿을 수 없는 족속이어서…… 저는 감히 각하께 폐를 끼칠 용기를 내게 되었습니다……."

"뭐, 뭐, 뭐라고?" 유력인사가 말했다. "어디에서 그따위 정신을 갖게 되었소? 어디에서 그런 생각을 갖게 되었소? 젊은이들 사이에 상관과 상부를 거역하는 그런 반항 정신이 퍼지다니!"

유력인사는 아카키 아카키예비치가 이미 쉰 줄이 넘었다는 것을 깨닫지 못한 것 같았다. 그가 젊은이라고 불릴 수 있으려면, 그건 상대적으로만, 즉 일흔 살 이상인 사람에 대해서만 가능한 것이다.

"당신 지금 누구에게 말하는 건지 알기나 하오? 누가 당신 앞에 서 있는 건지 이해하고 있소? 당신은 이걸 이해하고 있소? 이걸 이해하느냔 말이오? 당신에게 묻는 거요."

여기에서 그는 아카키 아카키예비치라서가 아니라 누구라도 무서워할 만큼 한껏 언성을 높이고 발을 굴렀다. 아카키 아카키예비치는 완전히 얼어붙고 휘청거리며 온몸을 벌벌 떨어서 거의 서 있을 수조차 없었다. 만일 수위가 즉시 달려와서 그를 붙잡지 않았다면, 그는 마루에 쿵 하고 쓰러졌을 것이다. 거의 움직이지도 못하는 그를 수위가 데리고 나갔다. 반면에 유력인사는 효과가 기대보다 훨씬 큰 것에 만족해하며, 그의 말에 사람의 넋이 빠질 수도 있다는 생각에 완전히 도취되어서, 친구가 이것을 어떻게 보는지 알아보기 위해 흘깃 그를 쳐다보았고, 친구가 완전히 멍한 상태에 있고 심지어 자기 쪽에서도 공포를 느끼기 시작한 것을 보고서 만족스러워했다.

어떻게 계단을 내려왔는지, 어떻게 거리로 나섰는지 아카키 아카키예비치는 전혀 기억하지 못했다. 그의 손도, 발도 감각이 없었다. 평생 그는 그렇게 호되게 장군, 그것도 낯선 장군에 의해 질책을 당해 본 적이 없었다. 그는 거리에 휘몰아치는 눈보라를 맞으며, 입을 벌리고, 보도에서 벗어나서 걸어갔다. 페테르부르크의 바람이 늘 그렇듯 사방에서, 모든 골목에서 그에게 몰아쳤다. 순간 그의 목에 편도선염이 생기고, 그는 말 한마디 할 기운도 없이 집에 다다랐다. 그는 몸이 심하게 부어서 침대에 드러누웠다. 가끔 마땅히 받아야 할 질책을 그렇게 호되게 받기도 하는 법이다! 바로 다음 날 그는 심한 열병을 앓게 되었다. 페테르부르크 기후가 자비롭게도 도와준 덕분에 병은 예상보다 빠르게 진행되었다. 의사가 왔을 때는 맥박을 짚어 보고 찜질을 처방하는 것 외에는 달리 할 일이 없었다. 그것도 그저 환자가 의학적인 도움을 전혀 받지 못했다고는 하지 않도록 하기 위해서였다. 하지만 그 자신은 하루 반나절이 지나면 아카키가 최후를 맞이하게 될 거라고 선언했다. 그러고서 여주인을 향해 말했다. "할멈, 당신은 괜히 시간을 축내지 마세요. 지금 소나무 관을 주문하세요. 참나무 관은 그에게 비쌀 테니까." 아카키 아카키예비치가 자신에 대한 이 치명적인 말을 들었는지, 들었다면 그 말이 그에게 충격을 주었는지, 그가 자신의 기막힌 운명을 한탄했는지, 이런 것들은 전혀 알려진 바 없다. 그는 내내 헛소리를 하며 열에 들떠 있었기 때문이다.

갈수록 이상해지는 환영들이 그에게 끊임없이 나타났다. 그는 도둑들이 그의 침대 밑에서 끊임없이 나타난다고 생각하고, 페트로비치를 보고서 그에게 도둑을 잡을 수 있는 올가미가 있는 외투를 주문하기도 했다. 그리고 그는 수시로 여주인을 불러서 심지어 그의 이불 밑에서도 도둑을 끌어내 달라고 요청했다. 그는 자기에겐 새 외투가 있는데 왜 자기 앞에 낡은 여성용 가운이 걸려 있냐고 묻기도 했다. 그에겐 자기가 장군 앞에 서서 적절한 질책을 듣고 "잘못했습니다, 각하!"라고 대답하는 것이 보이기도 했다. 그리고 마침내 그는 너무나 끔찍한 단어를 써 가면서 걸쩍지근한 욕을 퍼붓기도 했다. 여주인은 평생 그에게서 그런 말을 한 번도 들어 본 적이 없고, 게다가 이 말들이 "각하"라는 말에 바로 이어서 나왔기 때문에 성호를 긋기까지 했다. 그런 뒤 그는 완전히 헛소리를 해 대서 도무지 아무것도 이해할 수 없었다. 다만 그의 두서없는 말과 생각이 동일한 외투 주위를 맴돌고 있다는 것은 알 수 있었다.

마침내 불쌍한 아카키 아카키예비치가 숨을 거두었다. 그의 방도, 그의 물건도 봉인되지 않았다. 그 이유로는 첫째, 상속인이 없었다. 둘째, 유산으로 남은 게 매우 적었다. 거위 깃털 펜 한 묶음, 하얀 관청 서류 종이 한 권, 양말 세 켤레, 바지에서 뜯긴 단추 두세 개 그리고 독자들이 이미 잘 알고 있는 여성용 가운이 전부였던 것이다. 이게 모두 누구에게 갔는지는 신만이 아신다. 솔직히 이 이야기를 하는 사람도 관심이 없다.

아카키 아카키예비치는 운반되어서 매장되었다. 페테르부르크도, 마치 그곳에 그가 존재하지도 않았던 양, 아카키 아카키예비치 없이 남게 되었다. 누구에게서도 보호받지 못하고 누구에게도 소중하게 여겨지지 않고, 누구에게도 흥미롭지 않고, 심지어 흔한 파리 한 마리를 장식핀 위에 놓고 현미경으로 살펴볼 기회는 놓치지 않는 자연과학자의 주의도 끌지 못한 존재가 사라져서 보이지 않게 된 것이다. 관청의 조롱을 온순하게 참아내고 어떤 특별한 일도 없이 무덤으로 들어간 존재, 하지만 그를 위해서도 삶의 마지막 순간, 외투의 모습으로 그의 불쌍한 삶에 한순간 생기를 불어넣어 준 빛나는 손님인 외투가 어른거렸다. 그다음 마치 황제와 세상 통치자들에게 닥치듯이, 그에게도 참을 수 없는 불행이 들이닥친 것이다…….

그가 죽은 지 며칠이 지나서 부서에서 그의 아파트로 수위를 보내어 즉시 출근하라고, 상관이 지시하는 거라고 명령했다. 그러나 수위는 아무 수확 없이 돌아가야 했고, 더 이상 올 수 없다고 보고했다. "왜?"라는 질문에 그는 "그게, 그가 죽어서 4일 전에 장례를 치렀습니다"라고 대답했다. 부서에서는 그런 식으로 아카키 아카키예비치의 죽음을 알게 되었고, 바로 다음 날 그의 자리에는 이미 새로 온 관리가 앉아 있었다. 그는 키가 훨씬 더 크고, 글씨를 세워서 쓰지 않고 훨씬 더 기울어진 필체로 썼다.

그러나 여기에서 아카키 아카키예비치에 대한 이야기가 끝난 게 아니고, 마치 어느 누구에게서도 주목받지 못한 삶에 대해 보상이라도 하듯, 죽은 이후 그가 며칠 더 소동을 일으키며 살게 될 운명인 줄 누가 상상이나 했겠는가! 하지만 일은 그렇게 진행되었고, 우리의 변변찮은 이야기는 갑자기 환상적인 결말을 맞게 된다.

페테르부르크에 갑자기, 칼린킨 다리[19] 부근과 좀 더 떨어진 곳에 밤마다 빼앗긴 외투를 찾는 관리 행색의 망자가 나타난다는 소문이 돌기 시작했다. 망자는 빼앗긴 외투를 찾는다는 구실로 관직과 호칭을 가리지 않고 모든 이의 어깨에서 모든 외투를, 고양이

---

19 1780~1789년에 네바 강의 지류인 폰칸카 강 위에 세워진 석조 개폐교.

털 댄 것, 담비털 댄 것, 누빈 솜 댄 것, 너구리, 여우, 곰 모피, 한 마디로 인간이 자기 피부를 감싸기 위해 고안한 것은 모조리, 온갖 종류의 털과 가죽을 벗겨 낸다는 것이다. 부서 관리 중 한 명이 망자를 자기 눈으로 보고서, 그가 아카키 아카키예비치라는 걸 알아보았다. 하지만 그는 너무나 공포에 질려서 '걸음아 나 살려라' 하고 도망치느라 찬찬히 살펴보지는 못했다. 그는 다만 멀찍이서 그가 손가락으로 자기를 위협하는 것만 보았을 뿐이다.

사방에서 끊임없이, 9등관은 그렇다 치고 심지어 3등관의 등과 어깨도 한밤의 외투 강탈로 인해 된통 감기에 걸렸다는 불평이 쏟아졌다. 경찰에서는 무슨 일이 있어도 살았든지 죽었든지, 이 망자를 잡아서, 본때를 보여 주기 위해 가장 잔인한 방법으로 처벌하라는 명령이 내려졌다. 그리고 심지어 거의 성공할 뻔했다. 바로 키류시킨 골목의 어느 구역에 있는 당직 순경이 범행 현장에서, 한때 플루트를 불던 어떤 퇴직한 음악가로부터 값싼 모직 외투를 벗기는 망자의 옷깃을 거의 잡을 뻔한 것이다. 그런데 그는 그의 옷깃을 잡은 뒤 소리쳐 두 명의 동료를 부르고는 그들에게 그를 잡고 있으라고 맡긴 뒤에, 잠시 장화로 몸을 수그렸다. 거기에서 담배가 든 담뱃갑을 꺼내서 평생 여섯 번 얼었다가 풀린 코를 잠깐 상쾌하게 하기 위해서였다. 그런데 담배가 망자조차 참을 수 없는 종류의 것이었던 모양이다.

당직 순경이 손가락으로 오른쪽 콧구멍을 막고 왼손으로 반 줌을 집으려는 찰나, 망자가 너무 심하게 재채기를 하는 바람에 바로 세 사람의 눈에 담뱃가루가 흩뿌려진 것이다. 그들이 손등으로 그것을 문지르는 동안 망자는 흔적도 없이 사라졌다. 그래서 그들은 그가 그들의 손에 잡혔는지도 알 수 없게 되었다.

　이때부터 당직 순경들은 죽은 사람들에게 너무 큰 공포를 느
낀 나머지, 산 사람들을 붙잡는 것마저 두려워하게 되고, 멀리서 "이
봐, 너, 길 똑바로 걸어!"라고 고함을 치기만 했다. 그리고 죽은 관리
는 칼리닌 다리 너머에도 나타나서, 소심한 사람 모두에게 적지 않
은 공포감을 안겨 주었다. 그러나 우리는 사실 이 미스터리한 사건,
하지만 완전히 진실된 이야기의 원인이 된 한 유력인사를 완전히 팽
개쳐 두었다. 무엇보다 먼저 공정하게 말할 필요가 있다. 한 유력인사
는 질책을 받은 불쌍한 아카키 아카키예비치가 나가자마자 연민 비
슷한 감정을 느꼈다. 그에게는 연민이 낯설지 않았다. 직책이 그가
그것을 드러내는 것을 아주 자주 가로막긴 했지만, 그의 마음에는
선한 행동을 많이 하고 싶은 갈망이 있었다. 그를 방문한 친구가 그
의 집무실에서 나가자마자 그는 불쌍한 아카키 아카키예비치에 대
해 깊이 생각하게 되었다. 이때부터 그에게 거의 날마다 불쌍한 아
카키 아카키예비치가 떠올랐다. 그에 대한 생각에 너무나 불안해
진 나머지 일주일이 지나자 그는 그가 어떻게 되었는지, 정말로 그
를 돕는 게 불가능한지 알아보기 위해 그에게 관리를 보내기로 결정
하기까지 했다. 아카키 아카키예비치가 열병으로 바로 죽었다는 보
고를 받자, 그는 너무 놀라서 양심의 가책을 받고 하루 내내 기분이
우울했다. 그는 어떻게든 기분을 전환하고 불쾌한 인상을 씻어 내기
위해서 자기 친구 중 한 명의 야회에 갔고, 거기에서 버젓한 사교 모
임을 발견하였다. 무엇보다 좋았던 것은 거기서는 모두가 거의 동일
한 직급이었다는 것이다. 그래서 그는 어떤 것에도 얽매이지 않을 수
있었다. 이것이 그의 영혼에 놀라운 작용을 했다. 그의 마음이 긴장

에서 풀어지고, 대화 중 유쾌해지고 친절해졌다. 한마디로 저녁을 매우 유쾌하게 보냈다. 저녁을 먹으면서 그는 샴페인을 두 잔 마셨는데, 익히 알다시피 샴페인은 유쾌한 대화를 나누는 데 적절히 작용한다. 그는 샴페인에 취하자 여러 가지 색다른 행동을 하고 싶은 기분이 들었다. 그래서 바로 집으로 가지 않고 그가 잘 알고 지내는 귀부인, 아마도 독일계인 카롤리나 이바노브나에게 가기로 결정했다. 그는 그녀에게 전적으로 친구의 감정을 갖고 있었다. 유력인사는 이미 젊지 않은 사람이고 좋은 남편이며 가정의 존경받는 아버지라는 것을 말해 둘 필요가 있다. 두 아들과 ─ 그중 한 명은 이미 관청에서 근무하고 있다 ─ 약간 휘었으나 예쁘장한 코를 지닌 열여섯 살 난 예쁜 딸이 날마다 그의 손에 키스하며 "봉주르, 파파"[20]라고 아침 인사를 했다. 그의 아내는 아직 매력적이고 심지어 전혀 밉지 않은 여성으로서, 먼저 그가 자기 손에 키스하게 하고 그다음에는 손을 반대로 뒤집어서 자기가 그의 손에 키스했다. 그러나 유력인사는 가족의 사랑에 완전히 만족하고 있었음에도 불구하고, 친구 관계를 맺기 위하여 도시 다른 쪽에 여자친구를 갖는 것이 사교계의 관례임을 알게 되었다. 이 여자친구는 결코 아내보다 더 예쁘지도, 더 젊지도 않았다. 그러나 세상에는 그런 의무도 있는 법이고, 그것에 대해 판단하는 것은 우리의 소관이 아니다.

그래서 유력인사는 계단을 내려가서 썰매에 앉아 마부에게 말했다. "카롤리나 이바노브나에게 가자." 그러고서 자기는 따뜻한 외투로 아주 호사롭게 몸을 감싸고, 러시아인에게 그보다 더 좋은 것

---

20 프랑스어 "Bonjour, papa"를 그대로 표기.

은 생각할 수 없을 정도로 유쾌한 상태에 있었다. 즉 스스로는 아무 생각을 하지 않아도, 상념이 저절로 머리에 떠오르고, 새로운 상념이 이전 것보다 더 유쾌해서 그것을 생각해 내거나 찾으려고 굳이 애쓰지 않아도 되는 그런 상태였다. 만족에 겨워서 그는 저녁나절에 즐겼던 모든 유쾌한 장면과 작은 모임에서 좌중을 웃긴 모든 말을 가볍게 떠올렸다. 그중 여러 개를 낮은 목소리로 되풀이하고, 그것들이 여전히 우습다는 것을 알게 되었다. 그래서 당연히 자기도 마음으로부터 웃게 되었다.

그런데 이따금 돌발적인 바람이 그를 방해했다. 바람이 어디에서 무슨 이유로 부는지 전혀 알 수 없이 갑자기 휘몰아치고, 그에게 눈발을 날리면서 그의 얼굴을 찔러 댔다. 바람이 그의 외투 깃을 돛처럼 높이 부풀려 세우거나 갑자기 초자연적인 힘으로 그의 머리에 눈발을 날려서, 그는 눈발에서 벗어나기 위해 갖은 애를 써야 했다.

유력인사는 갑자기 누군가가 옷깃을 아주 세게 잡아당기는 걸 느꼈다. 그가 뒤를 돌아보자 작은 키에 낡고 닳은 제복을 입은 사람이 보였다. 그가 아카키 아카키예비치인 것을 알아보고 그는 공포에 질렸다. 관리의 얼굴은 눈처럼 창백하고 완전히 망자처럼 보였다. 그러나 망자의 입이 일그러지고 그에게 무서운 무덤 냄새를 풍기며 이렇게 말했을 때, 유력인사의 공포는 극에 다다랐다. "아! 드디어 너구나! 드디어 네 옷깃을 잡았어! 내겐 네 외투가 필요해! 나를 위해 애쓰지는 않고 게다가 질책까지 했겠다. 이제 네 걸 내놔!" 불쌍한 유력인사는 거의 죽을 것만 같았다. 그가 관청에서, 대체로 낮은 직급 앞에서 아무리 성깔을 부렸다 해도, 누구나 그의 남성적인 모습과 형상을 보면 "와, 성격 한번 대단한데!"라고 혀를 내둘렀음에도 불구하고, 이제 그는 고대 영웅인 체했던 수많은 이들과 마찬가지로 엄청난 공포에 사로잡혀서, 어떤 병적인 발작이 일어나지 않을까 조심해야 할 판이었다. 심지어 제 손으로 제 어깨에서 외투를 벗어 던지고는 제정신이 아닌 채로 마부에게 고함쳤다. "집으로 가, 전속력으로!" 마부는 보통 결정적인 순간에 튀어나오고 곧 훨씬 더 실질적인 채찍이 뒤따르는 목소리를 듣고서, 만일의 경우에 대비하여 머리를 어깨에 묻고 채찍을 휘두르며 쏜살같이 내달렸다. 6분쯤 뒤 유력인사는 벌써 자기 집 입구에 이르렀다. 창백해지고 혼비백산한 채 외투도 없이, 카롤리나 이바노브나의 집 대신 자기 집에 도착한 뒤 그는 겨우 자기 방에 들어가고 너무나 혼란스러운 상태에서 밤을 보냈다.

다음 날 아침 차를 마실 때 딸이 그에게 직접 물었다. "오늘은 아주 창백해요, 파파." 그러나 파파는 침묵하고 그에게 무슨 일이 있었는지, 그가 어디에 있었는지, 어디로 가고 싶었는지, 어느 누구에게도 단 한마디도 하지 않았다. 이 사건은 그에게 강한 인상을 남겼다. 심지어 부하들에게 "자네들이 어디 감히, 자네들 앞에 누가 있는지 알기나 해?"라고 말하는 횟수가 훨씬 줄어들었다. 설사 그 말을 한다 해도, 먼저 자초지종을 듣기 전은 아니었다.

그러나 더욱 주목할 만한 것은 이때부터 죽은 관리가 더 이상 나타나지 않게 되었다는 것이다. 장군 외투가 그의 어깨에 딱 맞았던 게 분명하다. 적어도 누군가에게서 외투를 벗긴다는 얘기는 이제 어디서도 들리지 않았다. 하지만 활동적이고 주의 깊은 많은 이들은 안심하지 못하고, 도시의 먼 지역에는 아직도 죽은 관리가 나타난다고 말했다. 실제로 콜롬나의 한 당직 순경은 제 눈으로 어떤 집에서 유령이 나타나는 것을 보았다. 그러나 그는 태어날 때부터 몸이 좀 약해서, 한번은 다 자란 여느 새끼 돼지가 어떤 집에서 뛰쳐나와 그의 다리를 쳐서 그를 쓰러뜨리자 주위에 서 있던 마부들이 완전히 박장대소를 한 적이 있었다. 그는 그 조롱에 대해 그들 각자에게 담뱃값으로 반 코페이카를 요구하였다. 그렇게 몸이 약해서, 그는 유령을 멈춰 세울 수 없었고, 다만 어둠 속에서 그를 따라갔다. 그러자 마침내 유령이 갑자기 뒤돌아보더니 걸음을 멈추고서 "원하는 게 뭐야?"라고 묻고는, 사람의 것이라고 하기에는 엄청나게 큰 주먹을 내밀었다. 순경은 "아무것도 아닙니다"라고 말하고서 즉시 돌아섰다. 그러나 유령은 키가 훨씬 더 컸고, 엄청나게 큰 콧수염을 길렀으며 오부호프 다리로 발걸음을 향하고서 완전히 밤의 어둠 속으로 사라졌다.

고골의 페테르부르크 이야기들:
'보이는 웃음 속의 보이지 않는 눈물'
이경완(옮긴이)

고골: 우크라이나 – 러시아 문학에서 가장 불가해한 작가

니콜라이 바실리예비치 고골Nikolay Vasilyevich Gogol(1809~1852)은 러시아 제국의 지배하에 있던 우크라이나 동부 지역 폴타바 출신의 우크라이나인이다.[1] 고골은 유년 시절부터 우크라이나-러시아 정교 문화를 접하면서 17~18세기에 폴란드에서 도입된 바로크 문화의 영향을 받고 19세기 러시아 낭만주의 문화도 접하면서 10대에 낭만주의 작품들을 창작하기 시작한다. 그는 1828년 김나지움 졸업 직후, 당시 성공에 대한 청운의 꿈을 품은 우크라이나 젊은이들의 관례에 따라서, 러시아 제국의 수도인 페테르부르크로 상경한다. 그는 말단 하급관리 생활을 하면서 김나지움 시절에 써 둔 낭만주의 시들을 발표하지만 혹평을 받고, 1831~1832년에 우크라이나 민속설화를 토대로 낭만주의 창작 설화집『디칸카 근교 마을의 야회』를 발표하면서 러시아 문단의 총아로 떠오른다. 고골은 당시 유행한 러시아 낭만주의 사조를 반영하여 러시아 제국의 독자들에게 우크라이나 민속문화에 토대를 둔 이국적이고 환상적인 창작 설화를 제공하여 큰 인기를 얻게 된 것이다.

하지만 그는 1833년 페테르부르크의 문화적 충격과 혹한 속에서 우울증에 시달리고, 낭만주의적 역사, 예술 에세이들을 창작하며 페테르부르크 대학에서 역사 강의를 시도했고 이후 1835년 키이우 대학의 역사 교수가 되기 위해 백방으로 노력하지만 실패한다. 반면 그 사이에도 그는 우크라이나 폴타바 지역의 소도시 미르고로드 및 근대 도시 페테르부르크의 세태를 풍자하고 러시아 민족의 정체성과 예술의 사명에 대한 자신의 비전을 제시하는 환상적인 이야기들을 1835년 두 문집 『미르고로드』와 『아라베스크』를 통해 발표한다. 그중 『미르고로드』에 속하는 작품은 「옛 시대의 지주」, 「타라스 불바」, 「비이」, 「이반 이바노비치와 이반 니키포로비치가 싸운 이야기」이다. 『아라베스크』에 수록된 작품은 페테르부르크 이야기

I 우크라이나는 10세기 전후 드니프로 강 연안에 성립된 키이우 대공국을 시원으로 하고 988년 비잔틴 정교를 국교로 채택하여 정교 국가로 출범한다. 그러나 몽골의 압제를 거쳐 17세기 후반에 같은 키이우 대공국에서 출범한 러시아 제국과 동유럽의 가톨릭 국가인 폴란드-리투아니아 왕국에 의해 분할 점령되면서 드니프로 강을 기점으로 동부 지역 (좌안)과 서부 지역(우안) 간에 종교적, 문화적, 언어적 경계가 형성된다. 동부 지역은 우크라이나-러시아 정교 문화권으로서 두 언어가 혼용되고 친러시아 기류가 강한 반면, 서부 지역은 가톨릭 문화권이며 우크라이나어를 주로 사용하고 친서방 기류가 강하다. 이러한 지역적 차이는 1990년대 초 소비에트연방에 속했던 우크라이나 사회주의 공화국이 붕괴되고 우크라이나 공화국이 건국된 이래 다시 격화되어서 친러 세력과 친서방 세력 간의 치열한 대립과 무력 분쟁에 주요 요인 중 하나로 작용하고 있다.

에 속하는 「넵스키 거리」, 「초상화」, 「광인 일기」이다. 이어 고골은 1835~1836년 러시아 지방 도시의 관리와 지주들에 관한 풍자적 희곡 『감찰관』과 단편 「마차」, 그리고 다시 페테르부르크의 세태를 풍자하는 환상적인 단편 「코」를 발표하여 러시아 대작가로서의 입지를 다진다.

그런데 그는 1836년 『감찰관』의 초연이 대중적으로 엄청난 성공을 거두었음에도 불구하고 대중이 이를 사회풍자나 가벼운 소극笑劇 정도로 여기는 것에 환멸을 느끼고, 바로 페테르부르크를 등지고 로마로 이주한다. 그는 주로 로마에 체류하면서 1840년 러시아 정교로 개종하고, 1842년 새롭게 정립된 러시아 메시아주의와 성스럽고 아름다운 예술 작품을 통한 내면의 정화를 추구하는 미학적 구원관을 선명하게 제시하는 「초상화」 수정판과 「타라스 불바」 수정판을 발표한다. 더불어 같은 해에 19세기 러시아와 유럽 사회를 풍자하며 앞의 작품들에서와 동일한 종교적, 예술적 메시지를 전하는 『죽은 혼』 제1권과 그의 유일한 성장소설 「로마」를 발표하고, 동시에 러시아 사회에 대한 풍자성이 더욱 다층적으로 복잡하게 제시되는 마지막 페테르부르크 이야기 「외투」, 그리고 『감찰관』과 비슷한 주제의 풍자적 드라마 「도박꾼」, 「결혼」도 발표한다.

『죽은 혼』 제1권은 고골이 동시대 러시아를 '지옥' 상태에서 '연옥'을 거쳐 '천국'으로 변형시킬 수 있는 '기독교 서사시'를 창작하고자 하는 기획에 따라서 가장 먼저 쓴 지옥편에 해당하며 근대 러시아와 서구 문화에 대한 강한 풍자성과 더불어 러시아 민족의 '숭고한 메시아적 소명'과 이를 실현하기 위한 자신의 예술적 청사진을 화자의 서정적 이탈을 통하여 제시한다. 이 작품에 이어서 그는 연옥편에 해당하는 『죽은 혼』 제2권을 창작하기 위해 10여 년간 심혈을 기울인 결과 두 번의 원고 소각 후 제2권을 완성한다. 하지만 그 완성본이 자신의 멘토였던 러시아 정교 수도사들의 기대는 물론 자신의 기대에도 미치지 못한 것에 절망하여 식음을 전폐하다가 1852년 완성본을 일부 소각하고 죽음을 맞이한 것으로 추정된다.

페테르부르크 이야기들의 풍자성과 고골의 비전

위에서 살펴보았듯이 고골의 작품들은 외적으로 선명하게 드러나는 풍자성과 환상성 뒤에 종교적, 예술적 비전을 내포하고 있다. 특히 그의 주된 언어 표현 기법이 아이러니, 그로테스크, 패러디, 제유, 부조리, 언어유희 등이어서 작품의 내용과 주제를 파악하기가 더욱 쉽지 않다. 그 결과 독자의 관점과 해석 방식에 따라서 천차만별의 분석과 평가가 이루어져 왔다. 러시아, 우크라이나, 서구, 비서구 지역의 근대 문예학계에서는 사실주의, 낭만주의, 상징주의, 정신분석학, 언어학, 기호학 등의 다양한 접근법이 적용되어 왔다. 1990년대 이래 러시아 정교 중심의 종교 문예학계와 다른 기독교적 관점의 문예학계에서는 고골의 종교성이 그의 민족 정체성과 함께 화두로 부각되고 있다.

더불어 서구-우크라이나-러시아 간의 정치적 대립이 격화되면서 러시아 문예학계에서는 그를 러시아 작가로 규정하고, 특히 정교 비평에서는 그를 순수한 러시아 정교 작가로 규정하는 경향이 강하다. 반면 친우크라이나 문예학계에서는 그의 우크라이나 민족적 정체성을 규명하면서 그를 러시아 작가라는 가면 뒤에 우크라이나에 대한 애착을 간직한 작가로 규정하거나 러시아 제국에서의 출세를 위해 조국을 배반한 작가로 규정하는 경향이 발견된다.

이러한 해석과 평가의 미로 속에서 가장 적합한 분석 방식은 고골 작품들의 다양한 요소들에 대해 가장 적합한 접근법들을 개별적으로 적용한 뒤에 이를 아울러서 종합적인 결론을 내리는 다면적이고 다층적인 접근이라는 주장이 힘을 얻고 있다. 여기에서는 그런 다면적이고 다층적인 분석의 토대로서 고골 자신의 시각을 가급적 충실히 반영하는 해설을 하고자 한다. 다만 그럼에도 해설자의 주관성이 반영되지 않을 수 없음을 널리 양해해 주기를 바란다.

1) 넵스키 거리

「넵스키 거리」는 예술가를 테마로 하는 독일 낭만주의 작품, 특히 E. T. A. 호프만(1776~1822)의 작품에서 영향을 많이 받은 전형적인 낭만주의 소설로서, 고골이 1830~1833년 페테르부르크 예술아카데미에서 청강생으로서 회화 수업을 받고 예술가들과 교류한 경험이 반영되어 있다. 그의 작품 구상은 1831년에 이루어지고 1834년에 완성된 이후 검열을 거쳐 1835년에 발표되었다.

이 작품은 가난하고 순진한 낭만주의 예술가 피스카료프와 그의 친구인 비속한 출세주의자 코발료프의 연애 행각이 빚은 혼돈과 좌절의 희비극이다. 피스카료프는 미와 예술의 신성함을 확신하는 점에서 페테르부르크의 북풍 한파와 같은 냉정함과 비속성과 어울리지 않는다. 그는 넵스키 거리에서 본 한 흑발 미녀를 이탈리아 화가의 그림 속 '신성한 미녀'와 동일시하고 그녀를 쫓아가지만, 그녀가 유곽에서 일하는 것을 알고서 비속한 현실에서 미가 타락하는 것을 개탄하다가 그녀가 '신성한 미'를 회복할 수 있도록 돕기로 결정한다. 하지만 그녀의 조롱을 받고서 절망에 빠져 고통스럽게 생을 마감한다.

반면 피스카료프가 흑발 미녀를 쫓아가도록 종용한 출세주의자 코발료프 중위는 넵스키 거리에서 금발 미녀를 쫓아가면서, 자신의 장교 직급, 날씬한 몸매, 세련된 언행 등으로 그녀를 쉽게 농락할 수 있을 것으로 기대한다. 그런데 그녀가 독일 기술자의 정숙하면서도 어리숙한 아내임이 드러나자, 그는 더욱 정복욕에 가득 차서 그녀에게 추근대다가 결정적으로 자신의 멋진 춤솜씨로 그녀를 농락하려고 한다. 그러나 바로 그 순간 나타난 그녀의 남편 실러와 동료인 호프만, 쿤츠에게 호되게 당하자 그는 장군을 찾아가서 그들을 엄벌하려고 작정한다. 하지만 일요일 넵스키 거리의 가게와 사교계에서 유쾌한 시간을 보내고서는 모든 것을 잊고 비속한 일상으로 돌아간다.

화자는 넵스키 거리의 매력을 아이러니하게 칭송하는 것으로 이야기를 시작한 이후, 피스카료프의 비극적인 사건은 다소 연민을 담은 아이러니로, 그다음 코발료프의 희극적인 사건은 보다 풍자적인 가벼운 아이러니로 묘사하고 나서 넵스키 거리, 특히 저녁나절의 넵스키 거리의 악마적인 기만성을 두려워하라고 경고한다.

이러한 대칭적 구성과 화자의 어조 변화를 통하여 고골은 서구의 근대 문명, 특히 파리의 유행을 맹목적으로 추구하는 넵스키의 거리 문화의 비속성을 풍자함과 동시에 신성한 아름다움과 예술에 몰두하여 현실과 이상의 괴리를 인지하지 못하는 순진한 낭만주의 예술가들이 빠지기 쉬운 위험성을 경고한다. 더불어 그는 그로 인해 좌절하는 낭만주의 예술가에 대한 연민 어린 공감과 그런 예술가를 현혹하는 근대 도시의 비속한 문화에 내재된 악마성에 대한 두려움을 표출한 것으로 보인다.

2) 광인 일기

「광인 일기」는 고골이 1834년에 창작하여 「광인 일기의 단편들」이라는 제목으로 1835년 『아라베스크』 문집에 수록되었다. 광인 일기를 쓰는 주인공 악센티 이바노비치 포프리신은 관청에서 서류를 필사하는 업무를 맡은 9등관으로서 페테르부르크의 귀족 사회와 관료제의 높은 직급을 동경하고 말초신경을 자극하는 대중문화에 동화되어 있는 비속한 인물이다. 그는 자신도 귀족이라고 자부하면서, 상관이 자신의 업무상 실수와 국장 딸에 대한 연모를 질책하자 그가 자신에 대한 국장의 편애를 시샘하기 때문이라 치부한다. 그는 국장을 숭배하고 그의 딸을 연모하는 마음에서 그들의 삶을 엿보고 싶어 하던 중 그 집 개 멧지가 다른 귀부인의 개 피델과 편지 왕래를 하고 있다고 상상하고 멧지가 피델에게 보낸 편지를 가로채서 읽고자 한다. 그 편지에서 그는 국장의 명예욕과 국장 딸의 세속적인 욕망을 확인하고, 자신이 그들의 눈에는 하인보다 못한 존재라는 것을 알게 되고, 결국 국장 딸이 시종보와 결혼하게 된다는 소식에 충격을 받고 자신은 왜 9등관밖에 안 되는지 의문을 갖게 된다. 그 직후 그는 대중잡지에 실린 스페인 왕 서거 소식에 골몰하다가 자신이 스페인의 새 왕이라고 확신하게 되고, 정신병원에 갇혀서 정신착란 증세가 심해지다가 간수에게 구타당하여 목숨을 잃는다.

이 작품에서 포프리신이 자신의 낮은 사회적 정체성에 의문을 갖게 되면서 그의 정신분열 증세가 심해지고 그의 일기의 날짜 표기와 내용의 부조리성도 심화되는 것은, 그의 정체성의 혼란에는 비속하고 가식적인 페테르부르크의 사교계 및 관료제와 인간의 욕망을 자극하는 대중문화가 결정적으로 작용하고 있음을 보여 준다. 특히 그가 동시대 문화의 전형적 인물인 낭만주의 예술가를 모방하여 일기를 쓰는 과정에서 자신이 접한 단편적 기사와 정보, 소문, 타인의 고정관념 등을 무질서하게 혼합하여 환상적인 가상현실을 만들어 내는 과정은 러시아 사회의 맹목적인 모방성, 피상성, 단편성 등을 드러낸다. 그리고 그로 인한 그의 정체성의 총체적 혼란은 더 나아가 서구 근대 문화의 가식성과 비속성, 피상성과 단편성을 암시한다. 그런 면에서 그의 이름이 '활동무대'를 의미하는 러시아어 단어 '포프리셰poprishche'를 연상시키는 것은 매우 아이러니하다.

다만 포프리신이 사교계 여성이 좋아하는 것은 악마라고 주장하고, 죽기 직전에 쓴 마지막 일기에서 인간적인 연민을 자아내는 상상과 감정을 토로한 후에 "알제리 데이(총독)의 코 밑에 혹이 있다는 걸?"이라고 맺는 말 등에서 고골이 궁극적으로 의도하는 것은 사회풍자와 가난하고 초라한 하급관리에 대한 인간애라기보다 근대 문화를 지배하는 악마성과 인간의 나약함에 대한 위기의식이라고 사료된다.

3) 코

「코」는 고골이 1832년에 쓰기 시작해서 1835년 3월에 초판이 준비되었다. 고골은 잡지 『모스크바 통보』에 「코」의 발표를 의뢰했으나 편집자에 의해 거절당하고 푸시킨이 자신의 잡지 『동시대인』에서 발표할 것을 거듭거듭 요청하자 결국 그 잡지에서 발표하게 된다. 그 사이에 고골은 검열에 걸린 부분을 수정하고, 그 외에도 초판에서 부각된 '꿈'의 모티브를 제거한다. 그 결과 초판에서는 코발료프가 자신의 코가 사라지는 악몽을 꾼 것으로 밝혀지는 반면, 수정본에서는 같은 사건이 현실과 환상의 경계를 넘나드는 수수께끼와 같은 사건으로 처리된다. 그리고 작품 제목도 'Son'으로 발음되는 「꿈Cон」에서 'Nos'로 발음되는 「코Hoc」로 변화되면서, 청각적인 언어유희 효과도 배가된다.

제1장에서 이발사 이반 야코블레비치는 갓 구운 빵 속에서 자신의 고객인 8등관 문관인 코발료프의 코를 발견하고서 이를 남몰래 버리려다 실패하고, 제2장에서 같은 8등관이지만 문관보다 우위에 있는 소령으로 자처하는 코발료프는 자기 코가 사라지고 그것이 5등관이 되어 페테르부르크 넵스키 대로를 활보하는 것을 발견하고서 그것을 되찾기 위해 백방으로 노력하지만 실패한다. 그리고 제3장에서 코발료프의 코가 다시 자기 자리에 돌아옴으로써 그의 고통이 끝나고 이발사 이반도 다시 그를 면도해 주는 것으로 사건은 일단락된다. 다만 도시인들은 그의 코가 거리를 활보한다는 소문에 현혹되어 그것을 보려고 몰려다니고, 화자는 작가가 어떻게 이런 글을 쓸 수 있는지 어이없어하다가 그럼에도 이 글에는 뭔가가 담겨

있다고 주장한다.

이 기이하고도 환상적인 사건은 3월 25일에 발생해서 4월 7일에 종결된다. 이것은 표트르 대제가 도입한 율리우스력과 서구에서 사용하는 그레고리력 사이에 존재하는 13일간의 차이를 의미한다. 이는 역법이 다른 두 날짜가 기실 동일한 날짜의 다른 표기이고 결국 이 모든 사건이 꿈이었던 것으로 해석될 수 있는 근거로서, 현실과 환상의 경계를 없애기 위해 수정본에 새로 도입된 장치이다.

그런데 러시아 정교 달력에서 3월 25일은 성모수태 고지일이자 부활절 주간의 첫날이고, 러시아 관료들은 이날 정교 사원에서 러시아를 위해 기도하도록 규정되어 있다. 그래서 코발료프의 코인 5등관은 카잔 사원에서 기도를 드리는 반면, 코의 주인인 코발료프는 전혀 이런 의무를 이행하지 않는다. 코가 내포하는 비속한 상징적 의미와 코발료프의 철저한 출세주의를 고려해 볼 때, 이 시간적 배경은 페테르부르크가 러시아와 절연된 '뿌리 없는 도시'로서 가식적이고 위선적인 속성을 지님을 보여 주는 장치이다.

더불어 코발료프의 코가 돌아옴으로써 그의 비속한 일상이 회복되는 것에 대한 화자의 아이러니한 묘사에서 19세기 러시아 사회의 맹목적인 서구 모방과 인간의 비속한 욕망 자체에 대한 고골의 진지한 위기의식을 엿볼 수 있다.

4) 초상화

「초상화」의 초판은 1833~1834년에 창작되어 1835년에 발표되었으나, 벨린스키를 위시한 여러 비평가에 의해 혹평을 받았다. 이후 고골은 1841~1842년 로마에서 「초상화」에 대한 기존의 비평을 참고하여 호프만식의 환상성은 약화시키고 동시대 러시아의 사회문화와 인간의 심리적 메커니즘은 더 많이 반영하는 방식으로 이 작품을 대폭 수정하였다. 그렇게 수정판이 1842년 다시 발표되고, 우리가 주로 읽는 판본도 이 수정본이다.

이 작품의 제1부에서는 「넵스키 거리」의 순진한 낭만주의 예술가 피스카료프보다 예술적으로는 좀 더 성숙하고 사회문화적으로는 좀 더 세속화될 위험성이 높은 청년 예술가 차르트코프가, 자신의 내적 유약함과 현실적인 절박함에 더하여 자신이 우연히 구입한 초상화에 그려진 눈의 가공할 만한 마력으로 인하여, 재능 있는 순수한 예술가에서 유행을 좇다가 재능을 소진한 이류 화가로 타락하는 과정이 그려진다.

이 화가는 초판에서는 체르트코프라는 이름으로 악마chyort와 직접적인 연관성이 있었으나 수정판에서 보다 중립적인 이름인 차르트코프로 바뀌고, 고리대금업자도 초판에서는 페트로미할리라는 이름으로 아시아 출신의 악마적 인물로 그려졌으나 수정판에서는 이름이 없고 악마성을 지니는 것으로만 암시된다. 더불어 차르트코프를 각성시켜 주는 동료 화가의 형상에는 고골이 1837~1848년 로마에 거주하면서 영적, 예술적 분신 관계를 맺게 된 러시아 화가 이바노프A. Ivanov가, 세태에 영합하는 신문 발행자에는 당시 가장 대중적인 신문인 「북방의 벌」을 발간하던 불가린F. Bulgarin의 모습이 반영되어 있다.

더불어 자신의 타락을 깨닫고 절망한 차르트코프가 자신의 자화상으로서 타락한 천사를 그리고자 하였으나 재능이 소진하여

판에 박힌 형상밖에 그리지 못하게 되었을 때 그는 우연히 자신의 타락에 결정적으로 일조한 고리대금업자의 초상화를 다시 발견하게 된다. 그 순간 그는 자기파괴적인 욕망으로 명화들을 구입하여 파괴하고, 죽는 순간 그 초상화의 눈이 무한 복제되어 자신을 위협하는 환상에 빠지게 된다. 이것은 진정 신성한 예술을 위협하는 악의 가공할 만한 파괴력과 편재성에 대한 고골의 위기의식을 드러낸다.

제2부는 그 초상화를 그린 화가와 창조 과정에 관한 이야기로서, 이 초상화의 경매장에서 그 화가의 아들이 청중에게 이야기해 주는 형식이다. 그 아들에 따르면, 그의 아버지는 스스로 예술의 경지를 터득하여 신성한 종교화를 그리다가 악마적인 고리대금업자를 모델로 악을 묘사하게 된다. 그러나 그 과정에서 자신이 악에 동화되어 악행을 자행할 뻔하다가 그 초상화를 버림으로써 악에서 자유로워진다. 그런데 그 초상화가 계속 사람들의 손을 거치면서 그들을 파멸시키자 화가는 죄의 회개와 영혼의 정화를 위하여 은자가 되어 침묵 수행을 한다. 그리고 몇 년 후 마침내 마음이 정화되자 다시 붓을 들고 신성한 감화력을 지닌 종교화를 그리게 된다. 이후 자신의 아들이 촉망받는 화가로서 이탈리아로 떠나기 전에 마지막으로 방문하였을 때, 그는 신성한 재능을 부여받은 자는 신성한 예술 창조에 헌신해야 한다는 가르침을 주며, 그 초상화를 찾게 되면 파기하라고 명령한다. 그러나 아들이 그런 사연을 말하고 있을 때 누군가가 경매장에서 그 초상화를 훔쳐 달아나고 만다.

전반적으로 수정판에서는, 초판의 전형화된 낭만주의적 악마성이 약화되고 사회성과 기독교적 악마관, 그리고 인물들의 심리적 동기가 강화되면서 1842년 당시 고골의 세계관과 예술관이 뚜렷

이 드러난다. 즉 제1, 2부는 러시아 정교의 성상화(icon) 숭배의 전통, 즉 화가가 신성을 재현하는 데 머물지 않고 이를 구현할 수 있는 것으로 믿고 성상화를 숭배하는 전통과 예술의 초자연적 힘에 대한 낭만주의적 예술관을 동시에 반영하는 것으로서, 지상의 악에 대한 천상의 궁극적 승리를 확신하는 고골의 기독교 유토피아주의를 보여 준다. 반면, 악마의 눈을 그린 초상화가 파기되지 않고 차르트코프를 파멸시키는 데 이르는 것에서, 지상에서의 악의 가공할 만한 파괴력과 인간의 나약함, 특히 근대 예술가가 신이 부여한 신성한 의무 대신 타락한 천사인 악마에게 예속될 위험성에 대한 고골의 예술-종교적인 종말론적 위기의식도 확인된다.

5) 외투

「외투」는 페테르부르크 이야기 중 가장 늦은 시기에 창작되어 1842년 발표되었고, 이전의 페테르부르크 이야기에 비해 내용이 복잡하고 다층적이며 다양한 해석이 가능하다. 이런 이유로 고골의 걸작 중 하나이자 세계 단편문학의 걸작 중 하나로 손꼽힌다.

무엇보다 먼저, 이 작품의 주인공 아카키 아카키예비치는 다른 페테르부르크 이야기의 주인공들과는 달리 양가적이고 모호하게 그려진다. 그를 페테르부르크의 가난한 하급관리로서 러시아 문학의 '작은 인간' 유형으로 간주하고, 사회의 냉대와 괄시를 받는 그를 연민과 동정의 대상으로 보는 동시에 그의 내면의 빈곤함과 비속성을 비판하는 사실주의적 해석이 여전히 지배적이다. 하지만 그의 이름이 성자 아카키에서 유래되고 그의 필사 작업이 중세 수도사의 성서 및 종교서적 필경 작업과 유사하다는 점에서 그의 타고난 운명의 숭고함을 주장하는 해석도 매우 설득력 있다. 그런 맥락에서 볼 때, 그의 숭고한 운명이 비속한 페테르부르크에서는 비속한 양태로밖에 발현되지 못하는 점에서 결국 페테르부르크의 악마적 공간에서 신성의 변질이라는 고골의 여일한 주제의식을 확인할 수 있다.

특히 아카키 아카키예비치가 러시아어에서 여성형인 '외투 shinel'라는 물건을 자신의 영원한 반려자로 대하고 삶에 목표와 이념이 생긴 것처럼 활기를 얻는 것이나, 그가 새 외투를 입고 페테르부르크의 밤거리를 거닐면서 관음증을 자극하는 그림을 보며 미소를 짓고, 자정 너머 귀가할 때 지나가는 여성을 좇아가려다 급히 자제하는 것에서, 페테르부르크의 비속한 문화의 가공할 만한 영향력, 그로 인한 그의 타고난 성스러운 운명의 비속화, 그럼에도 주어진 운명으로 더 이상의 타락을 제어할 수 있는 자제력이 확인된다.

더불어 페테르부르크의 끝없이 이어지는 북풍 한파, 맨발에 거북이 등껍질처럼 두껍고 단단하며 손톱이 일그러진 커다란 손가락과 애꾸눈을 한 '외눈박이 악마' 이발사 페트로비치의 담배 상자 뚜껑에 있는 장군의 지워진 얼굴과 그의 충격 효과를 즐기는 화법, 그 장군의 얼굴을 연상시키는 유력인사가 관료주의적 언사로 아카키에게 가한 결정적인 충격, 자기 인생의 반려자가 된 새 외투의 강탈로 인한 아카키의 가련한 죽음과 장례 절차에 대한 화자의 연민어린 설명 후 외투를 강탈하는 유령의 등장 등은, 페테르부르크를 지배하는 초자연적이고 우주적인 악마성을 상징한다. 다만 이 유력인사의 호통에 겁에 질리고 때마침 불어온 겨울 북풍에 인후염이 걸려서 며칠 만에 죽은 아카키의 혼령이 유령이 되어 심판자 역할을 한 것은 희비극적으로 묘사되는 가운데서도 요한계시록에 기록된 그리스도의 최후의 심판을 연상시킨다.

이런 점에서 고골이 주요 사건을 희비극적으로 묘사하여 다양한 해석 가능성을 열어 놓았지만, 역시 페테르부르크를 지배하는 악마의 파괴력과 악의 편재성에 대한 자신의 염세적 위기의식과 더불어 최후의 심판에 대한 자신의 종말론적 인식을 재현하여 러시아 대중을 각성시키고자 한 것으로 판단된다.

고골의 비전: 러시아 메시아주의와 예언자적 사명

종합적으로 고골은 1842년 페테르부르크 이야기들에서 19세기 서구의 물신주의 문화에 대한 러시아의 맹목적인 모방 욕망과 그로 인한 러시아 정체성의 상실을 희비극적으로 묘사한다. 더 나아가 그런 문화 속에서 타락한 예술의 정화와 신성의 구현을 통하여 러시아 사회의 숭고한 메시아적 사명을 일깨우고자 하는 러시아 정교 중심의 종교-예술적 비전을 제시한다. 「초상화」 수정판은 이러한 그의 생각을 보여 주는 단적인 예이다.

더불어 신성한 예술을 통한 러시아 민족의 메시아성의 구현에 대한 그의 신비주의적인 기대는 같은 해에 발표된 그의 최고 역작 『죽은 혼』 제1권의 마지막 결말에서 확인된다. 고골은 루시(16세기경까지 동슬라브 지역의 도시국가를 부르던 이름)를 부르며, 이렇게 노래한다.

루시여, 넌 대체 어디로 질주하는 거냐? 대답하라! 답이 없다. 종은 신비로운 종소리를 내고, 조각조각 부서진 대기는 천둥소리를 내며 바람으로 변한다. 땅에 있는 모든 것이 스치며 날아가자, 곁눈질을 하면서 다른 민족들과 국가들이 옆으로 비켜서 루시에게 길을 내준다.

이로써 그가 『죽은 혼』 제2권에서 제시하고자 한 것은 루시가 지옥에서 변형되어 연옥으로 나아가는 길이었음이 분명히 드러난다. 그러나 그 비전이 실현되기 어려움을 깨닫고서 고골은 성서와 정교, 가톨릭 계열의 종교 서적들을 탐독한다. 그리고 오랫동안의 숙원인 예루살렘으로의 성지순례를 1848년 결행하고, 그 직후 오데사를 거쳐 모스크바에 정착한 뒤로는 옵티나 수도원의 정교 수도사들을 만나면서 『죽은 혼』의 제2권인 연옥편을 쓰는 데 절실히 요구되는 영적 감화를 얻고자 노력한다. 하지만 그토록 심혈을 기울여 완성한 제2권이 자신과 정교 수도사들의 기대에 미치지 못하는 것을 깨달았을 때 그의 절망감이 얼마나 컸을지 상상하고도 남음이 있다.

여기에서 그런 비전 자체가 실현 가능한가에 대한 의문이 남기는 하지만, 근대 문화에 대한 종말론적 위기의식과 이에 대한 해법을 찾고자 하는 그의 진지한 종교-예술적 탐색은 높이 평가할 만하다.

작가 연보[1]

1777 아버지, 바실리 아파나시예비치 고골 출생, 농노 400명 정도를 소유한 소
지주.

1791 어머니 마리아 이바노브나 코사룝스카야 출생.

1805 고골의 아버지와 어머니 결혼.

1809 니콜라이 고골, 3월 19일 우크라이나 폴타바현 미르고로드군 소로친치에
서 장남으로 출생.

1820 남동생 이반의 사망, 고골이 몹시 우울해하여 가족이 몹시 염려.

1821 니진에 있는 김나지움 입학.

1825 아버지 사망, 고골의 멜랑콜리, 예술과 종교를 통해 멜랑콜리를 승화시키
기 위해 노력.

1827 고골이 '그림으로 된 목가'로 규정한 낭만주의 목가시 「한스 큐헬가르텐」
창작.

1828 7월 27일 김나지움 졸업. 12월 13일 상트페테르부르크로 상경.

1829 3월 23일 서정시 「이탈리아」를 저자명 없이 발표. 낭만주의 목가시 「한스

[1] 구력인 율리우스력을 기준으로 함.

큐헬가르텐」을 'V. 알로프'라는 필명으로 자비 출판, 러시아 문단의 혹평을 받고 인쇄본을 수거하여 불태움. 환상적인 우크라이나 창작 설화를 집필하기 시작. 8~9월 독일 여행. 페테르부르크에서 배우가 되고자 하였으나 실패. 연말에 하급관리 생활 시작.

1830 우크라이나 창작 설화 「비사브류, 이반 쿠팔라의 전야」와 미완성 역사소설 「게트만」의 제1장을 '벌치기 루디 판코'라는 필명으로 발표. 상트페테르부르크 미술 아카데미에서 그림 공부. 4월 10일 러시아 관료제의 최하급인 14등급 관리가 되어 서류 정서 작업 수행.

1831 에세이 「여인」을 처음으로 본명으로 발표. 4월 관직을 그만두고 여학교의 역사 강사로 근무. 5월 20일 푸시킨을 처음 만나고 친분을 쌓음. 9월 『지칸카 근교의 야회』 제1부를 '벌치기 루디 판코'라는 편집자의 이름으로 발표(「소로친 시장」, 「성 요한제 전야」, 「오월의 밤 또는 물에 빠져 죽은 처녀」, 「사라진 문서」 수록). 푸시킨, 주콥스키, 벨린스키 등 러시아 문인과 비평가들의 찬사를 받음.

1832 『지칸카 근교의 야회』 제2부 출판(「성탄 전야」, 「무서운 복수」, 「저주받은 땅」, 「이반 표도로비치 슈폰카와 그의 이모」 수록). 큰 인기를 얻으며 러시아 문단의 총아로 부상.

1832~1833 우크라이나와 페테르부르크를 배경으로 하는 소설과 낭만주의 에세이 창작. 페테르부르크에서 멜랑콜리와 정신적 위기 체험. 12월 키이우 대학교 역사학과, 세계 보편사 교수직 희망.

1834 단편 소설 창작. 낭만주의적, 보편사적 시각의 역사, 예술, 문화 비평 저술. 모스크바 대학교 역사학과 세계 보편사 조교수직을 제안받았으나 거절. 키이우 대학 교수직 시도 좌절. 상트페테르부르크 대학교 역사학과, 세계 보편사 조교수로 임명.

1835 1월 『아라베스키』 문집 출판(「넵스키 거리」, 「초상화」 초판, 「광인 일기」와 15편의 에세이 수록). 3월 『미르고로드』 문집 출판(「옛 시대의 지주」, 「타라스 불바」 초판, 「비이」, 「이반 이바노비치와 이반 니키포로비치가 싸운

이야기」 수록). 가을, 『죽은 혼』 창작에 착수. 10월 말에서 12월 초까지 드라마 『감찰관』 창작. 12월 상트페테르부르크 대학교 조교수 사임.

1836 『감찰관』 발표, 고골 친구들 앞에서 낭독. 3월 31일 푸시킨이 발간하는 문학잡지 『동시대인』 창간지에 단편 「마차」, 러시아 문학 비평 「1834~1835년 러시아 잡지 문학의 흐름에 대하여」 게재. 4월 19일 페테르부르크의 알렉산드린스키 극장에서 『감찰관』 초연, 니콜라이 1세가 참관하고 만족스러워함. 6월 6일 『감찰관』에 대한 러시아 사회의 반응에 실망하여 유럽으로 도피. 『동시대인』 제3호에 「코」 발표.

1837 파리에서 1월 29일 푸시킨 사망 소식을 듣고 러시아 사회의 부패와 타락에 분노. 3월 26일 로마 도착. 문화 비평 「1836년 페테르부르크 스케치」 발표. 『죽은 혼』 제1권에 본격적으로 착수.

1838 로마, 나폴리, 파리 여행

1839 5월 요시프 비엘고르스키의 임종을 지키고 멜랑콜리를 겪음. 로마, 비엔나, 하나우, 마리엔바드를 경유하여 9월 모스크바 방문. 알타이에서 모스크바를 방문한 대주교 마카리와 교제. 마카리는 고골의 요청에 따라 고골의 두 여동생에게 잠시 종교 교육을 시킴.

1840 로마로 돌아와서 『죽은 혼』 제1권 출판 준비. 러시아 정교 사원에 신자로 등록.

1841 9월 중순 모스크바 방문. 『죽은 혼』 제2권 창작을 본격적으로 시작한 것으로 추정.

1842 3월 포고딘이 발간하는 학술-문학 잡지 『모스크바인』 제3호에 로마와 파리를 배경으로 하는 미완성 소설 「로마」 게재. 5월 『죽은 혼』 제1권 출판. 페테르부르크에서 『고골 작품집』 전 4권 중 제1권(『디칸카 근교 마을의 야회』)과 제2권(『미르고로드』. 특히 「타라스 불바」 수정판 수록) 출판. 12월 9일 페테르부르크에서 드라마 『결혼』 초연.

1843 1월 『고골 작품집』의 제3권(「넵스키 거리」, 「코」, 「광인 일기」, 「초상화」 수정판, 「외투」까지 페테르부르크 이야기 5편과 「마차」, 「로마」 수록)과 제

4권(『감찰관』, 『결혼』, 『노름꾼』, 「소송」, 『감찰관』에 대한 고골 자신의 해제인 「새 희극 공연 이후 극장을 나서며」 등 수록) 출판. 2월 모스크바 볼쇼이 극장에서 드라마 『결혼』과 『노름꾼』 초연. 4월 페테르부르크에서 드라마 『노름꾼』 초연.

1844 9월 페테르부르크에서 드라마 「소송」 초연.

1845 온천 요양을 위하여 유럽 여행. 6월 말~7월 초 『죽은 혼』 제2권의 1차 완성본을 초고 일부만 남기고 불태움.

1846 「『감찰관』의 대단원」 발표. 로마, 제노아, 파리 방문. 나폴리 체류.

1847 『친구들과의 서신교환선』 발표, 러시아의 보수 및 진보 진영 모두에서 고골의 교만과 독선을 비판. 7월 15일 벨린스키가 발표한 「고골에게 보내는 편지」가 러시아에 필사본으로 유포. 6~7월 고골은 자기변호를 위한 고백론 저술. 『신의 찬미가에 대한 묵상』 발표.

1848 2월 중순 예루살렘으로 성지 순례. 오데사, 페테르부르크를 거쳐 모스크바의 알렉세이 톨스토이 백작 저택에 정착.

1849 『죽은 혼』 제2권을 거의 완성하고 1851년까지 부분 수정한 것으로 추정. 마트베이 콘스탄티놉스키 수도사와 교분을 쌓고 이후 서신교환.

1850 옵티나 수도원 방문, 대주교 마카리 수도사와 다시 교분을 쌓고 그를 자신의 정신적 스승으로 삼음. 요시프 비엘고르스키의 여동생에게 청혼, 거절당함.

1851 옵티나 수도원 두 번째 방문.

1852 1월 26일 시인 이즈이코프의 아내 호먀코바 사망, 이에 고골은 자기에게도 죽음이 임박했다고 판단하고, 2월 2일에 시작되는 사순절의 일주일 전부터 금식을 시작. 1월 말부터 알렉세이 톨스토이 백작의 저택에 머물게 된 마트베이 콘스탄티놉스키 수도사에게 『죽은 혼』 제2권의 2차 완성본 일부에 대한 조언을 요청, 그는 고골에게 이 작품 일부분의 출판 철회를 조언. 고골은 이후 식음을 전폐하고 2월 11~12일 『죽은 혼』 제2권의 완성본 초고를 대부분 소각한 것으로 추정. 2월 21일 고골 사망. 2월 25일 모

스크바의 다닐로프 수도원에 매장.

1855~1856 1855년 고골의 동역자였던 셰비료프와 다른 편집자들이 고골의 미발표 원고를 편집하여 출판. 즉, 고골이 1847년에 저술한 고백론을 「작가의 고백」이라는 제목을 붙여서 출판, 『죽은 혼』 제2권의 남아 있는 초고를 토대로 미완성 상태의 '이른 판본'과 '최종 판본'을 편찬, 고골이 1845~1846년에 저술한 것으로 추정되는 「러시아 어린이를 위한 문학 교과서」 출판.

1931년 이후 고골의 관을 다닐로프 수도원 묘지에서 노보데비치 수도원 묘지로 이장. 이 과정에서 소비에트 정부는 고골의 관을 열어 유골의 상태를 확인하였으나 참관인들에게 함구령을 내리고 관련 기록도 공개하지 않음. 그로 인해 고골의 사망 원인, 사망의 진위 여부, 유골의 행방 등에 대한 환상적인 소문이 널리 확산되고, 오늘날까지도 미스터리로 남음. 고골의 사후 제정 러시아, 소비에트 체제, 포스트-소비에트 전환기에 러시아, 우크라이나, 이탈리아 등에 고골의 기념비, 동상, 박물관이 다수 설립. 특히 2002년에 고골 탄생 150주년 기념비가 로마의 보르게세 미술관 옆 공원에 건립.

코·초상화

클래식 라이브러리　010

1판 1쇄 인쇄　2024년 2월 15일
1판 1쇄 발행　2024년 2월 26일

지은이　니콜라이 바실리예비치 고골
옮긴이　이경완
펴낸이　김영곤
펴낸곳　아르테

TF팀 이사　신승철
TF팀　이종배
출판마케팅영업본부장　한충희
마케팅1팀　남정한 한경화 김신우 강효원
출판영업팀　최명열 김다운 김도연
제작팀　이영민 권경민
디자인　최원석

출판등록　2000년 5월 6일 제406-2003-061호
주소　(우 10881) 경기도 파주시 회동길 201(문발동)
대표전화　031-955-2100
팩스　031-955-2151

ISBN　979-11-7117-436-2 04800
ISBN　978-89-509-7667-5 (세트)

아르테는 (주)북이십일의 문학·교양 브랜드입니다.

『슬픔이여 안녕』『평온한 삶』『자기만의 방』『위더링 하이츠』『변신』『1984』『인간 실격』『도리언 그레이의 초상』『월든』『코·초상화』『수레바퀴 아래서』『데미안』『사랑에 대하여』『비계 덩어리』『라쇼몬』『이방인』『노인과 바다』『위대한 개츠비』『작은 아씨들』

클래식 라이브러리 시리즈는 계속 출간됩니다.